Cluicheadairean

Cluicheadairean

le

Catrìona Lexy Chaimbeul

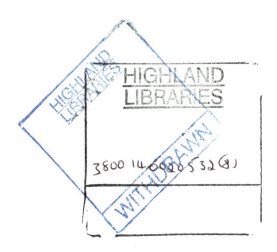

acair

Air fhoillseachadh ann an 2013 le
Acair Earranta,
7 Sràid Sheumais
Steòrnabhagh
Eilean Leòdhais HS1 2QN

www.acairbooks.com
info@acairbooks.com

An dealbhachadh agus an còmhdach, Acair Earranta

Clò-bhuailte le Gwasg Gomer, Ceredigion, A' Chuimrigh

Gheibhear clàr catalogaidh airson an leabhair seo bho Leabharlann Bhreatainn.

Chuidich Comhairle nan Leabhraichean am foillsichear le cosgaisean an leabhair seo.

Tha Acair a' faighinn taic bho Bhòrd na Gàidhlig.

LAGE/ISBN   978-086152-546-1

Clàr-innse

"Someone said, 'Football is more important than life and death to you,' and I said, 'Listen, it's more important than that.'"

Bill Shankly, a' bruidhinn air Live from Two, 1981.

"I don't think you ever forget those mistakes, or the mistakes that other people make that wound you, but it is important to forgive."

Justin Fashanu, a' sgrìobhadh ann an 1994.

Caibideil 1

Dh'fhosgail Sam an doras cho sàmhach 's a b' urrainn dha ach, fhathast, bha an dìosg a thàinig bhuaithe mar sgreuch anns an dorchadas. Stad e agus dh'èist e airson fuaim sam bith bho mhullach na staidhre ach cha robh càil ri chluinntinn ach srann a mhic bhon rùm theth, fhàileadhach aige. Ghabh e ceum faiceallach a-mach dhan oidhche agus tharraing e an doras dùinte air a chùlaibh.

Thug am fuachd slaic air agus dh'fhairich e teannachadh na sgamhanan. Bha an càr anns a' gharaids air taobh eile an taighe agus rinn e a shlighe thuige le cheann crùbte. Ged nach robh solas ri fhaicinn ann an gin dhe na h-uinneagan, bha e fhathast an dòchas nach fhaiceadh na nàbaidhean e. Bhiodh Mina, a bhean, a' bruidhinn riuthasan.

Bha an càr fuar, fuaraidh. Shuidh e aig a' chuibhle agus leig e osann throm. Gach turas a lorgadh e e fhèin an seo, thigeadh e a-steach air nach robh adhbhar sam bith gun tionndadh air ais. Dh'fhaodadh e coiseachd air ais chun an taighe. Dh'fhaodadh e laighe ri taobh a mhnatha agus cadal, is bhiodh an cadal gun dhuilgheadas oir bhiodh e air an rud ceart a dhèanamh. Ach bha e na b' fhasa smaoineachadh mu dheidhinn sin na dhèanamh.

Chuir e an iuchair dhan an ignition agus thàinig an rèidio air cho àrd 's gun tug e leum às. Chuir e sìos e agus bha am baile a-rithist cho balbh ri cladh. Dh'fhairich e a làmhan slìobach air a' chuibhle agus shuath e iad ri bhriogais. Nuair a bha e cinnteach gun robh e air dràibheadh fada gu leòr, chuir e suas am fuaim a-rithist agus lìon ràn giotàr Jimmy Paige an dubh-ghorm, a' bàthadh a mhì-chinnt.

Chaidh e seachad air a' phàirc aig teis-mheadhan a' bhaile. Ann an seo, bha e an aon astar bhon taigh aige fhèin agus an t-àite far am biodh ise a' feitheamh ris.

Chuir e a chas ris an làr.

Bha i na suidhe air a' bheing aig beulaibh an taigh-òsta. Chitheadh e solas orainds a siogarait, a' cheò ag èirigh timcheall oirre, a' cruinneachadh ann an sgòth mun fhalt ruadh a bha ceangailte ann an ultach air mullach a cinn. Thionndaidh i nuair a chuala i an càr a' stad agus sheas i, gu slaodach, an-àirde. Ghlas e doras a' chàir agus chaidh e thuice. Bha fuaim a bhrògan air a' chabhsair neònach àrd. Nuair a bhruidhinn e, bha cròchan na ghuth,

"Robh thu feitheamh fada?"

"Fichead mionaid. Tha mi reòite."

Chuir e a ghàirdeanan timcheall oirre agus dh'fhairich e bàrr a sròin fuar air amhaich. Bha beagan crith innte agus chùm e grèim teann oirre gus an do sguir e.

"Tha mi duilich, Carly."

"'S alright," thuirt i. "Trobhad. Tha àite ùr agam."

"'S caomh leam a' sgiort."

"Bu chòir sin dhut. 'S tusa a cheannaich i dhomh."

Shad i an t-siogarait air an talamh agus chuir i a-mach i le cnap a bròige. An uair sin thug i tèile às a' phacaid agus chuir i thuige i. Thabhaich i tè air ach chrath e a cheann.

"Thugainn," thuirt e agus ghabh e grèim air làimh oirre.

Bha na sràidean aca dhaibh pèin. B' ann mar sin a b' fheàrr le Sam e. Nuair a nochdadh daoine eile, thòisicheadh na breugan.

* * *

Bha seòrsa de chuimhne aige air latha nuair a bha iomadh seòrsa gnìomhachais a' dol air an talamh seo ach b' fhad on uair sin. Bha na togalaichean air an ithe le meirg agus, fiù 's bhon taobh a-muigh, chitheadh tu gun robh na ballachan lobhte agus cugallach. Bha feans àrd timcheall air, lìon mheatailt, agus geata le soidhne – Danger! Condemned. Bha a' Chomhairle air uèir-bhiorach a chur air mullach na feansa o chionn dà mhìos oir bha deugairean air a bhith ga shreap gus deoch-làidir òl anns na togalaichean uaigneach.

Thòisich i a' dèanamh dìg fon fheansa le mullach biona. Ga coimhead, salchar air a làmhan agus fallas air a maol, dh'fhairich Sam teas ga lìonadh. Chrùb e sìos agus thòisich e ga cuideachadh, an dithis aca a' slaodadh na talmhainn gus an robh rùm gu leòr aca dhol fodha.

Sheall e sìos dhan dìg. Gun dàil sam bith, chrùb Carly sìos innte agus chaidh i mar nathair chun taobh eile. Sheall e rithe, a corragan a' sìneadh thuige tron lìon. Ghabh e aon dhe na corragan ud na bheul agus bhìd e i gu socair. Chuala e an anail a' tighinn aiste mar osag gaoithe agus dh'fhairich e na suailichean a' tòiseachadh. Bhrùth e a chorp ris an fheans agus ruith e a chorragan fhèin tron lìon gus an robh na làmhan aca air 'm fighe còmhla. A broilleach cruaidh ri bhroilleach-san, lorg iad liopan a chèile. Blàths teanga air fuachd geur meatailt.

Tharraing i air falbh bhuaithe.

"Come on, thusa."

Sheall e dhan dìg a-rithist. Dh'fhàgadh e poll air aodach ach cha robh dòigh na b' fheàrr air an taobh eile a ruighinn.

Agus bha ise air an taobh eile.

Laigh e sìos air an talamh agus dh'fheuch e a chasan tron toll. Chaidh iad troimhe furasta gu leòr. Bha aige ri mhionach a tharraing a-steach airson faighinn fodha ach lean an còrr dheth gun chus èiginn. Nuair a sheas e an-àirde a-rithist, bha cùl a sheacaid air a ghànrachadh agus bha salchar na fhalt. Chuir e iongnadh air cho luath 's a bha e a' fàs coltach rithe nuair a bha iad còmhla. Smaoinich e gur dòcha gur ann air sgàth sin a bha i an-còmhnaidh ga thoirt gu àiteachan mar seo; airson gleans a bheatha eile a thoirt dheth.

Tarsainn bhuapa bha togalach àrd is dh'fhosgail an doras gun strì. Dhùin iad e air an cùlaibh agus chuir iad pìos mòr fiodh ris airson a' ghaoth a chumail a-mach. Bha an rùm anns an robh iad coltach ri ionad-fàilte le deasg anns a' mheadhan agus sèithrichean bog sa chòrnair. Aig ceann an rùm bha doras glainne a bha a' leantainn gu staidhre. Bho sin, gheibheadh tu gu na h-oifisean gu h-àrd. A' sealltainn mun cuairt, shaoil e gun robh cuideigin air tòiseachadh air obair-nuadhachaidh ach air stad nuair a mhothaich iad na bha ri dhèanamh. Bha cnapan plastaig agus fiodh sgapte air feadh an àit' agus bha a h-uile càil air a chòmhdachadh le dust is smùr. Air mullach an deasg, bha biast de dh'inneal airson measgachadh saimeant.

"Duilich mu dheidhinn a' mess," thuirt i. "Tha na searbhantan air strike."

"Tha e àlainn."

"Ach, fuirich! Dè th' agam ann a-seo?"

Dh'fhosgail i a baga agus thug i plaide, botal bhodca agus coinnlean a-mach às. Chuir i thuige na coinnlean agus thaom i beagan dhen chèir airson an steigeadh ris an làr. Ghluais i na sèithrichean faisg air a chèile gus an robh nead aice eatorra agus laigh i sìos fon phlaide, a' tarraing a h-aodaich dhith aig an aon àm. A h-uile càil ach a sgiorta.

"Trobhad," thuirt i agus dh'fhosgail i am botal. Ghabh i balgam mòr dheth agus thabhaich i air e.

Ghabh e am botal agus shìn e ri taobh. Chrùb i sìos na achlais. Chluinneadh i an anail aige ag èirigh 's a' tuiteam. Sheall i na shùilean agus dh'fhosgail i a beul. Thaom e steall bhodca innte, agus sìos a smiogaid agus eadar a cìochan. Gu slaodach, dh'imlich e a h-uile deur bho craiceann. Ghabh i am botal bhuaithe agus lìon i a beul. Shad i làn a beòil air ann an smiogaid chruaidh agus bha e air a dhalladh airson diog. Chuala e i a' gàireachdainn 's dh'fhairich e i a' tarraing a bhriogais agus a gheansaidh dheth. Bhodca air a bhroilleach. A liopan air a bhroilleach. Leum e air a muin agus ghluais e an sgiorta suas ma meadhan. Ghabh e am botal bhuaipe agus dhòirt e steall na beul. Rinn i casad beag mas do shluig i e. Ghabh i grèim teann air a mhàs agus ghluais i e na broinn, a' tarraing a' bhotail bhuaithe aig an aon àm.

Thàinig èigh às nach robh e cinnteach a thàinig bho chorp fhèin. Cha robh na cheann ach sgòthan dorcha, fiadhaich. Chan fhairicheadh e càil ach fàileadh an deoch agus cnàmhan a cruachain a' breabadaich ri ghobhal. Dh'iarr i air a shùilean fhosgladh agus sheall e ri h-aodann, eagalach agus àlainn ann an solas nan coinnlean. Nas luaithe agus nas luaithe, bhuail iad ri chèile. A' reubadh na h-oidhche le uspartaich is osnaich, gus an tàinig iad gu ìre briseadh cèill. An èigheachd ud a-rithist, faisg agus fad às. Thog i a gàirdean agus bhris i am botal air an làr far na las a' bhodca ri na coinnlean.

Dhùisg iad bhon aisling.

Bha an làr fo na sèithrichean na theine. Leum iad an-àirde agus thòisich iad a' sporghail, a' coimhead airson an aodaich aca. Bha a' cheò ag èirigh mun cuairt orra agus thug i dha a drathais airson an t-aodann 's na sgamhanan aige a dhìon. Thug seo air pòg eile thoirt dhi agus cha mhòr nach do chaill iad 'ad fhèin a-rithist.

"No, no. Feumaidh sinn falbh."

Tharraing iad orra na b' urrainn dhaibh a dh'aodach agus dh'fheuch iad chun an dorais ach bha an teine air sgaoileadh thuige. Bha a' cheò a-nis tiugh agus bha an rùm air a lìonadh leis. Chuir e na drathais air ais gu aodann agus ghabh ise a' phlaide. Bha aon uinneag san rùm ach bha càrn de bhucais air a beulaibh. Thòisich iad a' sadail nam bucas chun an làir cho luath 's a b' urrainn dhaibh gus an uinneag a ruighinn. Bhreab iad na leòsan lem brògan gus an do bhris iad. A' sreap troimhpe, bhuail an èadhar glan orra. A' casadaich agus a' tachdadh, ruith iad bhon togalach.

Air ais aig an fheansa, chuir iad orra na bha air fhàgail dhen aodach agus sheas iad a' coimhead a chèile. Chunnaic e gun robh i air a gearradh fhèin nuair a bha iad air sreap a-mach tron uinneig bhriste. Chuir e a theanga ris a' bhoinneig fala a bha air a gruaidh agus dh'imlich e i. Shuath e a cìoch le cùl a làimh.

"Càit' a bheil do bhrà?" dh'fhaighnich e le leth-ghàir'.

"Oh, shit. Dh'fhàg mi e."

"Chan eil diofar," thuirt e, a' toirt a' phòig mu dheireadh dhi, "chan eil feum agad air, co-dhiù."

Air an cùlaibh, dh'èirich an teine gu mullach an rùm is chun an làir a bha os a chionn.

Sheas i an sin a' coimhead an togalaich a' losgadh airson ùine an dèidh dha Sam falbh, na solais orainds is buidhe a' dannsa na sùilean, agus gàire beag cam ma liopan.

* * *

Air èiginn a dh'fhosgail Mina a sùilean. Thionndaidh i chun an taobh eile airson coimhead ris a' chloc a bha air a' bhòrd.

Leth-uair an dèidh deich? Leth-uair an dèidh DEICH! Chan urrainn dha bhith …

Shuidh i an-àirde agus rinn i mèaran. Bha na cùirtearan fhathast dùint'. Bha sin neònach. Mar bu tric, bhiodh Sam gam fosgladh mas deigheadh e a dh'obair. Ach 's dòcha gun robh e air falbh na bu tràithe an-diugh. Dè latha a bh' ann, co-dhiù? Dimàirt. No Diciadain? Sheall i sìos chun na sràide. Bha na bionaichean nan seasamh aig a' chòrnair. Dimàirt, ma-thà.

Chaidh i null chun an en suite agus nigh i a h-aodann san t-sinc. Bha i a' coimhead eagalach. Anns an sgàthan, chunnaic i gun robh liorcan ùra air nochdadh mu na sùilean aic' tron oidhche. 'S dòcha gun robh i tinn. Chaidh i air ais dhan leabaidh agus thog i am fòn.

"Good morning, Àrd-na-Cloiche Surgery."

"Hi, Glen. It's Mina Morrison."

"Hi Mina! You looking for Sam?"

"No, I just wanted to make an appointment with Dr. Richards."

"She's out on call today. I've got Doctor Lewis?"

"I'd prefer Doctor Richards."

"You can see her tomorrow. Is three o' clock okay?"

"That's fine. Goodbye."

"I'll give Sam a kiss from you."

"You do that, Glen."

Smaoinich i airson mionaid gur dòcha gun deigheadh i air ais a chadal. Bha i fhathast a' faireachdainn gum b' urrainn dhi. Ach bu chòir dhi èirigh. Bha rudan ri dhèanamh san taigh agus bha i cinnteach gum biodh a mac air an cidsin a chur bun-os-cionn mas deach e dhan sgoil. Am balach ud. Chuir i oirre càrdagan agus chaidh i sìos a dh'fhaicinn dè 'n coltas uabhasach sna dh'fhàg e an t-sinc.

Ach, gu h-iongantach, bha an cidsin cho sgiobalta ri prìne. Bha na soithichean air an cur air falbh, bha an làr glan agus bha cuideigin air lod nigheadaireachd a dhèanamh. Wonders never cease, thuirt i rithe fhèin agus chuir i air an coire.

Le cupan cofaidh na broinn, dh'fhairich i beagan na b' fheàrr ach bha e fhathast a' cur oirre cho domhainn 's cho fada 's a bha i air cadal. Cha robh i fiù 's air Sam a chluinntinn a' falbh sa mhadainn. Gu dearbha cha do chleachd i bhith mar sin. Bho dh'fhàg i a h-obair airson coimhead às dèidh na cloinne, bha i air èirigh gach madainn aig leth-uair an dèidh seachd. Fiù 's air làithean saora, cha chaidleadh i na b' fhaide na ochd uairean sa mhadainn. Ach airson ùine a-nis, bha i ga faighinn fhèin fhathast san leabaidh na b' anmoiche gach latha. Agus an-diugh na b' anmoiche buileach. Leth-uair an dèidh deich 's i fhathast na gùn-oidhche. Disgusting. Cha robh i air cadal cho fada riamh roimhe.

Ach bha an taigh sgiobalta. Taing do shealbh airson sin, ged a bha i cinnteach gum biodh prìs air. Cha bhiodh a' chlann aicese a' togail aon chorraig gun phàigheadh. Cho luath 's a nochdadh iad tron doras, bhiodh aice ri èisteachd riutha ag ràdh gun do rinn esan sin agus rinn ise seo agus gun robh feum aca air barrachd airgid. An-diugh, ge-tà, bhiodh i toilichte a thoirt dhaibh. Cha robh an neart innte airson obair-taighe. Thaom i barrachd cofaidh dhan chupan agus chaidh i dhan rùm-suidhe leis. Bha froca dha Millie, air an robh i ag obair, na laighe air a' bhòrd agus shuidh i is thòisich i fuaigheal; an telebhisean air gu sàmhach.

… the fire spread through much of the Industrial Estate,

15

destroying a number of places of business ... unsure as to what caused it ... not ruling out arson ... on-going investigation ...

Chuir i barrachd snàith tron t-snàthaid. Bha na làmhan aice siùbhlach agus rinn i e sa chiad oidhirp.

B' e sin a' chiad rud dhan do mhothaich Sam. Na làmhan aice. Bha an craiceann cho bog 's nach saoileadh tu gun robh i air latha obrach a dhèanamh na beatha. Bha na h-ìnean aice goirid ach grinn, gun pheant. Gach meur lom, gun fhàinne. Bha fhios aige sa mhionaid gur e an fhàinne aigesan a' chiad tè a bhiodh oirre. B' e sin a dh'innis e dhi, co-dhiù.

... the group of teenagers attacked the father of two ... still in hospital ... severe head injuries ...

Thog i a ceann agus sheall i ris an telebhisean. Deugairean a-rithist. Dè bha ceàrr orra? A' cur thogalaichean nan teine agus a' toirt ionnsaigh air daoine. B' e na pàrantan bu choireach. Bha a' chlann aicese beothail, bragail ach cha b' e eucoraich a bh' annta.

Cheangail i snaidhm agus gheàrr i goirid e le siosar.

Bhiodh Millie cho snog na froca. Bha e geal le flùraichean beaga pinc agus b' e Millie fhèin a bha air an clò a thaghadh. Cha robh i ach deich ach bha i, mar-thà, air a tarraing le fasan agus aodach. Bha aig Mina ri stad a chur oirre mìle uair 's i a' dol a-mach le h-aodann air a' liacradh le pùdar. Dh'fhairicheadh i cho ciontach nuair a dheigheadh Millie air ais suas an staidhre le stùirc oirre ach cha bu dùraig dhi leigeil dhi fàs mòr cho luath. Nam biodh e an-àirde ri Mina, bhiodh i air sgur a dh'fhàs aig sia bliadhna a dh'aois.

Bha na naidheachdan air tighinn gu crìch agus bha soap opera air tòiseachadh. Leig Mina osann bheag agus chuir i dheth an telebhisean. Chaidh i suas an staidhre gu slaodach agus chuir i air an shower. Bha am bùrn san taigh aca an-còmhnaidh ro theth no ro fhuar agus cha robh an latha seo diofaraichte. Dhòirt tuil de dh'uisge fuar oirre agus leig i sgreuch. Nigh i i fhèin cho luath 's a b' urrainn dhi agus an uair sin chuir i tubhailt timcheall oirre fhèin gus an do sguir i a' critheadaich. Bha i na dùisg a-nis, co-dhiù.

Cha tug i fada ga deasachadh fhèin. Bha Mina air a bhith pròiseil mu h-ìomhaigh bho bha i òg agus b' urrainn dhi a falt 's a maise-gnùis a dhèanamh ann an cairteal na h-uarach. Practice makes perfect. Bhiodh sin sgrìobhte air a clach-cinn.

Chuir i beagan J'adore air cùl gach cluais agus rinn i air rùm a mic - dìreach airson faicinn an robh an t-adhartas a chunnaic i sa chidsin air an rùm aige fhèin a ruighinn. Dh'fhosgail i an doras agus chuir i a sròin timcheall. Bhuail am fàileadh i san spot. Casan agus achlaisean agus Lynx deodorant a' toirt deòir gu sùilean. B' fheàrr leatha fàileadh an fhallais na'n stuth ud.

Thòisich i a' gluasad gu faiceallach eadar na dùintean aodaich agus an treallaich a bha sgapte air feadh an àite. Chuir i stad oirre fhèin mas do sheas i air pìos tost le silidh. Leum i seachad air basgaid aodaich a bha air tuiteam, lèintean 's drathais a' dòirteadh às. Thog i a' bhasgaid agus thòisich i cur a h-uile stiall aodaich a lorgadh i innte. An uair sin, thog i gach pìos treallaich agus chuir i e ann am poca plastaig. Leis a' bhasgaid fo gàirdean agus am poca na làimh, dh'fheuch i a-rithist tron rùm. Fiù 's an dèidh a h-adhartais, chan fhaiceadh tu leth an làir leis na gnothaichean aige. Cha shadadh e càil a-mach agus dheigheadh e às a chiall nam feuchadh ise.

Ràinig i an doras agus dh'fhosgail i e le cas ach thuit stocainn bhon bhasgaid. Lùb i sìos airson a thogail agus laigh a sùil air iris fon leabaidh. Tharraing i a-mach e le aon chorraig. Bha fhios aice dè bhiodh ann. Bha e seachd-deug às dèidh nan uile agus bha i tuigseach mu bhalaich òga. Bha e nàdarrach gum biodh e airson sealltainn ri boireannaich aig aois.

Ach an uair sin mhothaich i nach e boireannach a bha i a' coimhead. Bha fireannach air a' chòmhdach. Fireannach. Stad a cridhe. Dh'fhairich i dìobhairt ag èirigh na sluigean agus dhùin i a sùilean. Tharraing i anail dhomhainn agus dh'fhosgail i an iris sa mheadhan. Chan fhaca i riamh càil coltach ris. Agus bha e ann an rùm a mic. Am balach beag aicese.

Thug cuideigin dha e. Salachar air choireigin.

Thàinig an dìobhairt suas a-rithist agus bha aice ri ruith dhan taigh-bheag.

Cha robh càil na stamag ach cofaidh agus thàinig e a-mach aiste ann an steall tana, donn. Shuidh i air an làr airson mionaid gus an robh i cinnteach gum b' urrainn dhi seasamh. Bhruisig i a fiaclan agus chàraich i a h-aodann. An uair sin choisich i air ais dhan rùm agus chuir i an iris air ais fon leabaidh. Dh'fhàg i a' bhasgaid agus am poca plastaig agus dhùin i an doras air a cùlaibh gu sàmhach ged nach robh dùin' eile san taigh.

* * *

Ruith Chris chun na pàirce le bàlla fo achlais. Bha na balaich eile a' feitheamh ris ach bha aige ri bruidhinn ri Ceannard na Sgoile mas b' urrainn dha falbh. Rudeigin mu dheidhinn nan comharran a bha iad an dòchas a gheibheadh e sna deuchainnean. Cha robh e air èisteachd ri facal.

Bha a' ghaoth socair ach fuar air aodann fhad 's a bha e a' ruith tro na sràidean. Cha robh e airson a dhèanamh fhèin sgìth ron gheama ach bha cabhag air. Bha e a-nis cairteal às dèidh ceithir agus bha aige ri bhith a-staigh aig seachd. Bhiodh a mhàthair a' dol às a ciall mun robh iad uile còmhla airson an dìnneir. Ag ràdh gum bu chòir dhaibh bruidhinn ri chèile mu na rinn iad tron latha.

Chunnaic e càch nan seasamh ann am meadhan na pàirce, a' dèanamh cinnteach nach cleachdadh duine sam bith eile am pìos acasan.

"Hurry up, Morrison, ya saggy-titted bastard!"

"Shut up, Russell!"

"Shagging Mrs. Mackay were yeh?"

"Aye, and I'm off to see your mum later."

Shad e am bàlla thuca agus thòisich an geama. Bha na sgiobaidhean ag atharrachadh gach latha ach bha iad uile airson gum biodh Chris leothasan.

Nuair a bha e a' cluich bha e mar gun robh magnait eadar a chas agus am bàlla. Cha robh duine san sgoil no san sgìre a thigeadh faisg air. Dh'fhaodadh Mrs. Mackay agus an sgoil agus am baile seo a dhol a thaigh na croiche. Bha esan gu bhith ainmeil.

"Hey, Superstar!" dh'èigh Ali. "Keep yer head in the game!"

Thionndaidh Chris agus thog e a chorrag mheadhanach ris. Thug e sùil aithghearr air a' phitch - far an robh am bàlla, far an robh na balaich eile nan seasamh – agus thòisich e a' ruith. Bha am bàlla aig Russell ach cha robh e air Chris fhaicinn a' tighinn. Thug e am bàlla bhuaithe agus thuit Russell chun talamh. Chaidh e seachad air Bobby agus, le breab cruaidh, cinnteach, chuir e am bàlla eadar an dà chraoibh.

"Foul! No goal!" dh'èigh Bobby.

Thàinig Russell a-null thuige, cuagach,

"You cheating bastard!"

"It was a fair tackle, mate."

"Was it fuck!"

Sheas Ali eatorra,

"Boys, boys. No need for that. Look who we've got here."

Thionndaidh iad còmhla a choimhead ris a' bhalach a bha a' coiseachd air an staran, pìos air falbh. Làmhan na phòcaidean agus a cheann crom, cha do sheall e an taobh a bha iad. Bha a chluasan làn ciùil agus cha chluinneadh e iad ag èigheachd ris.

Ach bha fhios aige gur e sin a bha iad a' dèanamh.

Dh'fhairicheadh e na facail aca a' bragail air aodann agus a' sgrìobadh a chraicinn. Bha a stamag loma-làn dhe na facail aca; cnap na bhroinn a bha toirt fallas gu mhaol agus crith gu liopan. Bho bha e ochd bliadhn' a dh'aois. A h-uile deamhnaidh latha.

"Hey! Faggot!"

"Tighten your belts lads. It's Ben-der!"

"Oi! Yeh fuckin' fairy! Don't walk away from us."

Bha dà fhiacail air chall air taobh chlì a bheòil far na chuir Ali a dhòrn tro phluic. Chaidh a chas a bhriseadh turas nuair a phut Bobby e sìos staidhre.

Agus Russell.

Bha oidhcheannan ann nuair nach b' urrainn dha cadal, a' smaoineachadh air na bhiodh aig Russell Richards dha sa mhadainn. Bha e cho eòlach air na làmhan tiugha aige 's a bha e air a làmhan fhèin. Bha àm ann nuair a bha a phàrantan san sgoil a h-uile dàrna seachdain. Cha robh na balaich ga phronnadh cho tric na làithean seo ach cha stadadh na facail.

"Are you ignoring us, Ben-der?"

Bha Russell agus Bobby a' tighinn a-null thuige. Chitheadh e iad bho oir a shùla agus choisich e na bu luaithe.

"You going to meet your boyfriend?"

An ceòl. Dh'èist e ris a' cheòl. Bha guth Kurt Cobain a' sgreuchail na chluasan. An giotar aig Novoselic a' reubadh tro chlaisneachd. Chuir e suas am fuaim na phòcaid.

"Turn around now, you sick little queer, or I'm going to rip your fucking face off."

Bha anail Russell air amhaich a-nis ach cha do thionndaidh e. Dhèanadh iad na thogradh iad, ge bith dè dhèanadh esan airson feuchainn rin seachnadh. Lìon a bheul le uisge. An t-eagal a bha sin. Sin an toiseach, agus an uair sin thòisicheadh an cnap na stamag a' leumadaich. Cha mhòr nach robh e na b' fheàrr nuair a bha iad ga bhualadh na bhith a' feitheamh ris.

"Guys! Are we playing or what?"

Stad iad. Dh'fhairich e e fhèin a' coiseachd air falbh bhuapa. Cha robh iad ri thaobh tuilleadh. Leig e leis fhèin sùil luath a ghabhail gu làimh chlì. Bha iad ag ràdh rudeigin ri Chris agus a' ruith air ais chun a' gheama. Chùm e air a' coiseachd gus an robh e cinnteach gun robh iad à sealladh. Shuidh e air an talamh, a dhruim ri craobh, agus tharraing e anail an dèidh anail gus na deòir a chumail sìos.

"Bastards," thuirt e gu sàmhach. "Stupid bastards."

An rud bu mhiosa, tà, 's e gun robh iad ceart.

Bho bha e na bhalach beag, bha fhios aige nach robh e coltach ri na balaich eile. Cha robh e cinnteach dè bh' ann aig an aois ud ach, mar a dh'fhàs e, 's ann a bha e na bu shoilleir nach robh

faireachdainn sam bith a' dùsgadh annsan nuair a shealladh e ri
nighean. Chitheadh na balaich sin cuideachd. Ge bith dè dhèanadh
e airson fhalachd, bha fhios aca cho luath 's a shealladh iad ris. Bha
e mar gun robh e sgrìobhte air a mhaol: Ben is GAY!
 Agus a phàrantan. Bha fhios acasan ged nach tuirt e càil riutha
riamh. Cha robh fiù 's aca ri faighneachd dhan sgoil carson a bha
na balaich eile ag obair air. Nam biodh athair an aon aois, bhiodh
e fhèin air a bhith nam measg. Bha e eagalach dha faicinn cho tinn
's a bha athair gun robh an aon mhac a bh' aige ceàrr. Sin a chitheadh
e a h-uile turas a shealladh athair ris. Bha Ben dìreach ceàrr agus
bha e na bhriseadh cridhe dha athair. Bhiodh e air rud sam bith
a dhèanamh airson sin atharrachadh, airson athair fhaicinn ga
choimhead gu pròiseil, ach cha b' urrainn dha.
 Sheas e an-àirde agus tharraing e a chòta na b' fhaisg air. Le sùil
dheireannach gu chùlaibh, rinn e a shlighe chun na h-eaglais.

* * *

 "Sorry I took so long."
 "That's alright."
 Bha e cairteal an dèidh sia nuair a nochd e. Bha Ben air an
ùine chur seachad a' leughadh *Decline and Fall* ach cha robh e air
facal a ghabhail a-steach. Bha e air sealltainn ri uaireadair a h-uile
dàrna mionaid gus am faca e Chris a' tighinn suas an cnoc chun na
h-eaglais.
 Bha an eaglais air a togail còig ceud bliadhna air ais ach cha
robh duine a' tighinn an taobh a bha i na làithean seo. Cha robh
innte an-diugh ach cnap chreagan; an togalach iongantach a bh' air
a bhith ann, do-dhèante fhaicinn a-nis. Bha òrdugh air dòigh nach
fhaodadh duine a tarraing sìos ach cha deach iad na b' fhaide na
sin airson a dìon. Uaireannan, nuair a bha e a' feitheamh ri Chris,
smaoinicheadh e cho duilich 's a bha e nach robh ùidh aig duine
innte ach an dithis acasan. Beannachd cuideachd. Bha e a' toirt
gàire air gur ann ann an eaglais a bha iad a' coinneachadh. Bhiodh
na daoine a thog an t-àite air an uabhasachadh.

21

"Sorry 'bout those guys. They're just … y' know … "

"I'm used to it Chris. Now shut your mouth. We've only got half an hour cause of your stupid game."

"It's not stupid. It'll get me out of this place."

"Oh, really? Just going to leave me here to rot in Àrd-na-Cloiche, are you?"

"Course not," tharraing e dheth an t-shirt is bha a bhroilleach sleamhainn le fallas.

"You can be my ball-boy."

"Very funny."

Rinn Chris gàire farsaing ris agus dh'fhairich Ben an t-eagal agus an sgìths a' leaghadh. Bha e mar aisling. Bha e ann an gaol airson a' chiad turas na bheatha agus bha Chris ga fhaireachdainn cuideachd. Cha leigeadh e leis fhèin smaoineachadh air càil eile nuair a bha iad còmhla. Chuir e a ghàirdeanan timcheall air agus phòg e e gu socair mu bheul.

"How do you say that thing again?"

"Tha."

"Ha."

"Gaol."

"Gull?"

"Yeah. Agam ort."

"Agamord."

"Tha gaol agam ort."

"Ha gull agamord."

Rinn Chris an gàire àlainn ud ris a-rithist, a shùilean uaine làn-fhosgailte agus teann air, agus dh'fhairich Ben deòir toileachais a' lìonadh a shùilean fhèin.

Ha gull agamord, ha gull agamord, ha … gull … aga … mord …

* * *

Thug PC Wendy Daniels sùil mun cuairt agus, nuair a bha i cinnteach nach robh duine a' coimhead, sheall i dhan sgàthan bheag a bh' aice na pòcaid is chuir i oirre beagan lipstick. Le sùil aithghearr eile gu cùlaibh, chuir i e air ais na pòcaid is choisich i a-null dhan chàr far an robh an dithis eile a' feitheamh.

"So, any footprints?" thuirt PC Gray.

Ghnog i a ceann, "Lots actually. Local guys did a pretty poor job of securing the area. There've been people down here wandering about all morning."

"Doing what?"

"Gawping. Nothing draws a crowd like a big fire."

"We're all just cavemen really," thuirt Detective Sergeant Williams, a' coimhead suas bhon fhaidhle a bha na uchd.

Sheall Daniels ris agus rinn i gàire. Bha DS Williams cho foghlamaichte. Cha robh càil a' toirt barrachd toileachais dha Daniels na bhith ga fhaicinn ag obair. Cho dìcheallach. Cha robh i air obrachadh le duine cho èasgaidh roimhe. Bha i cinnteach gun robh boireannaich gu leòr ga iarraidh - duine soirbheachail, làidir mar esan – ach cha robh sin a' ciallachadh nach b' urrainn dhi bhith 'g aisling.

"I know how they got in though," thuirt i le gàire fiosrachail.

Choisich iad chun na feansa agus sheall Daniels dhaibh an toll.

"Well spotted," thuirt Williams.

"That's not all," thuirt i. "I'll bet you fifty quid that that's what they used to dig."

Lean Gray agus Daniels a corrag gu mullach-biona bha na laighe air taobh eile na feans. Sheall Williams rithe is rinn e gàire mòr.

"Fingerprints! Get the forensics team over here. Gray, wait here and don't let anyone touch this area. Daniels, you're a genius."

Cha mhòr gum b' urrainn dha Daniels a pròis fhalachd. A' leantainn Williams tarsainn na Pàirce Gnìomhachais, a' gabhail notaichean fhad 's a bha i a' coiseachd, bha i a' faireachdainn beò. Bho bha i na nighean òg bha i air a bhith cinnteach gun robh i ag iarraidh a bhith na poileas. Chunnaic i *Prime Suspect* nuair a bha i na deugaire agus b' e beatha Jane Tennison a bha i ag iarraidh … ach gun an smocaigeadh no an t-uisge-beatha no am falt mì-sgiobalta.

Bha an dust bhon teine fhathast anns an adhar agus choimhead i na spriotagan beaga geala a' laighe air druim Williams. Dh'fhairich i miann a làmh a shìneadh a-mach agus an sguabadh dheth. Ach 's e am boss aice a bh' ann an Williams. Cha b' urrainn dhi càil a dhèanamh ged a bha i a' smaoineachadh air tric. Uaireannan, shaoileadh i gun robh esan a' faireachdainn san aon dòigh ach chuireadh i an smuain bho h-inntinn. Bha Jim fada ro phroifeiseanta gus brath a ghabhail air boireannach òg a bha fodha na dhreuchd. Ach, oh, nach i bha ag iarraidh air brath a ghabhail oirre 's i fodha …

"ALL CLEAR!" dh'èigh oifigear-smàlaidh agus thòisich na daoine a bha seasamh aig an fheans a' clapadh.

Choisich iad a-steach dhan rùm far an robh an teine air tòiseachadh. Air an làr bha botal, dubh le sùith. Bhodca, smaoinich Daniels. Deugairean ma-thà, thuirt an t-oifigear, ach cha robh ise cinnteach.

Ghnog Williams a cheann, "I think it was a couple. Look how the chairs have been moved."

"Like a bed," thuirt Daniels agus dh'fhairich i crith beag àlainn a' dol tro corp.

Lùb an t-oifigear-smàlaidh sìos agus tharraing e uèir fhada bho chùl nan sèithrichean.

"What's that?" thuirt Williams.

"It's the underwire from a bra, Sir," thuirt Daniels.

Thòisich Williams a' casadaich, "Mmm … uh-huh."

"I'll get the evidence bag, will I?"

Fhuair e grèim air fhèin, "Yes, good. Right."

Rinn i gàire beag ris mas do choisich i air falbh agus, ged nach aidicheadh i e gu bràth, rinn i ùrnaigh bheag gun robh e air mothachadh mar a bha i a' gluasad a tòin bho thaobh gu taobh.

* * *

Ged a ruith e mar an donas, bha e fhathast fichead mionaid an dèidh seachd nuair a ràinig e an taigh. Dh'fhàg e na brògan salach aige sa phorch agus choisich e a-steach dhan chidsin. Mar a bha dùil, bha truinnsear dha na shuidhe san àmhainn; an còrr dhen teaghlach ag ithe aig a' bhòrd san t-seomar-bìdhe. Chluinneadh e a phiùthar a' cabadaich mu nighean sa chlas aice aig an robh an aon bhaga-sgoile rithese. Chaidh e a-steach le thruinnsear agus shuidh e ri taobh.

"N uair sin, thuirt mise, if you're going to be such a copyer then I won't be your friend. Agus a-nise tha i ag radh gur e mise bha copaidhgeadh!"

Sheall a mhàthair ris, a beul teann.

"Càit' an robh thu, Chris?"

"Sorry, Mam. Bha sinn a' cluich football agus cha do mhothaich mi gun robh e air fàs cho late."

"Nuair a chanas sinn seachd uairean, tha sinn a' ciallachadh seachd uairean. Innis dha, Sam."

"Come on Mina," thuirt athair le gàire, "fàg am balach. Feumaidh e trèanadh ma tha e gu bhith cluich airson Alba."

Rinn Mina fuaim greannach tro sròin agus chuir i pìos quiche na beul. Sheall Millie rithe gus dèanamh cinnteach gun robh i deiseil a' trod,

"So, bay – sic – ally, faigh mi baga ùr?"

* * *

Na laighe san leabaidh, dhùin Chris a shùilean teann agus dh'fheuch e ri aodann Ben fhaicinn. Shaoil leis gun robh beagan dhen bhlas aige fhathast air a liopan agus dh'imlich e iad. Le gàire beag, thionndaidh e gus an solas a chur dheth agus laigh a shùil air còrnair na h-iris a bha fon leabaidh. Shit! Lùb e sìos agus bhreab e i na b' fhaide fòidhpe. Nam biodh a mhàthair air sin fhaicinn?

Ach ... bha i air an t-aodach aige a chur dhan bhasgaid. Agus air an treallaich a thogail. No. Chan eil rian gu faca i càil no bhiodh i air rudeigin a chantainn.

Chuir e dheth an solas agus dh'fheuch e ri cadal. Chan fhaca i càil. Bhiodh e air fhaicinn na h-aodann. Dh'innis e sin dha fhèin a-rithist 's a-rithist ach chan fhalbhadh am faireachdainn grànda na stamag.

Bho thòisich an rud seo le Ben, bha e air a tharraing eadar èiginn a bhith còmhla ris a h-uile mionaid dhen latha agus feagal a' bhàis gu faigheadh cuideigin a-mach mun deidhinn. Tric bhiodh e a' fàs fiadhaich leis a' bhaile agus na daoine nach leigeadh leis a bhith dòigheil, mar nach leigeadh iad le Ben coiseachd nan sràidean gun magadh air. A bharrachd air sin, bha e air ithe leis a' chiont nach b' urrainn dha Ben a chuideachadh nuair a bha iad ag obair air. Bha e fhèin fiù 's air pàirt a ghabhail. Bha e air chewing-gum a' liacradh na fhalt.

Bha fàileadh bho fhalt Ben mar siabann teth. Cha robh càil coltach ris. Bha e cho aonranach nuair nach robh iad còmhla; an aon rud a bha ga chumail a' dol b' e gun robh fios aige nach biodh fada gus am biodh iad còmhla a-rithist. Agus bha fhios aige, domhainn na chridhe, nach robh e ceàrr. Cha robh càil ceàrr mun dòigh a bha e a' faireachdainn nuair a bha an corp caol làidir ud faisg air. Cha robh càil ceàrr air ach bha an nàire ann fhathast. Nàire. Chan innseadh e sin dha Ben gu bràth ach bha nàire air. Uaireannan smaoinicheadh e air dè chanadh daoine nan cluinneadh iad agus cha mhòr gum b' urrainn dha seasamh. Cha robh taghadh aige. Chan fhaodadh duine faighinn a-mach. Ge bith dè thachradh, ge bith dè cho mòr 's a dh'fhàsadh an ceangal seo ri Ben.

A-màireach, chuireadh e an iris dhan bhion. Cha robh fhios aige carson a bha e air a cheannachd sa chiad àit'. Bha aige ri dhol air a' bhus - deich air fhichead mìle, gu Inbhir Nis – airson fhaighinn agus cha b' urrainn dha sealltainn ris gus an robh e cinnteach gun robh an taigh falamh. Fiù 's an uair sin, cha do shaoil e mòran dheth. B' e Ben a bha esan ag iarraidh 's chan b' e na strainnsearan ud. Agus nam faiceadh duine gun robh e aige …

Loisgeadh e an iris. Sin a dhèanadh e. Agus an uair sin, bhiodh e na b' fhaiceallaiche. Bha fhios aige gur e an rud a b' fheàrr gun Ben fhaicinn tuilleadh ach bha e air sin fheuchainn. Cha do sheas e seachdain.

Dhùin e a shùilean agus dh'fhairich e an cadal a' tighinn. Smaoinich e air Ben na leabaidh fhèin agus thuirt e 'Goodnight' ris gu sàmhach.

Bhiodh Ben a' dèanamh an aon rud.

Caibideil 2

Sheall Dr. Richards thairis air a speuclairean agus dh'èirich aon de na moileanan tiugh aic' gu slaodach an-àirde. Bha a beul air fàs cho teann 's nach fhaiceadh tu na liopan aice tuilleadh. Air a beulaibh, bha duine caol a' bìdeadh ìnean agus a' coimhead a dh'àite sam bith san oifis bhig ach dha na sùilean geura aic'.

"So you lost your prescription?"

"Umm, yeah."

"You're a resident of Inverness, Mr. Carmichael."

"So?"

"You're not registered here."

Ghluais i air adhart na sèithear gus an robh i òirleach bho aghaidh. Sheall i ris gu cruaidh agus, nuair a bhruidhinn i, bha a guth ìosal.

"Don't try to pull a fast one on me, son. If you show your face at this surgery again, I'll be calling the police."

Leum Mr. Carmichael gu chasan agus chaidh e na dheann a-mach an doras. Thug i dhith a speuclairean agus shuath i a sùilean le meòir. Bha daoine mar Jimmy Carmichael ga fàgail sgìth agus caiseach. Leisgearan loibht.

Bha gnog aig an doras.

"Haidh, Rita," thuirt Mina a' tighinn a-steach.

"Ah, Mrs Morrison. Dè tha gad chur an taobh seo?"

Shuidh Mina air an t-sèithear dhubh, phlastaig agus phaisg i a làmhan na h-uchd. Bu chaomh leatha Dr. Richards. Cha chanadh i e ri Sam gu bràth ach bha barrachd earbs aice ann an Rita na dotair sam bith eile. Chan fhaigheadh mòran seachad oirre agus dh'innseadh i an fhìrinn dhut, ged a bhiodh tu airson a cluinntinn no nach bitheadh.

"Chan eil fhios 'am. Tha mi dìreach … sgìth fad an t-siubhail. An oidhch' eile, thuit mi na mo chadal aig naoi uairean agus cha do dhùisg mi gu leth-uair an dèidh deich. Chan eil e coltach rium."

Sheall Rita rithe le na sùilean tuigseach ud agus ghabh i a-steach a h-aodann 's a corp. Bha i a' coimhead sgìth gun teagamh. Agus na bu chaoile nan turas mu dheireadh a chunnaic iad a chèile, aig geama bàll-coise nam balach mar bu chuimhne leatha.

"Bheil thu ag ithe gu math?"

"Tha."

"Bheil thu air a bhith tinn?"

"Chan eil."

"Bheil thu trom?"

"Chan eil," thuirt Mina agus shaoil Rita gun cuala i beagan tàmailt na guth.

"Ceart, bheir sinn sùil air d' fhuil agus feumaidh mi sample cuideachd. Tha fhios agad càit a bheil an taigh-beag."

Ghabh Mina am botal beag bhuaipe agus dh'fhàg i an rùm. Bha rudeigin a' cur air Rita mu deidhinn. Cha b' urrainn dhi a corrag a chur air ach bha bliadhnachan na dotair air a fàgail gu geurchuiseach biorach. B' e boireannach fallain a bh' ann am Mina Morrison a-riamh. Bha a teaghlach air fad làidir nan slàinte – cha robh agad ach coimhead ri Chris.

Dheasaich i an t-snàthad agus chuir i oirre miotagan surgaigeach. Thàinig Mina air ais leis a' bhotal làn agus thug i dhi e, a pluicean pinc. Bha gnothaichean corporra an-còmhnaidh ga fàgail na h-èiginn.

"Ceart, thoir dhomh do ghàirdean."

Chuir Mina a-mach a gàirdean agus sheall i ris a' bhalla fhad 's a chuir Rita an t-snàthad innte.

"Ciamar a tha Chris? Thuirt Russell gun robh fear à Hearts air tighinn ga fhaicinn a' cluich."

"Tha e a' feitheamh cluinntinn bhuapa."

"Uill, tha Russell ag ràdh nach eil teagamh aig duine sam bith nach tabhaich iad àite air."

Rinn Mina gàire ach mhothaich Rita nach robh e na sùilean. Chuir Rita am mullach air ais air an t-snàthaid. Tharraing i am botal làn fala bhuaithe agus chuir i e ann am poca beag. Chùm Mina oirre a' coimhead an taobh eile fad na h-ùine. Nuair a bha i deiseil, thionndaidh i air ais thuice.

"Agus nì thu cinnteach gun coimhead iad gu mionaideach?"

Rinn Rita gàire beag rithe agus chuir i làmh air a gualainn.

"Na dèanadh e dragh dhut. Bidh na results agad an ath-sheachdain. Ma tha càil idir ceàrr ort, gheibh mis' a-mach. In the meantime, dèan cinnteach gu bheil thu a' faighinn gu leòr rest agus ma tha ceistean sam bith agad, cuir fòn thugam. Uair sam bith."

Thog Mina a baga agus rinn i air an doras.

"Agus Mina … ?"

Thionndaidh i.

"Tha thu a' coimhead glè mhath."

Rinn Mina gàire beag rithe agus dh'fhalbh i gu cabhagach bhon oifis. Chuir Rita na samples dhan frids airson an lab agus air a slighe air ais gu h-oifis, dh'iarr i an ath euslainteach air Glen.

* * *

Bha Sam air a bhean fhaicinn a' dol seachad tron uinneig. Cha robh i air innse dha gun robh i a' tighinn a-steach. Cha robh i fiù 's air a ceann a chur timcheall an dorais. Bhiodh i an-còmhnaidh a' tighinn a bhruidhinn ris nuair a thigeadh i dhan t-surgery.

Aig còig uairean, chuala e doras oifis Rita a' dùnadh. Chaidh e a-mach dhan trannsa airson a coinneachadh.

"Oh, hallo Sam," thuirt i, a' tionndadh na h-iuchrach anns an doras, "latha eile seachad, eh?"

"Aidh, another day, another dollar. Umm, Rita, chunnaic mi

gun robh Mina a seo an-diugh? Dè bha i 'g iarraidh?"

"Nise, nise, Sam. Tha fhios agad mar a tha i … "

Rinn Sam osann bheag agus sheall e ris an làr, "Tha fhios 'am Rita. Tha fhios 'am ach … tha i alright, nach eil?"

Dh'fhairich Rita i fhèin a' socrachadh agus chuir i a làmh air a ghualainn,

"Tha i ceart gu leòr, Sam. Honestly. Dìreach tests àbhaisteach. Na gabh dragh."

"Chan eil i coltach rithe fhèin," thuirt e le osann eile.

"Bruidhinn rithe, Sam. Sin a' chomhairle as fheàrr a bheirinn ort."

"Tapadh leat, Rita. Oidhche mhath."

"Oidhche mhath, Sam."

Dh'fhuirich e gus an cuala e an càr aice a' tarraing air falbh agus an uair sin chaidh e chun an reception. Bha Glen a' cur phàipearan an latha air ais air na sgeilfichean. Bha e air doras an togalaich a ghlasadh air cùlaibh Rita agus a-nis bha an iPod aige na chluasan; an ceòl cho àrd 's nach cluinneadh e Sam a' tighinn a-steach dhan rùm. Bha an rùm beag far an robh na samples air taobh thall an reception. An sin, bha iad air an cumail ann am frids gus am falbhadh iad air a' bhana an ath mhadainn. Dh'fhosgail e doras am frids agus laigh a shùil air an aon fhear le làmh-sgrìobhaidh annasach Rita. Stad anail na amhaich. Bha i air Full Analysis iarraidh bhon lab.

Nosy bitch, smaoinich e a' togail a' phoca. Dh'fhalbh e na dheann leis air ais chun na h-oifis aige fhèin.

Bhiodh Glen a' toirt mu dheich mionaidean a' sgioblachadh an reception mas fhalbhadh e dhachaigh, a' glasadh nan dorsan air a shlighe. Cha robh fada aige.

Dh'fhosgail e am poca beag plastaig gu faiceallach agus tharraing e a-mach na botail le fuil agus mùn a mhnatha. Thug e am mullach bho gach fear agus dhòirt e na bh' annta sìos an t-sinc. An uair sin, ghlan e broinn nam botal le bùrn, surgical spirit agus pàipear gus an robh e cinnteach nach robh càil dhe sample Mina air fhàgail. Lorg e snàthad ùr anns an deasg agus lìon e i bho ghàirdean fhèin. Chuir

e an t-snàthad ann am botal Mina agus phut e sìos am plunger gus
an robh e làn. Chuir e am mullach air a' bhotal, teann, agus chuir e
air ais e dhan phoca. Bha sin dèante, ma-thà. Am mùn, a-nis. Cha
b' urrainn dha am botal a' lìonadh san dòigh àbhaisteach gun an
label a mhilleadh leis an làmh-sgrìobhaidh shònraichte ud.

Bha cidsin beag ri taobh an reception. Chaidh e gu sàmhach
seachad air Glen, a bha gu bhith deiseil le na pàipearan aige. Lorg e
tiomalair anns a' chidsin agus ruith e leis chun an taigh-bheag. Thug
e mionaid a' lìonadh a' bhotail bhig gu slaodach bhon tiomalair.
Chuir e am mullach air ais air a' bhotal agus chuir e na phòcaid e.
Dh'fhalmhaich e an tiomalair anns an t-sinc agus thug e leis e dhan
oifis. Chuireadh e air ais dhan chidsin e aig àm eile. Chuir e an
dàrna botal dhan phoca agus dhùin e e. Cha robh a choltas air gun
robh duine air srucadh ann.

Rinn e air an reception, a cheum luath, ach bha Glen air
crìochnachadh agus a' dèanamh airson falbh le ultach litrichean
fo ghàirdean. Chunnaic Sam gun robh an ceòl fhathast air na
chluasan. Chaidh e air a chorra-biod gus an robh e air cùlaibh
Glen 's rug e air mu mheadhan. Leig Glen sgreuch àrd agus chaidh
na litrichean suas dhan adhar agus air feadh an làr.

"Jesus, Sam! You scared the life out of me. What're you doing
sneaking up on me like that?"

Rinn Sam an gàire bu bhlàithe a bh' aige, "Well, that'll teach
you for wearing those things all the time. I just need to add one
more sample to the fridge. It's Mrs Mackay …"

"Yeah, yeah. Haven't locked the door yet," thuirt Glen,
a' sporghail le mòr-osnaich fon bhòrd, clais a thòin ri fhaicinn
bhos cionn a bhriogais.

* * *

Chuir i thuige siogarait eile agus thionndaidh i sìos an rèidio.
Bha am fòn cho sàmhach nuair a bha i a' feitheamh. Sheall i ris an
sgrion a-rithist ged nach robh i air an rùm fhàgail bhon turas mu
dheireadh a bha i air coimhead ris. Bhiodh e a' fònadh gach latha

air a shlighe dhachaigh ach bha rudeigin ga chumail. B' àbhaist dha a bhith air a shlighe dhachaigh aig mionaid às dèidh còig a h-uile h-oidhche. Bha e a-nise cairteal às dèidh. Choisich i timcheall bòrd a' chidsin a-rithist.

Cha bu chaomh leatha bhith feitheamh ri fireannach. Bha i cleachdte ri bhith taghadh cuin a bhruidhneadh i riutha. B' iadsan a bhiodh nan suidhe mu choinneamh fòn, ag ùrnaigh airson fuaim a thighinn aiste'. Dh'fhairich i an fhearg ag èirigh na stamag. Cha sheasadh seo.

Thog i am fòn – gus a chur dheth – nuair a nochd an t-ainm aige air a sgrion.

"Sorry, bha rud no dhà agam ri dhèanamh san oifis."

"Right."

"Bheil thu fiadhaich?"

"Tha."

"Tha mi duilich. Really, tha. Please?"

Smaoinich i gur dòcha gun cumadh i am fuachd na guth na b' fhaide ach dh'atharraich i h-inntinn. Cha robh tìde gu leòr aca airson sin.

"Alright. Ach dìreach seach gun caomh leam thu."

Chuala i e a' dèanamh gàire.

Dhùin e a shùilean agus dh'fheuch e ri corp fhaicinn na mhac-meanmna.

"Dè 'n t-aodach a th' ort?"

"Uill ... "

"Carly, siuthad ... "

Chluinneadh i an èiginn na ghuth.

"Tha sgiort ghoirid orm, chan eil càil orm fòidhpe. Agus tha lèine, tight gheal orm. Tha mi a' sìneadh a-mach mo chasan, tha na high-heels dubh agam orm. An fheadhainn as fheàrr leat."

Shuidh i air sèithear agus chuir i a casan, lem bòtannan salach, air an t-sèithear eile. Bha na jeans aice salach cuideachd bho bhith ag obair sa ghàrradh na bu tràithe. Shìn i thairis a' bhùird airson an ashtray.

"Tha mi a' fosgladh nam putanan … "

Chrìochnaich i an t-siogarait agus lìon i glainne le uisge bhon tap. Mhothaich i gun robh i air dìochuimhneachadh mu na begonias. Bha aice ri na deanntagan a tharraing bhuapa neo cha bhiodh iad beò an ath-sheachdain.

Dh'aithnicheadh i bho cho luath 's a bha anail nach robh fada aig Sam ri dhol. Sheall i ris a' chloc. Bha *Come Dine with Me* air ann am mionaid. A' cumail am fòn eadar a cluais 's a gualainn, thug i dhith am fleece agus chroch i e, a' bruidhinn fad an t-siubhail. Facail neartmhor, a' cruthachadh uabhasan, a' sruthadh bho beul nan tuil. Ghlac i i fhèin sa sgàthan agus chuir e iongnadh oirre cho falamh 's a bha a sùilean.

" … do chorragan na mo bheul … "

Chuir i air an coire agus lorg i cupan anns a' phreas. Cha robh ach aon tea-bag aice air fhàgail. Thaom i am bùrn goileach dhan chupan agus sgrìobh i t-bags air an liost a bh' aice air am frids. Cha robh Sam a' dèanamh ciall sam bith a-nis, a' spliutraigeadh agus ag osnaich. Dh'fhosgail i doras am frids agus thug i a-mach am bainne.

" … oh god, Sam … nas luaithe, nas luaithe … "

Chuir i am bainne air ais dhan frids agus choisich i chun an rùm-suidhe. A' sealltainn airson an remote control, chùm i a h-anail ann an ruitheam leis-san. Bha Sam a' guidheachdain àrd air taobh eile am fòn agus b' e oidhirp mhòr a bh' ann dhi gun lachan a dhèanamh. Nan cluinneadh duine Dr. Morrison snog leis a' chainnt' ud na bheul? Agus, na b' fheàrr na sin, b' e ise a bha air a chur ann.

" … Jee-sass, fuck, ah fuck, shit … Aaah!"

Agus bha e deiseil.

"Thanks, Sam," thuirt i agus chuir i dheth am fòn mas robh cothrom aige càil a chantainn.

Thog i an cupan agus ghabh i srùpag bheag dhen teatha. Chuir i air an telebhisean agus laigh i air an t-sòfa. A-màireach, nuair a dh'fhònadh e, cha fhreagradh i.

* * *

Cha robh iad a' cluich às dèidh na sgoile air Dimàirt. Bhiodh Russell a' tighinn chun an taighe aige, ge-tà, agus bhiodh iad ag obair air tackles agus penalties. Bha Russell dhen bheachd gun robh Chris a' gabhail penalties san aon dòigh ro thric agus bha aige ri obrachadh air cleachdadh a chois chlì. Bha sin gu bhith cudromach ma bha e airson àite fhaighinn a' cluich le sgioba proifeiseanta. Bha balaich gu leòr ann airson blàthachadh na being ach bha Chris cleachdte ri bhith ann am meadhan a' gheama bhon toiseach. Cha bhiodh e toilichte le càil sam bith eile.

Bha gàrradh mòr aca air cùl an taighe agus bha athair air dà ghoal-post a chur an-àirde nuair a bha e ceithir bliadhn' a dh'aois. Bha na bliadhnachan air am fàgail cugallach is meirgeach ach cha leigeadh Chris le athair feadhainn ùr fhaighinn. 'S ann le na puist ud a dh'ionnsaich e agus bha e cinnteach gun robh iad fortanach dha. Chuireadh e goal annta ro gach geama. Sheasadh e air am beulaibh agus dh'fhairicheadh e an saoghal a' tuiteam air falbh. Cha robh càil eadar e fhèin agus an lìon agus cha bhitheadh gu bràth.

"Getting better, Morrison. Won't get it past me this time though."

Bha Russell a' leumadaich bho chas gu cas. Shad e smiogaid air an talamh agus rinn e deiseil. Bha Chris air trì a chur seachad air, dhà le cas chlì. Choimhead Russell air na casan aige, a' feuchainn ri tomhais dè an taobh a dheigheadh e. A chas dheas. Bha e cinnteach. Cha chleachdadh e an aon chas trì trupan. Ghluais e a chuideam gu làimh dheis.

Ach chunnaic Chris e aig a' mhionaid mu dheireadh. Rinn e air a' bhàlla agus thug e slaic dha le cas chlì. Leum Russell ach sgèith am bàlla seachad air a ghualainn, a' bualadh na lìn mar pheilear agus a' cur nam post air chrith.

"Shit!" dh'èigh Russell.

"Russell!" Chuir Mina a ceann a-mach à uinneag a' chidsin, "I heard that. Watch your language!"

"Sorry, Mrs. Morrison."

Thog e am bàlla agus shuath e a shròin le làmh. Dh'fhuirich e gus an robh Mina a-mach à sealladh agus choisich e a-null gu Chris.

"Your Mum is really fit, y'know?"

"Yeah, yeah. Whatever. Just 'cause you couldn't catch a beach ball."

"Nah, seriously mate. It's a compliment."

"Well, thanks Russ. Wish I could return it but your Mum's a boot."

Thòisich iad a' gàireachdainn agus shuidh iad sìos air an fheur. Bha an oidhche air fàs fuar ach bha an dithis aca nam fallas. Thug Russell pacaid tombaca a-mach às a phòcaid agus thòisich e a' dèanamh roll-up. Bha corragan a làimh dheis buidhe.

"You still smoking, then?"

"Aye, I know. Stupid, right? But let's face it, it's not gonna be me in the SPL. I can be a bit more careless, like. But you – fuckin' golden bollocks – you can't make any mistakes."

Dh'fhairich Chris a stamag a' toirt leum. Bha làn fhios aige nach b' urrainn dha mearachd sam bith a dhèanamh.

"You want to come out after the game on Saturday? My uncle says he'll get us pissed."

Bha e air cantainn ri Ben gu faiceadh iad a chèile air Disathairne.

"Can't mate. Got to study or I'm not going to pass these exams."

"Exams? FUCK EXAMS! You don't need poxy higher biology to play football. Come and get pissed or I'm telling everyone you're a pussy little fairy-boy."

Bhiodh e tric ag ràdh ri Ben gu faiceadh iad a chèile 's an uair sin ga leigeil sìos. Bha Ben glè mhath mu dheidhinn ach chluinneadh e na ghuth cho tàmailteach 's a bha e.

"Yeah, alright. But can I stay at yours? Y'know what my Mum's like ... "

"Yeah. Hot."

Chuala iad càr a' tionndadh sìos an rathad agus chaidh morghan an starain suas na fhras. Choisich iad timcheall an taighe agus choinnich iad ri Rita aig an doras.

"Alright Mum."

"Hi Dr. Richards."

"Hi boys. Right, Russell, in the car. I've had a long day. Nach eil d' athair air tilleadh fhathast, Chris?"

Sheall Chris ri Russell mas do fhreagair e. Cha bu chaomh leis bhith bruidhinn Gàidhlig na fhianais. Bha athair Russell à Sasainn is cha robh iad air Gàidhlig ionnsachadh dha. Bha fuaim a' chànain a' dol mar sgian tro chlaisneachd.

"Nah. He's not usually back till about half-past. Should I give him a message?"

"No need," thuirt i le gàire, "I'll see him soon enough. Tell your Mum I said hello."

* * *

A' dràibheadh dhachaigh, le Russell a' gearain ri taobh, cha b' urrainn dha Rita gun smaoineachadh nach robh a h-uile càil buileach ceart le na Morrisons. An toiseach bha Mina a' coimhead cho sgìth, agus a-nise Sam a' tilleadh bho obair aig leth-uair an dèidh còig. B' e an-diugh a' chiad latha a dh'fhàg i an surgery roimhe bhos cuimhne leatha. Cha robh an taigh aige ach deich mionaidean air falbh. Dè bha ga chumail?

Ach rinn i oidhirp na smuaintean a chur gu aon taobh. Cha b' e a gnothaich-sa a bh' ann co-dhiù. Na bi cho nosy, smaoinich i rithe fhèin agus rinn i gàire beag.

Bha an dà theaghlach – na Morrisons agus na Richards – air a bhith faisg dha chèile bho nochd Sam agus Mina ann an Àrd-na-Cloiche ò chionn dà bhliadhna dheug. Bha Chris na bhalach beag còig bliadhna an uair sin agus Sam dìreach air tòiseachadh san t-surgery. Bha iad air a bhith fuireachd ann an Inbhir Nis ach bhàsaich pàrantan Mina is bha airgead gu leòr aca taigh mòr a cheannachd sa bhaile.

Le dithis bhalach dhen aon aois, bha i fhèin agus Mina air faighinn air adhart math ged a bha Rita a' faireachdainn gur dòcha gun robh Mina rudeigin ro stòlda. An-còmhnaidh air a deasachadh cho sgiobalta, a h-aodach air iarnaigeadh agus gleans air a brògan.

Bha Rita a' faireachdainn mar chùis-uabhais ri taobh ge bith dè cho cruaidh 's a bha i a' feuchainn le h-ìomhaigh.

Bha Sam a' toirt air an duine aice, Geoff, faireachdainn an aon dòigh. Le aodann òg, eireachdail agus dòigh a bha toirt ort smaoineachadh nach robh càil na thrioblaid dha, bha barrachd bhoireannaich ag iarraidh Sam na dhotair na duine eile. Gu dearbha, bha e gu math duilich a bhith coimhead riut fhèin an taca riutha.

Ach bha a' chlann àlainn. Chris agus Millie bheag. Bha Rita tric a' coimhead ri Millie agus a' faireachdainn duilich nach robh nighean bheag aice fhèin. Bha i taingeil airson nam balach, gu dearbh, ach bha pàirt dhi a bha fhathast ann an èiginn airson creutair beag brèagha mar an nighean ud.

"How was Chris?" dh'fhaighnich i dha Russell, a fhreagair le gluasad cinn.

Bha iad modhail, cuideachd. Chris agus Millie. Cha robh i cinnteach dè bha fàgail Russell cho do-riaraichte fad an t-siubhail. Cha bu chaomh leatha aideachadh ach bha e a' cur dragh oirre gur e a coire-se a bh' ann. Bha Russell eadar-dhealaichte bho bhràithrean mòra. Dh'fheumadh e barrachd cuideachaidh, sin uireas, ach bha i cho trang le h-obair agus bha Geoff … uill, mar a bha e.

Ciamar a bha Sam agus Mina ga dhèanamh? An-còmhnaidh cho dlùth, cho ceangailte ri chèile. Cha robh i air am faicinn riamh fuar no ainmeineach le chèile. B' e an-diugh a' chiad turas a bha i air an dàrna duin' aca fhaicinn a' dèanamh càil a-mach às an àbhaist.

Faodaidh latha dona a bhith aig daoine an-dràsta 's a-rithist, smaoinich i.

Agus co-dhiù, dh'fheumadh i aideachadh gun robh e a' toirt toileachas beag dhi faicinn nach robh na Morrisons buileach cho mìorbhaileach 's a shaoileadh tu.

Caibideil 3

Cha robh e a' tighinn, ma-thà. Shaoil le Ben gum bu chòir dha bhith cleachdte ri seo ach bha e an-còmhnaidh a' faireachdainn mar a' chiad turas. Na bu mhiosa, fiù 's, oir bha an gaol aige a' dol na bu doimhne le gach mionaid a chuireadh iad seachad còmhla.

Uaireannan, b' ann air sgàth i a theaghlaich no bàll-coise a bha aige ri falbh. Cha robh sin cho dona. Ach nuair a dh'fhalbhadh e le na balaich ud – the boys, the lads, the guys – bhiodh e faireachdainn tinn. Gun taghadh e Russell, am beathach ud, roimhesan. Bha Ben a' tuigsinn, bha e air cantainn gun robh, mìle uair, ach bha e ga ghoirteachadh a dh'aindeoin sin. Cha robh Chris coltach ri Russell ann an dòigh sam bith ach bha aige ri toirt a' chreids.

Cha robh Ben air faighneachd dha ach aon turas am faodadh e an fhìrinn mun deidhinn innse dha daoine,

"It'll be awful at first but after a while … "

"After a while? After a while?! Are you insane? Do you know how many openly gay professional footballers there are?"

"Well, there must be a few … "

"None. Not one. In fact, the only one I ever heard of killed himself."

"You could change that though. You could … "

"I could what? Christ, Ben, you don't have clue. The other guys'd torture me. D'you think they'd be alright with some queer showering with them? I know for a fact they wouldn't."

Bha aodann air fàs dearg, a làmhan teann ann an dà dhòrn.

"And even if I could handle them, and I'm not saying I couldn't, there's the terraces. Do you know what they chanted at Sol Campbell?"

"Of course not. Who's Sol Campbell?"

"He's big, he's black, he takes it up his crack, Sol Camp-bell, Sol Camp-bell."

"Oh."

"And he's not even gay."

"Oh."

"Yeah. Oh. So don't ask me again, alright? We can still be together. But I need to be a football player. It's the only thing I'm good at. Please try to understand, Ben?"

Cha b' urrainn dha Ben a dhiùltadh. Thug e pòg dha agus chaidh còmhradh sam bith mun chùis seachad. Bha Ben a' tuigsinn. Cha b' urrainn dha Chris a bhith beò às aonais bàll-coise is cha b' urrainn dha Ben a bhith beò às aonais Chris. Sin an suidheachadh ris an robh aige ri dèiligeadh agus bha e ceart gu leòr a' chuid as motha dhen tìde; gus an cluinneadh e gun robh aige ri feitheamh a-rithist air sgàth Russell. Cha robh duine san t-saoghal na bu chudromaiche dha na Chris ach cha robh duine a bha cur feagal air mar Russell Richards.

* * *

Bha cuimhne aige fhathast air a' chiad latha san sgoil ùr. Bha a phàrantan air gluasad leis fhèin 's a phiuthar mhòr nuair a bha e ochd bliadhna a dh'aois bho baile beag air oir Shasainn. Bha e air a dhol gu sgoil phrìobhaideach gun uair sin agus bha na riaghailtean teann is a' chlann eile sàmhach, dìcheallach. Cha robh e deiseil airson sgoil no baile ùr ann an dòigh sam bith.

B' e baile ann an dà leth a bh' ann an Àrd-na-Cloiche. Fo sgàil nam beanntan air an taobh an iar, bha na daoine beairteach a' fuireachd; na taighean mòra ac' a' coimhead sìos air a' chòrr dhen bhaile. Air beulaibh gach fear, bha dhà no thrì chàraichean a' gleansadh, fiù 's nuair a bha an t-adhar làn sgòthan. Nuair a chunnaic Ben iad an toiseach, bha e cinnteach gur ann an sin a bhiodh iad a' fuireachd.

B' e an t-sràid ac' a' chiad rud a bhuail air. Bha na taighean cho faisg dha chèile. Bha taigh Ben anns a' phàirt dhen bhaile a bha air a thogail anns na seachdadan agus cha robh e air atharrachadh mòran bhon uair sin. Bha na taighean semi-detached beag agus fuaraidh agus cha robh aon dhiubh le gàrradh nach robh làn truileis.

Bha an seann taigh aig na Baxters leis fhèin ann am meadhan achaidh. San taigh ùr aca, chluinneadh iad na nàbaidhean tron bhalla.

An uair sin thòisich e a' mothachadh nach robh am biadh no na toys a bha e a' faighinn cho math tuilleadh. Bha a mhàthair air a dheise-sgoile fhaighinn an-asgaidh bhon sgoil agus cha robh càr aca tuilleadh. Mun àm a thòisich e san sgoil, bha e air ionnsachadh gun robh athair air a h-uile sgillinn a chall agus bha iad a-nise am measg nan daoine bu bhochd sa bhaile.

Choisich e tro gheata na bun-sgoile le baga-leathair fo ghàirdean agus litir dhan tidsear mu na h-allergies aige agus gun robh a' chuing air. Cha mhòr gun robh a chas air an raon-chluiche nuair a bha sùilean geura Russell air a lorg. Thionndaidh e agus sheall e annta. Bha sùilean Russell dorcha-donn agus beò leis an olc. Cha b' urrainn dha Ben coimhead air falbh. Chùm iad e glaiste, a chasan steigt' ris an talamh. Thòisich Russell a' coiseachd a-null thuige agus smaoinich e airson diog gur dòcha gum biodh e na charaid dha. Bha e gu dearbha a' coimhead toilichte fhaicinn. Dh'fheuch Ben ri gàire a dhèanamh ris ach chan obraicheadh aodann.

"What's wrong with your face?"

Sheas Russell air a bheulaibh agus sheall e sìos air.

"Nuh … nothing."

"So why's it bleeding?"

"What? It's not … "

Agus thug e dòrn dha mun t-sròin. Chaill Ben a fhradharc

agus a chasan. Thuit e le brag gu talamh cruaidh saimeant, fuil a' sruthadh sìos aodann. Dh'fhairich e mar gun deach ùine seachad mas do thuig e na bha air tachairt ris agus thòisich a shùilean a' lìonadh le deòir. Lùb Russell sìos agus bhruidhinn e gu sàmhach na chluais,

"If you grass me up, I'll get you."

Choisich e air falbh agus chuala Ben e ag èigheachd, "I think that boy fell over, Miss."

Cha do dh'innis e dha duine. Bha a' chlann eile air faicinn dè thachair ach cha tuirt iadsan càil a bharrachd. Bha feagal air a h-uile duine bho Russell.

Agus fhathast, cha chanadh duine facal na aghaidh, ged nach robh na bliadhnachan ach air a dhèanamh na bu mhios. Bha Ben cinnteach gun robh e air barrachd ùine a chur seachad a' smaoineachadh air Russell na air duine sam bith eile - fiù 's air Chris. Bha e air a bhith na cheann bho mhoch gu oidhche airson naoi bliadhna. A' chiad rud air an smaoinicheadh e sa mhadainn 's an rud mu dheireadh mas caidleadh e. Bhiodh e tric ag aisling mu dheidhinn. Mura biodh gun robh a h-uile smuain dubh leis an fheagal, bhiodh e gu math coltach ri gaol.

* * *

Thog Chris a' ghlainne bheag agus thaom e an stuth grànda pinc a bha na bhroinn sìos amhaich. Gak. Bha e teth agus milis agus steigt' letheach slighe sìos a shlugain. Ghabh e balgam dhen phinnt airson a ghreastainn air gu stamaig. Bha deoch-làidir lugha air. Cha bu chaomh leis am blas no am fàileadh – bha e an-còmhnaidh duilich dha a chumail sìos – ach, na bu mhiosa, bha e call a' ghrèim teann a bh' aige air fhèin.

Chuir Russell glainne bheag eile na làimh,

"Gerrit down YEH!"

Sheall e ris a' ghlainne agus thòisich a shùilean a' fàs fliuch. Cha robh e cinnteach am b' urrainn dha a' chùis a dhèanamh. Bha iad air a bhith ag òl bho ochd uairean agus bha e a-nis leth-uair an dèidh deich. Cha bhiodh na nightclubs dùinte gu trì uairean sa mhadainn agus gheibheadh e dhonas san sgoil air madainn Diluain nan deigheadh e dhachaigh mionaid na bu tràithe. Dh'òl e an shot cho luath 's a b' urrainn dha agus chuir e a' ghlainne air ais air a' bhàr le brag. Thug Russell dha slaic mu dhruim agus dh'fhalbh e a dhanns le dà bhoireannach a bha mun aon aois ri mhàthair. Thàinig uncail Russell a-null thuige le glainne bheag eile. Uaine agus dearg a-measgachadh còmhla gu slaodach. Stop e i na làimh mas gabhadh a dhiùltadh.

"Here yuh go, gerrit down yuh son. Christ, I'd buy yur right foot the drinks if I could."

"Cheers Ivor."

Chaidh an tè seo sìos beagan na b' fhasa. Cha robh an stuth uaine/dearg cho eagalach ris an stuth phinc. Small mercies, smaoinich Chris ris fhèin. Balgam eile dhen leann agus bha e a' faireachdainn gu math na b' fheàrr. Cha robh Ivor fiù 's ga dhèanamh cho mì-chofhurtail tuilleadh. Tuba beag de dhuine le mionach mar bharaille. Bha e air a bhith a' ceannachd deoch-làidir dha Russell bho bha e trì-deug cho fad 's a dhòladh e i còmhla ris-san. Ged nach canadh e ri duine e, bha Chris a' smaoineachadh gun robh rudeigin neònach mu dheidhinn sin. Ach bha e càirdeil gu leòr, agus èibhinn, cho fad 's nach robh e a' bruidhinn air boireannaich. Mar eisimpleir,

"Aye, yuh see them two wee sluts with our Russ. Aye. He's gonna see tuh them, ah 'm tellin' yuh. Good-lookin' lad like you too. Bet yuh get yur share ah them young lassies? Eh?"

"Umm, yeah, I suppose."

Thòisich Ivor a' lachanaich agus ga bhualadh mun druim.

"Aye. All fuckin' up fur it, eh? You know! Heh, heh!"

Dh'fhairich Chris a stamag a' tionndadh. Cha b' urrainn dha èisteachd ris a' chòrr bho Ivor. Dh'èigh e thairis air a' cheòl gun robh aige ri dhol dhan taigh-bheag ach bha aire Ivor a-nis air nighean ann an sgiort bheag spanglaidh agus cnaip àrda. Rinn e a shlighe tron t-sluagh, beagan cugallach ach luath gu leòr airson am pana a ruighinn ron dìobhairt uaine/dearg/pinc. Chrùb e sìos air an làr anns a' chubicle agus ghlac e anail. Bha e a' faireachdainn fada na b' fheàrr. Lorg e chewing-gum na phòcaid agus chagainn e pìos gus an do dh'fhàg am blas searbh na bheul. Sheall e ris am fòn-làimh' aige. Bha fios ann bho Ben.

V. bored. Hope ur hvn a boring nite 2. Miss u. Xxx

Chuir e fios air ais thuige.

Ivor bn total perv. Russell copping off with grannies. Just been sick. Miss u 2. Xxx

Dhùin e a shùilean agus smaoinich e air aodann Ben. Bha na sùilean aige cho donn 's gun robh iad dubh nuair a bha e faisg. Na liopan aige làn, bog. Sròin fhada, chaol. Am falt curlach, dubh aige na laighe mu mholanan is air cnàmhan eireachdail ìomhaighe. Bhiodh e fada na bu toilichte còmhla ris-san na bhith na shuidhe an seo air làr salach, ach bha aige ri dhèanamh. Mura deigheadh e a-mach còmhla ri na balaich, mura h-òladh e a chuideam fhèin ann a leann, mura cuireadh e a theanga ann am beul nighinn air choireigin airson innse dhaibh mu dheidhinn an ath latha, bhiodh ceistean ann. Bhiodh e tric a' cleachdadh an leisgeul gun robh e airson a chumail fhèin fallain airson cluiche bàll-coise agus bhiodh iad ga leigeil às. Ach dh'fheumadh e a dhèanamh, co-dhiù aon uair gach mìos, no thòisicheadh iad a' faighneachd dhaibh pèin dè bha ceàrr air? Carson nach robh e coltach ri na balaich eile?

Dh'èirich e gu chasan agus dh'fhosgail e an doras. Bha Russell na sheasamh aig an urinal, a' mùn agus a' seinn.

"You better not've been chucking in there, Morrison! That means double-shots."

"Nah, just having a shit."

"In a club? You filthy bastard!"

Choisich an dithis aca air ais dhan bhàr airson Ivor a lorg. Cha robh e duilich fhaicinn am measg nan aodainn òga, bheothail. Bha a ghàirdean thairis air gualainn nighean na sgiorta agus bha e ag ràdh rudan eagalach na cluais. Chitheadh iad a h-aodann ag atharrachadh bho mhì-chinnt gu uabhas le gach facal. Ghreas iad orra agus fhuair iad grèim air mas deach an nighean a bhruidhinn ris an dà bhouncer iargalt.

"Here, ah was in there boys."

* * *

Chrùb Millie aig an uinneig a' coimhead a h-athar. Bha e a' dol a-mach air an oidhche a-rithist. Sheall i ris a' chloc. Cairteal gu meadhan oidhche! Uill, bha seo a' dol dhan an leabhar.

Chaidh i chun an deasg aice agus dh'fhosgail i am padlock a bh' air an drathair le iuchair a bh' aice ann an seann phaidhir bhrògan. 'S e àite math a bha sin airson rudan fhalachd. Bha Millie math air rudan fhalachd agus bha i an-còmhnaidh ag atharrachadh nan àitean aice. Dh'fheumadh tu bhith ceum no dhà air thoiseach air càch.

Bhon drathair, thug i mach an leabhar-sgrìobhaidh pinc, peana dearg agus torch bheag. Shuidh i aig an deasg agus dh'fhosgail i an leabhar. Thug i mionaid a' sealltainn ri gach duilleag, mar neach-ealain a' rannsachadh a h-obrach. Air a' chiad duilleig, bha sgrìobhte ann an litrichean mòra a bha lìonadh a' phèidse:

MILLIE A. MORRISON – DETECTIVE!

Thionndaidh i an duilleag. Bha tiotal air an tè seo:

Case 1 – Dadaidh (Sam, aois 39, dotair)

Tha Dadaidh air a bhith dol a-mach anns a' chàr leis fhèin, gun mise no Chris no Mamaidh, air an oidhche. Seo a h-uile turas a tha mi air fhaicinn a' falbh:

Dihaoine 21 An Gearran

Dimàirt 3 Am Màrt

Diciadain 11 Am Màrt

Disathairne 21 Am Màrt

Chùm na làithean orra airson dà dhuilleag agus, ged a bha làmh-sgrìobhaidh Millie gu math mòr, chunnt i fichead 's a còig uile gu lèir. Aig bonn na duilleig, chuir i deit an latha:

Disathairne 2 An Cèitean

Fichead 's a sia.

Thionndaidh i an duilleag agus air an ath phèidse, bha i air sgrìobhadh liosta de cheistean:

Càit' a bheil e a' dol?

Carson a tha e a' dol ann cho late?

Carson nach eil e ag innse dha Mamaidh?

An e spy a th' ann?

Cha robh freagairt aice airson nan ceistean fhathast ach bha an liost de làithean a' fàs na b' fhaide. Dhùin i an leabhar agus chuir i air ais dhan deasg e. Ghlas i am padlock agus chuir i an iuchair san toll a bh' ann am bobhstair na leap.

'S e àite math a bha sin cuideachd airson rudan fhalachd. Bha Millie math air rudan fhalachd. Na b' fheàrr na Chris, co-dhiù. Lorg i an iris ud furast' gu leòr. Really! Cha robh i anns an rùm aige fiù 's mionaid. Ma bha Chris airson cumail bho Mhamaidh agus Dadaidh gum bu chaomh leis balaich luirmeachd, bu chòir dha bhith air faighneachd dhìse. Bhiodh ise air àite math a shealltainn dha. Ach fon an leabaidh? For goodness sakes! Lorgadh duine sam bith e ann an sin.

An toiseach, smaoinich i gur dòcha gur e case eile airson Millie A. Morrison – Detective! a bh' ann, ach dh'atharraich i a h-inntinn. Anns a' chiad àit', cha robh fhios aice dè eile bha ri fhaighinn a-mach. Bha Chris homosexual – sin am facal a chuala i air an telebhisean agus aon turas thuirt Scott Donaldson e ris an tidsear ach cha robh fhios aige dè bha e a' ciallachadh agus thug an tidsear trod dha – ach, mar a thuig i cùisean, bha tòrr dhaoine mar sin. Cha robh an còrr mu dheidhinn. Gu dearbh, chuir e beagan iongnaidh oirre ach cha robh e a' cur dragh oirre. B' e Chris am bràthair mòr a b' fheàrr san t-saoghal agus ma bha esan homosexual, cha robh càil sam bith ceàrr air sin.

Laigh i na leabaidh agus thàinig an cadal gu luath.

* * *

Na h-aisling, bha i na seasamh air còrnair sràid ann am beul na h-oidhche. Bha uisge mìn a' tuiteam gu socair air na ròidean 's na togalaichean ach bha ise tioram. Duffle-coat tiugh ga cumail blàth agus ad mar trilby a' falachd a sùilean. Na pòcaid, bha camara. Bha eucoireach anns an togalach dhorch air taobh eile na sràid. Bha i a' feitheamh ris. Cha robh i buileach cinnteach dè bha e air dèanamh ach b' e ise an detective a gheibheadh a-mach.

Dh'fhairich i rudeigin ga coimhead. Thionndaidh i agus chunnaic i cù beag le sùilean cruinn uaine. Thog i e agus chuir i na pòcaid e. Bha e air chrith ach, ann am blàths an duffle-coat, cha robh fada gus an do chaidil e.

Bha an doras a' fosgladh. Thug i an camara às a' phòcaid aice agus sheall i tron uinneig. Bha cumadh an eucoirich ri dhèanamh a-mach san dorchadas. 'S e fireannach a bh' ann. Bha a cheann air a chromadh ach chitheadh i gun robh fhalt goirid. Ghlas e an doras air a chùlaibh agus thionndaidh e. Stad a h-anail na slugan. Laigh solais bhuidhe lampaichean na sràid air aodann agus stad e a shealltainn mun cuairt mas do dh'fhalbh e, a cheum sunndach, a-mach dhan oidhche.

Chan fhaca e Millie. Bha Millie math air falachd. Ach bha ise air fhaicinn-san.

Rinn an cuilean beag na pòcaid mèaran.

"Ssh," thuirt i, ga shuathadh, "coimheadaidh mis' às do dhèidh."

* * *

Bha e air ùine a chur seachad a' coimhead Mina na cadal mas do dh'fhalbh e. Bha i na suain; a broilleach ag èirigh 's a' tuiteam le gach anail shocair. Bha i cho bòidheach. Cha robh sin na cheist sam bith dha. Ach bha i cho àbhaisteach, cho reusanta. B' urrainn dhut d' uaireadair a chumail rithe. Bha iad air a bhith còmhla airson fichead bliadhna – bho bha e naoi deug – agus bha e air a h-uile sgeulachd 's a h-uile beachd a bh' aice a chluinntinn. Bha e air a faicinn anns a h-uile seòrsa staid, a h-uile stiall aodaich. Bha iad, bho chionn fhada, air an ìre as fhaide a dheigheadh i san leabaidh a ruighinn.

Bha Mina cho brèagha ri boireannach sam bith ach bha i neònach mu corp. Cha robh i airson na solais a chumail air nuair a bha i luirmeach agus cha dèanadh i càil bhos cionn na plaide. Bha e air innse dhi mìle uair cho àlainn 's a bha i ach cha robh e a' dèanamh diofar. Mu dheireadh, sguir iad a bhruidhinn mu dheidhinn agus a-nis, cha robh iad a' dol faisg air a chèile ach turas no dhà sa mhìos. Bha Sam air a bhith dìleas bliadhna an dèidh bliadhna, ged a bha gu leòr chothroman aige a bhith le boireannaich eile. Chùm e na fair-eachdainnean làidir, corporra ud fo smachd. Ghabh e ris a h-uile breab èiginneach a thug a nàdar dha cho fada 's a bu dùraig dha. Nuair a choinnich e ri Carly, bhris iad a-mach mar eas.

Bha i na laighe air a mhuin le cuideam gu lèir agus dh'fhairich e gum biodh e toilichte bàsachadh fo corp. Bha i a' bìdeadh bonn a chluais gu socair agus a' sainnsearachd. Cha dèanadh e a-mach mòran dhe na facail ach cha robh e gu diofar. Bha a h-uile càil a bha i ag ràdh cho blàth-milis. Tharraing e anail dhomhainn gus a lìonadh am fàileadh aice a shròin. Fìon dearg, tombaca, Chanel No. 5 (a bha esan air ceannachd dhi) agus am fàileadh sònraichte aice fhèin. Thàinig e a-steach air gur dòcha gun robh gaol aige oirre.

"I think I love you," thuirt e na cluais.

Shuidh i an-àirde luath.

"Dè?"

"I love you ... I think."

Nis an dèidh dha a chantainn, bha e duilich. Bha na sùilean aice air a dhol dorch, àraid. An uair sin, thòisich i a' gàireachdainn. Dh'fheuch i ri chumail sìos ach cha b' urrainn dhi. Thòisich i a' lachanaich 's a' spliutraigeadh 's a' gluasad air ais 's air adhart. Sheall Sam rithe le bheul fosgailte. Cha robh dùil aige ri seo.

"I'm sorry, Sam," thuirt i nuair a fhuair i grèim oirre fhèin, "it's just ... Christ! Chan eil dòigh gur e an fhìrinn a tha sin!"

Chrath e a cheann ach chuir i stad air.

"Na can an còrr, Sam. Chan eil mi ag iarraidh a chluinntinn. Na innis dhomh gu bheil gaol agad orm nuair a tha fhios aig an dithis againn nach fhàgadh tu Mina ann am mìle bliadhna. Tha na th' againn mìorbhaileach mar a tha e. Na mill e le breugan. Please?"

Ghnog e a cheann agus chuir i làmh air a ghualainn. Shocraich na sùilean aic' agus thug i pòg fhada dha. Mhiannaich e na facail a thoirt air ais. Bha iad air falbh air gun fhiost dha. Cha robh e a' smaointinn gur e gaol a bh' aige oirre. Bha na faireachdainnean a bh' aige air a son na bu bhiastail, bhrùideil na gaol. Bha e a' cur feagal air na bha e deònach a dhèanamh airson a bhith còmhla rithe.

Bha an uair air ruith orra a-rithist. Cha robh a' ghrian air èirigh fhathast ach bha cumaidhean agus còrnairean an rùm na bu shoilleir mu thràth. An aon bheannachd b' e gun robh Chris a' fuireachd le charaid 's cha bhiodh e air ais gu meadhan na maidne. Bha cadal Chris cha mhòr cho aotrom ri cadal Mina agus bha e na iongnadh dha nach robh e riamh air a chluinntinn a' fàgail an taighe.

Bha na coinnlean air fad' air losgadh gu stobannan beaga. Chuir iad orra an cuid aodaich agus chuir i a' phlaide is am botal falamh dhan bhaga.

Thòisich iad a' coiseachd sìos na beinne, grèim air làimh a chèile. Air an cùlaibh, bha a' chiad bhlas dhen latha a' gabhail thairis mullach na h-eaglais, ag imlich nan seann chlachan agus a' lasadh nan coinnlean a-rithist le solas an latha.

Caibideil 4

Bha teanga Chris steigt' ri mullach a bheòil. Cha robh e air pathadh mar seo fhaireachdainn o chionn ùine. Shìn e a-mach a làmh airson a' ghlainne bùirn a bha an-còmhnaidh aige ri taobh na leapa ach cha robh i ann. Dh'fhosgail e a shùilean agus airson diog cha robh e cinnteach dè bha air tachairt dhan rùm. Bha am bòrd làn de bhotail Becks fhalamh agus grìogagan dathte. Agus bha na ballachan pinc. Agus bha an làr gorm.

Thàinig e a-steach air nach b' ann anns an rùm aige fhèin a bha e.

Cha robh fhios aige dè bha air tachairt às dèidh dhaibh a bhith a' danns' anns an dàrna club. Bha seòrsa de chuimhne aige air Russell a' sabaid ri dithis bhalach agus pàrtaidh ann an taigh cuideigin. Bha a cheann goirt a' smaoineachadh air. Rinn e airson èirigh agus mhothaich e nach robh stiall aodaich air.

Srann.

Bha cuideigin eile anns an leabaidh còmhla ris.

Thionndaidh e gu slaodach agus, an sin, na laighe ri thaobh bha nighean bhàn le tattoo de dhealan-dè air a druim. Bha a craiceann mìn agus donn bhon ghrèin. Sheall e rithe le uabhas. Cha robh a choltas oirre gun robh aodach oirrese a bharrachd. Thog e a' phlaide gu faiceallach agus chunnaic a casan caol, luirmeachd agus tòin chruinn.

"Havin' a wee peek are ya?"

Thug Chris leum às agus chuir e a' phlaide air ais sìos luath. Shuidh an nighean an-àirde agus ruith i a corragan tro falt gus a ghluasad às a sùilean. Cha do rinn i oidhirp sam bith a cìochan fhalachd agus cha robh fhios aige càit' an sealladh e.

"What's up with you? It's not like you didn't see it all last night."

"Yeah, sorry. Did we, I mean, did I do anything?"

Rinn i gàire beag, "Well, always nice to be memorable."

Lùb i sìos agus thog i bra agus vest bhon làr.

"I'm sorry, umm?"

"Elsie," thuirt i le osann.

"Elsie? Really?"

"My parents have a shit sense of humour."

Cha b' urrainn dha ach gàireachdainn. Bha i comic, an nighean bheag seo 's i cho nàdarrach.

"Well, Elsie, I'm sorry for being such a drunken arsehole."

"That's ok. I took advantage of you. You were just too pretty."

Chuir i làmh bheag air a bhroilleach agus thug i dha pòg aotrom air a shròin. An uair sin rinn i gàire eile, na b' fharsaing' dhan trup seo, liopan dearg is fiaclan beaga biorach.

"Can you pass me my pants?"

"What?"

"They're, um, on the table. Behind you."

Thog e am paidhir dhrathais purpaidh bhon bhòrd agus thug e dhi iad le dà chorrag. Chrath i a ceann agus chuir i oirre 'ad. Smaoinich Chris gum bu chòir dhàsan aodach a lorg cuideachd. Bha Elsie a-nis a' tarraing oirre briogais agus bha e a' faireachdainn gu math rùisgte. A' cumail na plaide mu mheadhan, thòisich e a' sporghail tro aodach Elsie agus cha b' e rud furast' a bha sin. Bha lèintean is geansaidhean is na mìltean de dhrathairsean a' dortadh bho na pris, bho bhasgaid, bho bhagannan. Bha e a' cuimhneachadh an rùm aige fhèin dha. Mu dheireadh, fhuair e lorg air a chuid-aodaich agus dh'fheuch e ri chur air fon phlaide. Sheas Elsie ga choimhead le iongnadh.

"What a modest wee thing you are, Chris Morrison."

Sheall e rithe le bheul fosgailte.

"That's right. I know your name. But then, everyone knows Chris Morrison. You're the big football star."

Ghnog e a cheann agus tharraing e air t-shirt. Bha a sheacaid agus a bhrògan aig an doras agus rinn e orra.

"I've got to get going, Elsie."

"Yeah, yeah."

"Do you … want my number?"

"Sure, okay."

Cha robh e cinnteach carson a bha e air faighneachd ach cha robh fhios aige dè eil' a chanadh e. Bha a h-uile cnàmh na chorp ag iarraidh teicheadh. Thug e dhi an àireamh agus dh'fhosgail e an doras.

"Thanks Elsie. I'll see you."

Choisich i a-null thuige agus sheas i air a bheulaibh. Bha i gu math na bu lugha na bha i a' coimhead na suidhe.

"See ya Chris. I'll text you my number."

Sheas i air a corra-biod agus chuir i a làmh bheag ud mu amhaich. Thug e pòg dhi. Tè cheart. 'S e sin a bha i ag iarraidh agus bha i airidh air. Nighean bhrèagha nàdarrach. Fosgailte is fìor. A h-uile rud nach robh esan. Bha an nàire a' goil na bhroinn agus chùm e air ga pògadh, domhainn agus acrach, gus an do shocraich e. Chaidh Elsie lag na ghrèim.

"Alright Morrison! Nice one!"

Stad iad agus sheall iad ri Russell na sheasamh anns an trannsa. Fo achlais, bha nighean dhorch ann am paidhir shorts. Thug Russell pòg fhada dhi, a dhà làimh mu tòin, a' coimhead ri Chris fad an t-siubhail. Bha an nighean a' coimhead cugallach nuair a bha e seachad.

"Right, sorry ladies, but we've got a taxi waiting."

Choisich a' chlann-nighean còmhla riutha chun an dorais agus smèid iad nuair a dh'fhalbh iad san tacsi. Thug Russell dòrn dha mun ghualainn.

"You dirty dog, Morrison! Can't believe you got off with Elsie.

She's like twenty-two or something."

"She is?"

"Yeah, that was her sister with me. Claire. She just turned sixteen. Fuckin' mint."

"I can't remember anything."

"Never mind. One to tell the lads, eh?"

Gu dearbh. Sgeulachd dha na balaich. Elsie bhochd. Bha i gu math brèagha, na dòigh fhèin, ach cha robh innte ach sgeulachd eile.

Cha tuirt iad an còrr fad na slighe dhachaigh. Bha Russell toilichte gu leòr. B' e sin aon dhe na rudan bu chaomh leis mu Chris; cha robh cus bruidhinn na chois. 'S e fireannach ceart a bh' ann. Bha balaich ann a bhiodh airson a h-uile rud a thachair le Claire a chluinntinn ach cha b' e sin Chris. Gu dearbh, cha robh Russell airson innse dha nach d' fhuair e na b' fhaide na aon chìoch. Às dèidh cho math 's a rinn Chris le Elsie, bhiodh e air a nàrachadh.

* * *

Laigh Mina anns an leabaidh, a' coimhead ris a' bholt air mullach an rùm. Bha e a' tighinn air falbh aig a' chòrnair agus bha an dath air fhàgail ann an àiteachan. Lorgadh i bolt ùr an-diugh. Dheigheadh i a dh'Inbhir Nis agus cheannaicheadh i tiùrr rolaichean. An uair sin, dh'fhònadh i Alasdair Dànaidh agus dh'fhaighnicheadh i cuine a b' urrainn dha an cur suas. Sin a dhèanadh i. Ann an greiseag bheag. An toiseach, bha i airson barrachd cadail fhaighinn.

Bha e cairteal gu aon uair deug.

Bha Sam air èirigh airson bracaist a dhèanamh dha Millie agus bha i air Chris a chluinntinn a' tilleadh bho oidhche le Russell. Air a shlighe dhan an rùm aige fhèin, chuir e a cheann timcheall an dorais;

"Haidh Mam. Bheil thu alright?"

Fada fon phlaide, thuirt i gun robh.

"Alright," thuirt Chris, a' dùnadh an dorais. "Innis dhomh ma tha thu ag iarraidh càil."

Bha e cho gasta, am balach aice. Cha robh i air càil a chantainn mun iris a lorg i san rùm aige. Dh'fheuch i ri innse dha Sam ach, a' smaoineachadh air aodann 's i ag ràdh nam facal, cha b' urrainn dhi. Mu dheireadh, thuirt i rithe fhèin gur e phase a bh' ann. Curiosity, sin uireas. Agus co-dhiù, cha robh dòigh gun robh e air càil a dhèanamh. Bha i eòlach air na caraidean aige agus gu dearbh cha robh ùidh aig Russell Richards no Ali Currie ann am balaich. 'S dòcha fiù 's gur e iadsan a thug air a cheannachd. Geama gòrach air choireigin. Bha i air sealltainn air a shon a-rithist o chionn latha no dhà is cha robh e ann tuilleadh. Sin sin seachad, ma-thà.

Ghluais i air ais gu taobh. Thighearna, bha i cho sgìth. Bhiodh e air feagal a chur oirre ach gun robh làithean nuair a bha i a' faireachdainn ceart gu leòr a-rithist. Shaoil leatha gur e dìreach a h-aois a bh' ann. Cha robh i ach seachd-deug thar fhichead ach bha fhios aic' nach robh i cho òg 's a chleachd i a bhith. Bha i fortanach gun robh Sam aice airson a cuideachadh. Ged nach leigeadh i leatha fhèin smaoineachadh air cus, bha fhios aice gum biodh e ann airson an teaghlach a ghleidheadh nan tachradh càil rithese. Co-dhiù, bhiodh na results aig Rita an ath-sheachdain agus an uair sin bhiodh i coltach rithe fhèin a-rithist. Agus 's e Latha na Sàbaid a bh' ann. Cha robh càil neònach mu bhoireannach a' gabhail long-lie air madainn na Sàbaid.

Nach do ghabh Dia fhèin norrag air an t-seachdamh latha? smaoinich i agus chrùb i na b' fhaide sìos fon phlaide.

* * *

Stop Millie làn spàin de Choco-pops na gob agus sheall i bho h-athair gu bràthair mar gun robh i aig geama tennis. Bha iad a' cabadaich mu dheidhinn bàll-coise agus cha robh Millie a' tuigsinn facal. Cha robh e gu diofar dhìse, tà. Bu chaomh leatha a bhith coimhead a bràthar 's a h-athar dòigheil còmhla. An-dràsta 's a-rithist, thionndaidheadh Chris thuice agus chanadh e,

"Bheil thu bored ag èisteachd rinn, Millie-moo?"

Chrathadh i a ceann agus chumadh iad orra. Bha an dithis aca a' coimhead cho sgìth ris a' chù. Bha Millie gu math cinnteach gun robh iad air a bhith ag òl deoch-làidir. Amadain. Cha deigheadh ise faisg air an stuth ud gus an robh i, co-dhiù, ochd deug. Bha deagh fhios aice dè thachradh dhut nan gabhadh tu cus. Bhiodh cuimhne aice gu bràth air an oidhche a chaidh iad gu taigh-òsta airson cò-là-breith Dadaidh.

Bha iad air spaghetti bolognese agus cèic seoclaid le fichead 's a naoi deug coinneal ithe. Bha Dadaidh air pòg mhòr a thoirt dha Mamaidh agus air chantainn gur ise an nighean bu bhrèagha san t-saoghal (ach Millie) agus bha Chris air pìos cèic slàn a chur na bheul seach gun tuirt ise nach b' urrainn dha. Bha an oidhche air a bhith cho math 's a ghabhadh gus an do thòisich an teaghlach eagalach ud.

Bha iad nan suidhe aig cùl an t-seòmair-bidhe agus bha iad uile air a bhith ag òl airson ùine. Dh'òrdaich iad iomadh deoch nuair a shuidh iad is cha robh iad fada dol tromhpa. Bha am bòrd aca gus a dhol fodha le botail agus glainneachan agus ged a bha an taigh-òsta trang, chluinneadh tu cha mhòr a h-uile facal a bha iad ag ràdh.

Bha am bill dìreach air tighinn agus bha a h-athair a' coimhead airson peana na phòcaid. Sheas aon dhe na fireannaich aig a' bhòrd an-àirde agus choisich e a-null thuca. Bha deise robach air agus bha a cheum lapach, mì-chinnteach. A dh'aindeoin sin, bha e troigh na b' àirde na Dadaidh agus bha e fiadhaich.

"Oi Doctar!" dh'èigh e, grèim aig' air bòrd airson a chumail air a chasan, "You wanna 'ave a word with this li'l bas'ard."

Shuidh Chris reòite na shèithear, am feagal dubh air aodann. Dh'fhairich Millie i fhèin a' fàs fiadhaich. Carson a bha an duine grànda seo airson am pàrtaidh beag, snog aca a mhilleadh? Bha Dadaidh air seasamh an-àirde agus bha e ag ràdh ris gum bu chòir dhaibh bruidhinn aig àm na bu fhreagarraich.

Ach cha robh an duine grànda airson èisteachd ris.

"See what 'im and 'is mates done to my nephew? We've 'ad 'im in the hospital thanks to this one."

"That wasn't me," thuirt Chris gu sàmhach. Cha chluinneadh

duine ach Millie e am measg an onghail.

"Fuckin' broke 'is ribs!"

" … talk about this when we're not so … "

" … Sir, if you could just calm down … "

Chuir Millie an làmh bheag aic' air a ghualainn agus thuirt i gu sàmhach na chluais, "Tha fhios agams' nach e thus' a bh' ann, Chris."

Rinn e gàire taingeil rithe.

Bha dà neach-obrach a-nis air tighinn agus bha iad a' feuchainn ris an duine a ghluasad air ais chun a' bhùird aige fhèin. Bha cuimhn' aice air aon dhen luchd-obrach – an nighean ruadh a bha air a' chèic a thoirt thuca – a' seasamh air beulaibh an duine 's a' feuchainn ri chumail bho Dhadaidh. Bha dà bhoireannach bhon bhuidheann aige ann cuideachd, ag ràdh ris nach robh Dadaidh no Chris 'worth it' agus gun robh iad ag iarraidh dhol dhachaigh.

Mas robh fhios aig Millie dè bha air tachairt, bha i ann an gàirdeanan Mamaidh agus bha iad air an t-slighe chun a' chàir gun fhacal.

"Dad?"

Sheall Dadaidh ri Chris, "Dè?"

"Cha b' e mis' a rinn siud air Ben."

"Tha fhios agam Chris. 'S e tubaist a bh' ann. Sin a thubhairt Ben agus an sgoil. Bha an duin' ud dìreach air cus òl. Sin a bhios a' tachairt nuair a tha an deoch ort. Tha thu a' smaoineachadh 's a' dèanamh rudan nach eil ciallach."

Bha Mamaidh air a cur dhan chàr agus air am belt a cheangal timcheall oirre. Shuidh Chris ri taobh agus thug e pòg dhi mun t-sròin.

"Tapadh leat airson mo chreidsinn, Millie-moo."

Agus le sin, bha an oidhche math a-rithist. Chaidh iad dhachaigh agus chluich iad Kerplunk agus Hungry Hungry Hippos agus chunnaic iad film le muncaidh a bha air tòrr airgid a ghoid gus an do thuit i na cadal an uchd Chris. Bhon oidhche ud, bha Millie air gealltainn dhi fhèin nach gabhadh ise an deoch gu bràth.

'S dòcha gun gabhadh i glainne champagne an-dràsta 's a-rithist (special occasions, rudan mar sin) ach cha tigeadh an latha nuair a mhilleadh Millie A. Morrison cò-la-breith àlainn le smùid na gall' oirre.

Chrìochnaich i na bh' aice sa bhobhla agus chuir i dhan t-sinc e. An uair sin, choisich i air ais chun bhùird agus sheas i air am beulaibh, a làmhan air a cruaichnean.

"Right, tha mise dol gu taigh Kerry-Ann. Feumaidh sibhse cuideachadh Mamaidh."

"Oh, bheil sin ceart?" thuirt Dadaidh. "Agus cuine bhios tu tilleadh?"

Sheall i ris an àite far am biodh uaireadair nam biodh uaireadair aice, "Leth-uair an dèidh uair."

"Okay, Mills, bi faiceallach."

Thuirt i gum bitheadh ach, na beachd-se, chan leigeadh e leas iomnaidh a bhith air. Bha taigh Kerry-Ann air an aon sràid riuthasan ach, ged nach bitheadh, b' urrainn dha Millie coimhead às a dèidh fhèin. Ma bha i airson a bhith na detective ainmeil, dh'fheumadh i bhith cinnteach gun robh i math air sabaid. Bha i air a bhith ag ionnsachadh Tae Kwan Do aig an Ionad-Spòrs a h-uile Dimàirt.

Cha mhòr nach robh i airson gu feuchadh srainnsear ri grèim fhaighinn oirre gus am faigheadh i an cothrom na moves aic' a chleachdadh.

* * *

Bha Ben na rùm, na laighe crùbt' air an làr, na deòir a' sruthadh sìos aodann. Mar mhìle sgian na mhionach, a' tionndadh agus a' tionndadh. Pian eagallach. Bha e ag iarraidh sgreuchail ach cha tigeadh fuaim a-mach. Cha do dh'fheuch e ri aodann a thiormachadh. Fo cheann, bha lòn a' cruinneachadh air a' charpet.

Bha Chris air a dhèanamh a-rithist.

Bhrùth e a dhòrn cruaidh na stamag, a' feuchainn ris an èiginn a mhùchadh. Cha robh e a' dèanamh feum sam bith. Le mòr-

57

dhuilgheadas, thog e e fhèin agus shuidh e le dhruim ris a' bhalla.

Bha Chris air teachdaireachd a chur thuige gun robh e ag iarraidh fhaicinn agus bha e air a bhith cho dòigheil 's gun do ruith e fad na slighe chun na h-eaglais. Nuair a ràinig e, bha Chris na shuidhe an sin a' feitheamh ris. Bha e air innse dha, le deòir na shùilean, gun robh e air cadal le nighean. Cha robh cuimhn' aige dè thachair. Bha an deoch air. Cha robh e fiù 's cinnteach, a-nis, càit' an robh an taigh aice.

Agus leis gach leisgeil agus gach dearbhadh bhuaithe nach robh gaol aige air duine sam bith eile, bha cridhe Ben air briseadh na dhà leth.

Cha robh ach seachd mìosan air a dhol seachad bho bha Chris air stad a chur air san t-sràid ged a bha e a' faireachdainn gun robh mìle bliadhna air a dhol seachad on uair sin.

Dh'fhairich Ben mac-talla a ghuth a' gluasad nan togalaichean nuair a bhruidhinn e ris;

"Look, can I just have a word?"

Dhèirich am feagal ann am Ben cho luath 's a chunnaic e Chris a' nochdadh bho chùlaibh a' bhus-stop. Cha robh e fada bhon taigh ach cha robh e faisg gu leòr.

Ged nach robh Chris cho dona ri càch, bha e fhathast coltach riutha. Càil ach bàll-coise is clann-nighean is a' feuchainn ri Ben a chur às a chiall. Sheall e bho thaobh gu taobh, cinnteach gun robh Russell air falachd an àiteigin.

"I know you hate me … " thòisich Chris.

Sheall Ben ris le iongnadh, "Hate you? I fucking despise you. You and your mates make my life hell. So FUCK OFF, alright?"

Bha na facail air tighinn a-mach mas d' fhuair e air stad a chur orra. Cha leigeadh Chris às e le sin. Thionndaidh e agus thòisich e a' ruith. Ruith Chris às a dhèidh. Thionndaidh Ben sìos ri taobh an taighe, airson leum thairis air an fheans, ach bha Chris ro luath dha. Leum e air agus leag e chun an làir e.

"JUST GET IT OVER WITH!" dhèigh Ben, a' teannachadh a h-uile fèith na chorp airson na dùirn a bha, gu dearbh, ri thighinn.

Ach sheas Chris an-àirde agus thabhaich e làmh air, "I'm not going to hurt you. I promise."

Sheall Ben gu geur na aodann agus thàinig e a-steach air – airson a' chiad turas na bheatha – nach robh Chris Morrison airson a mharbhadh. Ghabh e an làmh aige agus sheas e an-àirde.

"Do you want to come in then?"

Nuair a choisich Chris a-steach dhan taigh aige, chunnaic Ben gun robh e a' faireachdainn duilich air a shon. B' urrainn dhut an taigh seo air fad a chur ann an garaids Chris. Shuidh iad sìos aig bòrd a' chidsin agus fhuair Ben glainne orange-squash dha.

"Thanks."

"What do you want Chris?"

"You're really friendly, y' know?"

Dh'òl Chris an squash ann an dà bhalgam. Sheall e ri Ben. Chuir e sìos a' ghlainne agus rinn e osann throm.

"Right, here goes. You're … gay, aren't you?"

Sheas Ben an-àirde le ainmein.

"Get out," thuirt e, a' feuchainn ris a' chrith a chumail às a' ghuth aige.

"No, no, I'm not taking the piss!"

"Just GET OUT!"

Sheas Chris mu choinneamh agus chuimhnich Ben air cho mòr 's a bha e an taca ris fhèin.

Bha e na thaigh fhèin. Bu chòir dha bhith sàbhailte na thaigh fhèin ach bha aon dhiubh na sheasamh anns a' chidsin, air a bheulaibh, agus b' e esan a bha air a leigeil a-steach.

Dhùin e a shùilean agus chàin e e fhèin airson a bhith cho gòrach.

B' ann an uair sin a thug Chris pòg dha.

"What the fuck … ?"

Phut e Chris bhuaithe agus sheas iad a' coimhead a chèile, Chris a' coimhead briste. Mar gun robh e air slaic fhaighinn na stamaig.

"I'm sorry. I'm really sorry," thuirt Chris gu cabhagach agus ruith e a-mach an doras.

Sheas Ben airson ùine a' feuchainn ri obrachadh a-mach dè dìreach a bha air tachairt. Bha pàirt dheth cinnteach gur e cleasachd eile a bh' ann. Bha na balaich an-còmhnaidh a' lorg dhòighean ùra airson a ghoirteachadh.

Ach seo? Bha e cinnteach nach robh esan air càil a dhèanamh ceàrr. Dè dh'fhaodadh Chris a chantainn mu dheidhinn?

B' e Chris a bha air pòg a thoirt dhàsan.

Bha na deòir air stad. Chaidh Ben chun an taigh-bheag agus ghlan e aodann. Bha a chraiceann dearg agus goirt agus thiormaich e gu socair e le tubhailt. Cha robh neart air fhàgail ann. Chaidh e air ais dhan an rùm aige fhèin agus laigh e air an leabaidh. Cha robh e fiadhaich tuilleadh, dìreach sgìth. Dhùin e a shùilean agus rinn e ùrnaigh bheag;

Please, just let him love me. No-one else. Just me.

* * *

Bha teaghlach Elsie Craig air tighinn a dh'Inbhir Nis nuair a bha companaidhean mòra na h-ola fhathast nan òige sa Chuan a Tuath. Thàinig sluagh bho Ghlaschu, Dùn Èideann, Peairt agus Dùn Dè a lorg obair air na crainn. Ach, mar a thachras, bha barrachd dhaoine ann na bha de dh'obair agus, len cuid airgid air a chosg a' gluasad chun a' bhaile, bha na Craigs agus mòran eile steigt' ann ge b' oil leotha.

Bha an taigh ac' anns am Ferry, scheme air taobh a tuath a' bhaile. Ged a bha a' chuid as motha de dhaoine a bha fuireachd ann gu math càirdeil, bha iad air an sàrachadh le grunnd theaghlaichean – na Donellys, na Franks, na Carmichaels – agus cha sheasadh duine riutha.

Bha Elsie eòlach air daoine a bhith a' coimhead sìos oirre air sgàth 's an àite san robh i a' fuireachd ach cha robh i a' leigeil leotha dragh a chur oirre. Bha an teaghlach aice dòigheil gu leòr. Bha a pàrantan fhathast còmhla agus bha i fhèin 's a piuthar a' faighinn air adhart math. Bha an taigh aca beag ach cofhurtail agus bha cù aca a bha solt, meanbh air an robh an t-ainm Poppet (is chan e Killer no Tyson no Tank). Bha fhios aig Elsie gun robh i fortanach.

Bha am bus trang ach fhuair i seata ri taobh na h-uinneig. Chuir i a baga sìos agus rinn i ùrnaigh bheag nach biodh duine airson suidhe ri taobh. Lorg i am fòn aice na pòcaid agus leugh i am fios bho Chris a-rithist.

Had a good time too. See you soon x

Hmm ... 'good time'? Cha robh sin ro mhath. Cha tuirt e 'great' no 'amazing'. Dìreach 'good'.

Ach bha e air cantainn gum faiceadh e a-rithist i. Cha robh e air cantainn cuine a bha e airson a faicinn a-rithist. Dìreach aon phòg. Bha ise air trì a chur aig deireadh an fhios aicese. An robh sin cus?

Chuir i am fòn air falbh mas cuireadh e às a rian i. Textual frustration a bh' aig Claire air.

Bha a piuthar air a bhith làn farmaid. Bha i air a' mhadainn a chur seachad ag ràdh cho 'unfair' 's a bha e. Bha ise na b' fhaisg air aois Chris na bha Elsie.

"You're a bloody pervert!" dh'èigh i bhon uinneig nuair a dh'fhàg Elsie an taigh airson am bus fhaighinn.

Cha robh diofar le Elsie nach robh e ach seachd deug. Bha e làidir, fireann. Cha b' e balach beag a bh' ann an dòigh sam bith. A bharrachd air sin, bha e gu bhith ainmeil. Bha i air fhaicinn a' cluich airson Caley Thistle Juniors o chionn bliadhna agus bha e air a h-uile cluicheadair eile fhàgail fada air a chùlaibh. Cha robh Elsie riamh air smaoineachadh oirre fhèin mar WAG ach bha e a' fàs na bu tharraingich leis gach mionaid.

Bhiodh e na b' fheàrr na bhith ag obair sa night-club, co-dhiù. Riches. Òcrach de dh'àite làn dhaoine làn deoch, làn dhiubh pèin. Bha i air a' bhàr còig oidhche dhen t-seachdain agus, nuair nach robh i a' lìonadh ghlainneachan no a' togail dìobhairt le mop agus peile, bha i a' feuchainn ri seachnadh Rich. B' ann le Rich a bha an club agus bhiodh e a' gabhail a h-uile cothroim an làmh fhallasach aige a chur air a tòin.

Aon latha, nuair nach robh feum aic' air an airgead tuilleadh, bha i dol a bhriseadh a ghàirdein.

Tron latha, bhiodh i dol dhan cholaiste. Bha i a' dèanamh cùrsa maise-gnùis ach cha robh i airson obair ann an salon. Bha i ag iarraidh deasachadh chinn airson telebhisean agus filmichean. Bha i air bruidhinn ri tidsear mu dheidhinn agus bha ise air gealltainn dha Elsie, nan dèanadh i math anns na deuchainnean, gun cuireadh i a h-ainm air adhart airson obair aig a' BhBC ann an Glaschu. Bha Elsie a' tuigsinn an ìoranais. Bha an teaghlach aice air a h-uile sgillinn a bh' aca a chosg airson Glaschu fhàgail 's a-nis bha ise ag aisling mu bheatha na b' fheàrr air ais ann.

Chaidh am bus seachad air a' chloc mhòr ann am meadhan a' bhaile. Mura greasadh an dràibhear air, bha i gu bhith fadalach. An uair sin, dh'fheumadh i leigeil le Rich a tòin a shuathadh aon turas airson a shocrachadh. Yeuch.

Uill, bha prìs air a h-uile rud. Mura biodh i air a bhith ag obair aig Riches, cha bhiodh i air coinneachadh ri Chris. Na beachd, 's e suaip math a bh' ann a sin.

Caibideil 5

"Well, fhuair sinn na results agad agus tha a h-uile càil a' coimhead ceart gu leòr. Bheil thu fhathast a' faireachdainn sgìth?"

"Bha mi nam chadal fad madainn na Sàbaid ach tha mi air a bhith faireachdainn alright on uair sin. Chan eil mi ga thuigsinn. Tha e mar gum biodh e a' tighinn 's a' falbh."

Dhùin Rita am faidhle aice agus shuidh i air ais anns an t-sèithear, "Bheil thu … dòigheil, Mina?"

"Dè? Carson a tha thu a' faighneachd sin?"

Bha sùilean Rita socair, fiosrachail. Cha robh Mina airson sealltainn annta.

"Uaireannan, nuair a tha daoine sgìth fad an t-siubhail, 's ann air sgàth 's gu bheil iad … uill … depressed?"

Chrath Mina a ceann gu luath, "No, no. Tha beatha mhath agam. Teaghlach àlainn … "

Chaidh a guth sàmhach is cha do chrìochnaich i.

"Chan fheum adhbhar a bhith agad air a shon. Uaireannan tha daoine mì-thoilichte 's chan eil fhios aca carson. Bheil thu a' faireachdainn mar sin?"

Shuath Mina a maol le làimh. Gu dearbha, bha amannan ann nuair a bha i faireachdainn mar sin. Nach robh a h-uile duine a' faireachdainn mar sin aig àm air choireigin? Ghnog i a ceann. Chùm Rita oirre, a' taghadh gach facail gu faiceallach.

"Nuair a bha sinn a' bruidhinn an latha eile, thàinig e a-steach orm gun robh thu 's dòcha duilich nach robh thu trom?"

Rinn Mina gàire beag, "Chan fhaigh mi càil seachad ortsa, Rita."

"Uill, tha mi gu math geur," thuirt i agus thug i dhith na speuclairean.

"Tha mi seachd deug air fhichead. Chan eil mòran tìde air fhàgail agam."

"Dè tha Sam a' smaoineachadh?"

"Cha tuirt mi càil ri Sam. Tha feagal orm nach aontaich e leam. Smaoinich mi gur dòcha nach gabhainn am pile gun fhiost' dha ach cha b' urrainn dhomh sin a dhèanamh air."

"Ceart ma-thà, seo am prescription agad. Bruidhinn ri Sam agus innis dha gu bheil e cudromach dhut, nad bhoireannach, gum bi bèibidh eile agad. An uair sin, thalla dhan an leabaidh còmhla ris agus feuch gun cus cadail a dhèanamh. Okay?"

"Okay," thuirt Mina agus dh'fhairich i gàire beag a' tighinn gu liopan.

"Good, nis clìoraig a-mach à seo. 'S e GP a th' annam - chan e psychiatrist."

"Thanks, Rita."

A' dùnadh an dorais air a cùlaibh, dh'fhairich Mina fada na b' fheàrr. Taing do Dhia airson Dotair Richards. Shaoil Mina a-nis gun robh fios air a bhith aice fad an t-siubhail gur e sin a bha ceàrr. Bha i ag iarraidh leanabh ach cha robh i airson aideachadh agus 's ann mar seo a bha a corp a' dèiligeadh ris. Stad i aig a' reception a dh'fhaighneachd dha Glen an robh Sam saor ach cha robh. Never mind. Bhruidhneadh i ris às dèidh dhan chloinn a dhol dhan leabaidh.

* * *

Dhòirt am bùrn teth sìos mu cheann Chris agus thog e aodann ris. Liacraich e siabann na fhalt agus air feadh aodainn 's a bhroilleach. Bha e a' faireachdainn math. Nas fheàrr na sin. Invincible. Cha robh duine eadar e fhèin 's an goal a-nochd. Bha e a' fàs na b' fhasa leis gach geama is bha e a-nis sgìth a' cluich an aghaidh balaich na sgìre. Cha robh e na obair dha agus cha robh e ga dhèanamh nas fheàrr air a' phitch. Bha e air a bhith cluich airson na Juniors airson dà bhliadhna agus bha e na èiginn gus an gluaiseadh e air adhart. Nuair a chuala e gun robh scout à Dùn Èideann a' tighinn ga fhaicinn, dh'fhairich e gun robh an cothrom mòr aige faisg. Bhiodh e deiseil san sgoil ann an dà mhìos 's an uair sin dh'fhàgadh e Àrd-na-Cloiche agus an sgìre seo gu bràth.

Thionndaidh e dheth am bùrn agus choisich e a-mach dhan changing-room gun stiall aodaich air. Mura dèanadh tu oidhirp thu fhèin a shealltainn dha na balaich eile gun nàire, bhiodh iad a' smaoineachadh gun robh rudeigin ceàrr ort. Gu fortanach, bha Chris gu math cinnteach às fhèin san dòigh ud, ged nach robh càil aige an taca ri Bobby. Chuireadh an rud ud feagal ort. Bha ainmean gu leòr aca air a shon – Big Bob, Bobby Big-Bollocks, The Splitter - agus bha Bobby cho pròiseil às 's gun saoileadh tu gur e e fhèin a chruthaich e.

Bha e àbhaisteach dhaibh coimhead air cuirp a chèile gun fhiost agus beachdachadh air duine sam bith a bha eadar-dhealaichte. B' ann mar sin a bha balaich, gu h-àraid nuair a bha iad air sgioba còmhla. Bha an suidheachadh ud gan tarraing gu àite biastail, amh; an èadhar tiugh le fallas, testosterone agus oxytocin a' measgachadh còmhla ann am blàr ceimigeach. Bhiodh iad a' cur an gàirdeanan timcheall air a chèile 's a' toirt pat dha tòin le gàire càirdeil. Aon uair, bha Russell air pòg a thoirt dha an dèidh dha goal a chur sa mhionaid mu dheireadh agus chùm e a bheul an-sin fada ro fhada. Ach bha iad dìreach air an geama a bhuannachadh 's mar sin, bha e alright.

Thàinig Willie Byrne tron doras mar tàirneanaich. Bha Chris cinnteach gun robh ceò a' tighinn bho chuinleanan fiù 's nuair nach robh iad làn ceò siogàir. Bha Willie ga fhaicinn fhèin mar an seann sheòrsa de mhanaidsear – làidir, geur agus, a bharrachd air rud sam bith eile, cho fiadhaich ri tarbh.

"What the FUCK was that? I've never seen such a SHODDY display of WANK-FOOTED stupidity in my life."

"Didn't ye see the game, Willie?" dh'èigh Ali. "We won!"

Rinn iad uile èigh àrd ach bha guth Willie na b' àirde.

"SHUT UP! If it wasn't fur Morrison, yuh'd all be on yur ARSES in the SHIT! CURRIE, yuh soft TIT, where was the defence? That podgy Ross County fuckwit was ridin' yuh like his grandad's favourite SHEEP!"

"Ah, come on Willie … "

"DON'T fuckin' speak. None of yuh. Every last one of yuh, here, tomorrow, SEVEN A. FUCKIN' M! We're doin' DRILLS till yuhs either get faster or DIE!"

Thionndaidh e gu Chris, "That includes you, Superstar."

Thug e pat dha Chris mun druim agus dh'fhàg e an changing-room, sruth de ghuidheachdain ga leantainn air a shlighe.

Rinn iad uile osann faochaidh às dèidh dha falbh. Bhiodh iad ga chàineadh tric ach bha gach balach air an sgioba ag obair cruaidh gus Willie a chumail bho bhith trod riutha. Cha robh e a' dèanamh diofar, ge-tà. Bhiodh Willie a' trod riutha co-dhiù. Bha iad air buannachadh còig gu neoni is fhathast bha e dol cho purpaidh ri plum leis an ainmein. Sin a 'motivational technique' aige agus bha e a' steigeadh ris.

Cha robh e cho cruaidh air Chris 's a bha e air na balaich eile ach cha robh sin a' ciallachadh gum faigheadh e às le bhith dèanamh mhearachdan. Bha aige ri bhith cinnteach nach robh duine eile air an fheur cho math ris. Agus nach b' e aon dhe na trì rudan bu lugh air Willie a bh' ann:

"Three things in this world I can't fuckin' ABIDE – liars, quitters and POOFS. No room fur them in football, no room fur them FULL-STOP."

Bha e air sin a chantainn riutha aon latha às dèidh dha Stevie Phillips an sgioba fhàgail airson barrachd ùine a chur seachad a' cluich a' ghiotàir. Bha Stevie ceart a dhèanamh – bha e fada na b' fheàrr air a' ghiotàr na bha e air bàll-coise – ach chan fhuilingeadh Willie an t-ainm aige a chluinntinn tuilleadh. Chan fhaodadh tu sgioba Willie fhàgail ach airson sgioba na bu mhotha. Cha ghabhadh e leisgeul sam bith eile.

Choisich Chris chun a' bhus-stop le Ali agus Bobby. Bha Russell fhathast air suspension an dèidh dha smugaid a thilgeil air an referee dà gheama air ais. Sheinn iad òrain bhuannachail còmhla fad na slighe:

Weeee are the cham – pee – yons, mah fray – end!

Cha robh Chris a' faireachdainn cho math ri seo aig àm sam bith eile. Gu dearbh, bha e tuathail le toileachas nuair a bha e còmhla ri Ben ach bha seo diofraichte. Nuair a bha e leis na balaich an dèidh dhaibh geama a bhuannachadh, bha e a' faireachdainn mar phàirt de rud mìorbhaileach agus bha an tàlant a bh' aige a' cunntadh dhaibh. Bhiodh a h-uile balach air an sgioba air an Granaidh a reic airson cluich cho math ris. B' e esan a rinn sin. Le obair fhèin. A dhà chois fhèin agus an creideamh gun robh esan sònraichte.

Caley, Caley, here we go! Here we go! Here we go – oh!

Bha Willie air innse dha gun robh an scout a' coimhead gu math dòigheil nuair a dh'fhalbh e. Cha bhiodh fada gus an cluinneadh e an robh e air àite fhaighinn anns na reserves airson Hearts. Geama no dhà agus bha fhios aige gum biodh e air an sgioba fhèin. Chan e gun robh e làn dheth fhèin idir. Bha dìreach fios aig Chris nach robh an tàlant a bh' aige cumanta. Bha e ag atharrachadh nuair a bha bàlla roimhe. Bha gach cnàmh is fèith is deur fala a' tarraing còmhla gu aon neart slàn. Dh'fhàsadh na sùilean aige na bu gheura agus dh'fhairicheadh e far an robh a h-uile cluicheadair eile na sheasamh.

The Coun-tay are nae fuckin' singing, they're not singing any – more!

Cha robh Chris math air seinn. Cha robh e math air maths no eachdraidh no bhith ag obair le pìosan fiodha. Cha b' urrainn dha mòran a dhèanamh le coimpiutair no le leabhar agus cha mhòr nach do chuir e an clas saidheans na theine le bunsen burner agus botal meths. Cha robh càil dhe sin gu diofar, tà. Cho fad 's a bha a dhà chois 's a cheann aige, chluicheadh e bàll-coise agus bhuannaicheadh e.

* * *

Chuir Carly dhith a seacaid agus chroch i anns a' phreas i. Lorg i aparan glan agus cheangail i mu meadhan e. Cheangail i am falt aic' an-àirde agus, le sùil luath dheireannach san sgàthan a bha crochaichte air an doras, chaidh i a-mach dhan t-seòmar-bìdh. Bha e fhathast tràth – leth-uair an dèidh sia – agus cha robh ach dithis nan suidhe aig bòrd. Chuir i gàire càirdeil air a h-aodann agus chaidh i a-null thuca.

Shaoil leatha gun robh iad air blind date. Bha iad a' coimhead mì-chofhurtail agus cha robh iad a' dèanamh mòran còmhraidh. An-dràst 's a-rithist, chanadh am boireannach gun robh rudeigin snog (am fìon, na cùrtairean, na truinnsearan) agus dhèanadh an duine fuaim beag aontachaidh tro shròin. Thog Carly na truinnsearan aca agus dh'fhaighnich i dhaibh an robh iad ag iarraidh càil eile.

"Just the bill, thanks," thuirt an duine.

Bha choltas air gun robh e airson ruith cho fad' air falbh bhon tè seo 's a ghabhadh. 'S dòcha gum fònadh e ge bith cò an caraid a thug air a dhèanamh agus bheireadh e a dhonas dha.

Ach nuair a thug i am bill dhaibh, chunnaic i gun robh fàinne-pòsaidh air a làimh.

Aah, smaoinich i, tha mi a' tuigse a-nis.

Sin a bha a' tachairt nuair a bha thu pòst. Dheigheadh na bliadhnachan seachad agus, mu dheireadh, cha bhiodh facal agaibh ri chantainn ri chèile. Shuidheadh sibh air sòfa no ann an càr no ann an taigh-òsta a' coimhead ri chèile. A' faighneachd dhuibh pèin dè dìreach a thachair dhan an duine no an tè tharraingeach a phòs thu? Cò bh' anns a' chreutair reamhar seo? An duine maol ud? Càit' an deach mo bheatha? Sin a thachair dha pàrantan. Bha i creids' gur e sin a thachair dha Sam. Bha e cho sgìth dhen bheatha ud – an taigh, an teaghlach – agus bha ise air sealltainn dha gum faodadh barrachd a bhith aige.

Cha robh i air mothachadh dha a' chiad turas a choinnich iad idir. Bha i ro thrang a' dèiligeadh le na Baxters. Bha iad air a bhith làn deoch agus thug iad ùine a' feuchainn ri 'm faighinn a-mach an doras. Cha robh am manaidsear air fònadh nam poileas oir bha fhios aig a h-uile duine gun robh trioblaid aig a' bhalach san sgoil. Bha cuimhn' aig Carly air. Cha mhòr gum faiceadh tu aodann fo fhalt thiugh, churlach agus shaoileadh tu gun robh cuideam an t-saoghail mu ghualainnean. Dh'fhairich i truas eagalach air a shon.

Bha Sam air tilleadh an ath-latha airson am bill a phàigheadh. A-measg na thachair, cha d' fhuair e an cothrom ach thill e an ath latha dìreach mar a thuirt e. Chòrd sin rithe. Bhiodh e a' dèanamh na thuirt e. Ghabh i an t-airgead bhuaithe agus dh'fhalbh e. Cha robh an còrr mu dheidhinn. Cha do smaoinich i airson mionaid gum biodh e na phàirt cho mòr dha beatha.

Bha e air coimhead rithe ro fhada. B' e sin a' chiad soidhne. Agus an uair sin, thionndaidh e air a shlighe a-mach an doras airson coimhead rithe a-rithist. Bha fios aice dè bha sin a' ciallachadh. Agus gu dearbha bha e eireachdail. Dotair cuideachd – bha i air fhaicinn air a' chairt a thug e dhi, Dr. Samuel Morrison. Ach bha e pòsta. Bha e air a bhith ag ithe le theaghlach. Cha b' e boireannach gu mòr ri moraltachd a bh' innte ach bha fiù 's ise a' stad aig fireannach le clann. Bha sin dìreach cus. Thuirt i rithe fhèin nach robh ann ach nàdar an duine. Cha b' urrainn dha a leasachadh bhith ga coimhead le iarrtas. Bha fhios aice gun robh i tarraingeach na dòigh. Cha tigeadh càil às. Gu dearbha, bha i cha mhòr air dìochuimhneachadh mu dheidhinn nuair a nochd e a-rithist.

Bha a h-uile duin' eile air a dhol dhan phub ach thuirt ise gum fuiricheadh i air chùl airson na dorsan a ghlasadh. Bha i air na solais a chur dheth ach am fear a bha os cionn an dorais air an taobh a-muigh. Le sùil aithghearr mun cuairt, thog i a baga agus thionndaidh i. Ghlac a h-anail na h-amhaich nuair a chunnaic i gun robh duine na sheasamh fon t-solas. Ghnog e air an doras is choisich i gu slaodach a-null thuige.

Thug i diog mas do chuimhnich i air ach, nuair a thàinig e thuice cò bh' ann, cha robh a h-iongnadh càil na bu lugha.

"CAN I HELP YOU?" dh'èigh i tron ghlainne.

Rinn e gàire rithe is dh'fhosgail e an doras, "I didn't mean to scare you. I wanted to make a reservation."

Dh'fhairich i am feagal a' sìoladh ach chuir i air an solas co-dhiù.

"It's a bit late," thuirt i, a' cur a baga sìos agus a' fosgladh leabhar tiugh leathair.

"I know. I was passing and I thought … might as well."

"Okay," thuirt i, a peana deiseil, "when for?"

"I don't know."

"Right. Well, how many?"

"Two."

"Taking your wife out?"

"No. I want to take you out. Are you free?"

Sheall i ris le sùilean làn-fosgailte. An robh e às a chiall? Dè seòrsa nighinn a bha e a' smaoineachadh a bh' innte? Dh'fhairich i am fearg ag èirigh innte.

"What the HELL is wrong with you?" dh'èigh i, a' sadail a' pheana air. "GET OUT!"

"I'm sorry," thuirt e ann an guth beag agus thionndaidh e airson falbh. Mar a rinn e roimhe, stad e aig an doras agus sheall e air ais rithe. Bha deòir na shùilean, a ghualainnean air lapadh.

"It was just … when I look at you … you're so alive."

Le sin, dh'fhalbh e. Chuala i an càr aige a' dràibheadh air falbh agus shuidh i aig bòrd airson ùine, a' smaoineachadh air na facail ud. 'S dòcha gum biodh boireannaich eile air an uabhasachadh le duine mar Sam. Ach bha Carly a' tuigsinn ciamar a bha e a' faireachdainn. A bhith ann am beatha air a bheil thu cho eòlach is nach eil diofar eadar na làithean. A' faicinn nan aon daoine is nan aon àitean a-rithist 's a-rithist gus nach robh cuimhn' agad air saoghal sam bith eile.

Nuair a thòisich i fhèin agus Sam air an t-slighe seo, bha i cinnteach gur e an rud a b' fheàrr dhi a bh' ann. Duine eireachdail a bha saoilsinn an t-saoghail dhi ach gu cinnteach nach fhàgadh a bhean gu bràth. Cha robh ceist mu na bha dol a thachairt anns na mìosan no na bliadhnachan ri teachd. Cha robh còmhradh mu bhainnsean no clann. Dìreach … fealla-dhà. Cha do smaoinich i air Mina ach ainneamh, ach, nuair a bha i a' smaoineachadh mun dithis aca, bha iad mar dà phàirt dhen aon dealbh. Àite aig an dithis aca ann am beatha Sam. Cha chuireadh ise strì sam bith eadar Mina is Sam cho fad 's gum faigheadh ise iasad dheth an dràst 's a-rithist. Mina tron latha is Carly ann am beul na h-oidhche.

Smèid i ris a' chupal nuair a dh'fhalbh iad agus dh'fhairich i faochadh nach biodh ise coltach riuthasan gu bràth. Cha robh cuimhn' acasan ciamar a bha e a' faireachdainn a bhith beò ann an teas. A bhith acrach airson cuirp a chèile gus nach robh càil eile air am b' urrainn dhaibh smaoineachadh.

B' e seòrsa de ghaol a bh' aca, i fhèin is Sam. Bha i mionnaichte às. Mì-sgiobalta, cunnartach agus cho ceàrr 's a ghabhadh, ach gaol a dh'aindeoin sin.

* * *

Laigh Sam anns an leabaidh a' coimhead ri mullach an rùm. Dè bha i a' ciallachadh? Bha am bolt a' coimhead ceart gu leòr leis-san. Carson a bha Mina an-còmhnaidh a' faicinn rudan a dh'fheumte càradh air feadh an àite?

Cha b' urrainn dha cadal. Bha an còmhradh a bh' aca na bu thràithe fhathast a' dol timcheall na cheann. Thòisich e le Mina a' gearain mu dheidhinn a' bholt - nach robh an seòrs' a bha i ag iarraidh ann an gin de na bùithtean ann an Inbhir Nis (dè bha i ag iarraidh? Bolt air a pheantadh le òir? Air a spriotachadh le itean na h-eala-bhàin? God!) agus nach robh Alasdair Dànaidh saor gu meadhan an Ògmhios. Bha e a' coimhead ri ultach samples agus bha a shùilean a' dol claon leotha – cornfield yellow, harvest gold, autumn sunrise – agus, mas do sheall e ris fhèin, bha iad a' bruidhinn air bèibidhean.

'S dòcha gum b' e sin am plan aice – ga chur droil le mìle seòrsa buidhe 's an uair sin ag iarraidh leanabh air nuair a bha e tuathail. Cha robh Sam ag iarraidh bèibidh eile! Bha clann air a bhith aca tràth airson gum biodh na bliadhnachan ri thighinn aca dhaibh pèin. Nach e sin a thuirt iad? Bha e cinnteach gun robh iad air sin aontachadh às dèidh Millie. No more, sin e, finito.

Thionndaidh e gu thaobh ach cha robh sin na bu chofhurtail. Bu chòir dhaibh leabaidh ùr fhaighinn an toiseach. 'S dòcha gun canadh e sin rithe – bolt, leabaidh agus an uair sin bèibidh. Nam biodh e fortanach, thigeadh am menopause oirre tràth 's cha bhiodh an còrr mu dheidhinn. Rinn e osann.

"Cà'il thu dol?"

Bha i na dùisg cho luath 's a chuir e a chas air an làr.

"Chan urrainn dhomh cadal. Tha mi dol a leughadh airson greiseag bheag."

"Alright. Na suidh an-àirde ro fhada."

Chaidh e sìos an staidhre gu sàmhach, chun rùm-suidhe, agus chuir e air lampa. Bha stereo àlainn aige, a chosg fortan, agus chuir e air i: John Coltrane a' cluich an saxophone àraid aige ìosal. Thog e am fòn agus dh'fheuch e Carly.

Cha robh i a' freagairt. Right, typical.

Shuath e a làmhan ri shùilean agus rinn e mèaran. Bèibidh. Sin an rud mu dheireadh air an robh e feumach. Bha gu leòr aige ri dèiligeadh ris mar-thà. A bharrachd air rud sam bith eile, bhiodh e uabhasach duilich Carly fhaicinn ma bha leanabh a' sgreuchail tron oidhche. Dh'fheumadh cuideigin coimhead às a dhèidh.

Bha taghadh eile aige, ge-tà. Dh'fhaodadh e Mina 's a chlann fhàgail. Dh'fheuch e ri smaoineachadh cò ris a bhiodh sin coltach. Bhiodh obair aige fhathast, airgead gu leòr. Ach cha bhiodh an taigh aige. 'S ann bhon chnap airgid a dh'fhàg pàrantan Mina aic' a thàinig a h-uile rud prìseil a bh' aca. Bhiodh aige ri tòiseachadh a-rithist le bocsa no dhà. B' e ise bha air an càr a cheannachd. An robh e dol a dhràibheadh an Nissan Micra salach aig Carly? An robh e dol a dh'fhuireachd còmhla rithe san taigh bheag aice, na nàbaidhean a' cur an cinn timcheall an dorais a h-uile dàrna mionaid?

No. Cha b' urrainn dha an teaghlach fhàgail. Bha beatha Mina agus a bheatha-san air an ceangal teann còmhla. 'S dòcha nach b' e pòsadh gaolmhor a bh' ann ach bha iad ag obrachadh math còmhla. Agus bha feum aige air Mina. Bha sin follaiseach a h-uile taobh a shealladh e. An taigh àlainn aige. Chris agus Millie. Am BMW anns a' gharaids. Chan fhàgadh e sin.

Ach bèibidh ùr? Bha iad air dèanamh glè mhath leis an dithis a bh' aca mar-thà. B' e Chris an seòrsa mic a bha toirt air fireannaich eile coimhead air na balaich aca fhèin le tàmailt. Le fhalt bàn 's a chorp làidir, bhiodh daoine tric ag ràdh gun robh e coltach ri Sam. Ach na sùilean aige. Bha iadsan glan, soilleir, uaine – mar sùilean Mina. Agus, God, chluicheadh am balach ud bàll-coise! Cha robh sian a dh'fhios aig Sam cò às a thàinig an tàlant ud ach dhèanadh e fortan dha.

Agus Millie. Bha cridhe Sam a' lìonadh le gaol dìreach a' smaoineachadh oirre. Mar a bhiodh i a' fighe a fuilt fhada dhuinn eadar a corragan 's ga choimhead le na sùilean gorma aige fhèin.

'S dòcha nach biodh bèibidh ùr cho dona ri sin.

Rinn e mèaran eile. Bhiodh e sgìth fad an latha a-màireach mura caidleadh e. Thog e am fòn ach cha do fhreagair Carly a-rithist. Bhiodh i na cadal. No bha i dìreach airson a pheanasachadh airson adhbhar air choireigin. Bha fadachd a' bhàis air gus a guth a chluinntinn ach bhiodh aige ri feitheamh.

Bha e air cantainn ri Mina gum feuchadh iad. Cha b' urrainn dha càil eile a ràdh. Bha i a' coimhead cho èiginneach. Bha crith na guth agus chitheadh e cho cudromach 's a bha e dhi. Cha robh e air càil a dhiùltadh do Mhina a-riamh. Thuirt i ris gum biodh i caillte, gum biodh toll mòr na beatha, gun leanabh eile agus chuir e a ghàirdeanan timcheall oirre. Bha i cho bristeach. B' e sin a bha cho tarraingeach mu deidhinn. Bha i mar dhìthean beag brèagha ann an stoirm. Bha Sam air a bhith faireachdainn, bhon latha a choinnich iad, gun robh aige ri dìon.

'S e sin a bha e a' dèanamh. Ga dìon. Bhon fhìrinn agus bho pàirt dheth fhèin nach biodh i airson fhaicinn.

Sheas e an-àirde agus choisich e chun an deasg. Dh'fhosgail e a' ghlas le iuchair bheag. Aig a' chùl, ann an drathair, air falachd fo phàipearan, bha pacaid philichean a bha cha mhòr falamh. Chan fhaiceadh e Carly a-rithist gus am faigheadh e barrachd agus bha e air prescription ùr a dheasachadh san oifis. Mura b' e gun robh cadal Mina cho aotrom, cha bhiodh aige rin toirt dhi idir.

Sheall e a-rithist ris an duilleig phinc;

James Carmichael, 4 x 30, Mogadon.

Chuir e an duilleag ann an cèis. Chuireadh e dhan phost i a-màireach.

Bha e a' faireachdainn na b' fheàrr. Ged a bha Mina ag iarraidh leanabh, cha robh sin a' ciallachadh gum faigheadh i leanabh. Bhiodh e duilich aig a h-aois agus bhiodh Sam deamhnaidh cinnteach nach dèanadh e càil air na làithean a bu chunnartaich. No air latha sam bith eile. Cha b' e gun robh iad ga dhèanamh tric idir, co-dhiù. Agus nan tigeadh Mina thuige, dh'fhaodadh e dèanamh cinnteach gun robh i na suain cadail mas fhaigheadh i làmh air.

Chuir e dheth an solas agus dh'fhalbh e dhan leabaidh. Bha e cinnteach gum b' urrainn dha cadal a-nis.

Caibideil 6

Gach madainn, nuair a dhùisgeadh e, dh'fheuchadh Ben ri smaoineachadh air a h-uile càil a dh'fhaodadh a dhol ceàrr an latha ud. Laigheadh e san leabaidh agus dhèanadh e liost na cheann:

I could have an aneurysm in the next few seconds.

I could fall over getting out of bed.

Mum and Dad might die.

Russell might still be alive.

Beagan comhairle bho Senaca is na Samurai. Dean deiseil airson uabhasan agus bidh thu deiseil airson dòighean nàdarrach an t-saoghail.

I could lose Chris.

Nuair a thigeadh e gu sin, cha deigheadh e na b' fhaide. Cha robh càil air an smaoinicheadh e cho dona ri sin.

* * *

Sheall Chris ris an leabhar. Sheall an leabhar ri Chris le stùirc. Cha robh e a' dol a dh'innse càil dha. Bha gach duilleag làn fhacail agus nuair a shealladh Chris riutha bha iad mar an sneachd a chithear air telebhisean briste. Dhùin e an leabhar agus chuir e a cheann air a mhuin. Dhùin e a shùilean teann agus mhiannaich e gun èireadh na facail bho na duilleagan is gun sgèitheadh iad a-steach tro mhaol, gu eanchainn.

"Dè tha thu dèanamh?"

75

Bha Millie na seasamh aig an doras, a ceann air a gualainn agus a làmhan ann am pòcaidean a dungarees. Rinn Chris gàire mòr rithe agus shuidh e an-àirde. Bhiodh e an-còmhnaidh a' dèanamh oidhirp airson Millie. Bha e seachd nuair a thill a phàrantan bhon ospadal le bèibidh beag pinc. Bha Chris na shuidhe aig bòrd a' chidsin, a' dèanamh dealbhan le crayons, agus bha athair air am bèibidh a chur sìos air a bheulaibh. Sheall Chris le iongnadh ris a' chreutair annasach seo agus sheall ise risesan. Sa mhionaid ud, gheall e dhi nach tachradh càil dona dhi cho fad 's a bha esan beò. Thug e pòg dhi mun t-sròin agus bha e cinnteach gun do rinn i gàire ris.

"Physics. Tha mi confused, Millie-moo. An cuidich thu mi?"

Choisich i a-null thuige agus thog e i gu uchd. Dh'fhosgail i an leabhar agus sheall i na bhroinn.

"Yikes," thuirt i. "Tha seo eagalach."

"Tha fhios 'am. Agus tha deuchainn agam air ann an dà sheachdain."

Chrath i a ceann agus dhùin i an leabhar.

"Tha mi toilichte nach e mise th' ann."

"Fuirich gus am fàs thu mòr."

Leum i sìos bhuaithe agus choisich i chun an dorais a-rithist. Stad i, le druim ris, mar nach robh i cinnteach am bu chòir dhi bruidhinn. Ach ge bith dè bh' ann, dh'atharraich i h-inntinn agus dh'fhalbh i. Dhùin Chris an doras air a cùlaibh agus chaidh e a lorg CD. Bha fhios aige dè 'm fear a bha e ag iarraidh. Chuir e air e agus laigh e air an leabaidh. Bha e an-còmhnaidh a' faireachdainn aig fois leis an òran seo air. Dh'fhairicheadh e cuideam Ben fo ghàirdean; a' cuimhneachadh cho teann 's a bha a ghrèim air an latha a dh'aithnich iad gum biodh ceangal eatorra gu bràth.

* * *

Bha seachdain air a dhol seachad bho bha Chris air stad a chur air Ben san t-sràid. Bha Chris air a bhith na èiginn, a' feitheamh gus an innseadh Ben dhan a h-uile duine mu dheidhinn. Bha e cinnteach gur e sin a dhèanadh e. Às dèidh na h-uile, bha e airidh air. Bha e fhèin 's a charaidean air a h-uile cothrom a ghabhail a bhith magadh air Ben airson bhliadhnachan. 'S e cothrom math a bhiodh ann an seo dha airson a shàrachadh – Chris Morrison, alpha male, football star, tried to get off with me!

Ach cha robh càil air tachairt. Smaoinich Chris gur dòcha gun robh Ben amharasach nach creideadh duine e. Gu smaoinicheadh iad gun robh e a' feuchainn ris an tiotal ud a ghluasad bhuaithe fhèin. Ge bith carson, bha Chris taingeil. Agus troimhe-chèile. Bha e air a bhith cinnteach gun robh Ben gay. Bha iad uile air a bhith cinnteach bho bha iad nam balaich bheaga.

Cha robh Chris air smaoineachadh mu dheidhinn fhèin mar sin an toiseach, ach bha fhios aige nach robh e a' faireachdainn mu nigheanan mar a bha Russell no Ali. Thuirt e ris fhèin gun robh e beagan air dheireadh air càch ach nach biodh fada gus an tòisicheadh e a' coimhead riutha le sùilean ùra. Cha bhiodh fada gus an dùisgeadh a nàdar agus bhiodh e às a chiall le iarrtas. B' e sin a thachair ach cha b' ann ri na nigheanan a thionndaidh na sùilean ùra ud. Lorg iad am balach bu shàmhaiche san rùm. Am balach a bha an-còmhnaidh a' cumail a cheann sìos, a bha an-còmhnaidh leis fhèin. Mhothaich e airson a' chiad turas cho eireachdail 's a bha e. Cho tarraingeach. Anns a h-uile clas, cha b' urrainn dha a chumail fhèin bho bhith coimhead ris gun fhiost'. Lorgadh na sùilean aige e ann an rùm làn dhaoine agus cha ghabhadh aire a chumail air càil eile. Cha robh e a' cadal ceart. Bha e a' call rudan. Cha robh e a' cumail inntinn air a' gheama nuair a bha e a' cluich bàll-coise.

Mu dheireadh, smaoinich e nach robh càil air a shon ach bruidhinn ri Ben. Ach bha Ben air a bhith fiadhaich. Bha Chris air feagal a chur air. A h-uile trup a chuimhnicheadh e air aghaidh an dèidh dha a' phòg ud a thoirt dha, bha e a' clisgeadh le nàire.

Le gach latha a chaidh seachad, tà, neartaich a chreideamh nach robh Ben a' dol a dh'innse dha duine agus thòisich na thachair a' faireachdainn na bu shoilleir dha.

B' e Ben bu choireach.

Bha esan air na smuaintean ud a chur na cheann. Bha e bho riamh a' faireachdainn gun robh Russell is na balaich ro chruaidh air ach, ann an dòigh, bha e ga tharraing air fhèin. An t-aodach neònach aige, an ceòl eagalach ris am biodh e ag èisteachd. Cha bhiodh e a' bruidhinn ri duine, a' smaoineachadh gun robh e na b' fheàrr na bha iadsan. A' smaoineachadh gun robh esan cho clubhair. Nam feuchadh e ri bhith na bu choltaiche riutha, cha bhiodh iad airson a ghoirteachadh. Carson nach fhaiceadh e sin?

Agus nuair a dh'fheuch Chris ri bhith snog ris? Ri bruidhinn ris mu rudan nach canadh e ri duine sam bith eile, dè rinn e? Phut e air falbh e agus sheall e ris mar gun robh rudeigin ceàrr airsan. 'S beag an t-iongnadh nach robh caraidean aige.

Le grèim teann aig' air a' cho-dhùnadh seo, dh'fhairich e na b' fheàrr. Bha na faireachdainnean ud fhathast ann ach bha a' phòg ud air tòrr a dhèanamh airson an socrachadh. Thuirt e ris fhèin gun robh a' chùis seachad. Bha Ceannard na Sgoile air chantainn ris fhèin, Ali, Bobby agus Russell nan tachradh càil eile le Ben, bhiodh iad uile expelled agus mar sin, cha robh aige ri gabhail dragh mu dheidhinn san sgoil. Dh'fhaodadh e dìreach dìochuimhneachadh mu Ben. Nam b' urrainn dha dìreach na sùilean aige a chumail fo smachd, bhiodh a h-uile càil air ais mar a bha e.

Ach bha Russell fiadhaich. Bha e cinnteach gur e Ben a dh'inns' dhan tidsear gur e iadsan a bha air an obair-sgoile aige a chur sìos an toilet. Bha an teans gum biodh esan air a thilgeil a-mach às an sgoil air sgàths' Bender Baxter a' dèanamh Russell cho ainmeineach 's gun robh e na fhallas.

"Little fuckin' CUNT! I swear to God, I'm gonna fuckin' END HIM!"

"We don't know it was him, Russ," bha Chris air chantainn. "He never grasses."

Smaoinich Russell mu dheidhinn seo airson mionaid.

"It's our last year. Maybe he reckons there's nothin' to lose?" thuirt Ali.

Shut up, for God's sake! smaoinich Chris. Cha robh e a' dèanamh ciall sam bith Russell a phiortachadh nuair a bha e a' bruidhinn mar seo.

"You might be onta somethin' there, mate," thuirt Bobby.

Please just shut up.

Ghnog Russell a cheann, "That's it, boys. He's trying to fuck me. That little queer is trying to fuck me."

Bha Bobby agus Ali ga choimhead le dòchas aingidh. Bha sùilean dubha Russell a' leum bho thaobh gu taobh, a' coimhead airson an fhreagairt. Bha e a' còrdadh ris buileach a bhith ga ghoirteachadh nuair a bha e cinnteach gun robh Ben airidh air. Nuair a bha e a' faireachdainn justified. Bha an gnothaich blasta an uair sin. Thàinig gàire gu oir a bheòil agus bha fhios aca gun robh plana aige.

"She said if we did anything in school we'd be expelled, right? So we pay him a wee visit after. Show him who he's fucking with."

Bha Chris air feuchainn ri toirt orra fhàgail. Thuirt e a-rithist 's a-rithist nach robh e a' dèanamh ciall. Bu chòir dhaibh dìreach a dhol a chluich bàll-coise. Nan dèanadh iad càil, gheibheadh cuideigin a-mach. Dh'innseadh Ben orra. Bhruidhinn e is bhruidhinn e gus am fac' e gun robh iad ga choimhead le mì-chinnt. Bha e air cus a ràdh.

"Why're you so worried about him, Morrison?"

"Do you like him? Is he your boyfriend?"

"Oh Ben, I love you so much … kiss me … "

Bha iad a' gàireachdainn. A' lachanaich 's ga choimhead mar thrì mhadaidhean-allaidh, na fiaclan aca air amhaich.

"Alright, shut up yeh bunch of twats," thuirt e, a' gabhail air gàire a dhèanamh. "I'm just saying you don't want to get kicked out of school 'cause of some freak of nature."

Sguir iad a' gàireachdainn agus chunnaic e, le faochadh, nach robh iad ga cheasnachadh tuilleadh.

"Aye, fair enough," thuirt Russell. "I get what you're sayin' but, seriously Chris, we need to sort this out."

* * *

Cha bu chaomh le Sam a bhith dol a dh'Inbhir Nis. Rugadh agus thogadh ann e agus b' e an latha a b' fheàrr dhe bheatha nuair a cheannaich iad an taigh ann an Àrd-na-Cloiche. Bha e fhathast faisg air a' bhaile ach na bu daora, na bu bhrèagha agus na b' fhasanta. Bha taobh an iar a' bhaile air nochdadh air liost de na h-àiteanan a b' fheàrr fuireachd ann am Breatainn agus bha prìs an taighe aca air a dhol suas a h-uile bliadhna on uair sin. Bha e air beatha na b' fheàrr fhaighinn dha fhèin agus bha e na b' fheàrr na na daoine seo. Bha e gu math na b' fheàrr na Jimmy Carmichael. Gu dearbha fhèin, cha bu chòir dha sheòrsa-san bhith na shuidhe air sòfa shalach ann an council flat an ablaich Carmichael seo.

"Y' know that old bitch in yur surgery wus a right cow, eh?."

Bha Sam air cluinntinn bho Rita gun robh e air tighinn chun an t-surgery. Bha i air dèanamh cinnteach innse dhaibh uile gun robh e a' bhith a' snòtaireachd mun cuairt airson barrachd methadone. Cha mhòr gun creideadh Sam a chluasan. Bha e air tighinn chun an t-surgery! Bloody hell.

"Yeah, I know, Jimmy, but you can't come to the surgery. I already said ... "

"Aye, aye. Ah know, eh. On the QT an' that. Spotty-dog, like."

Cha robh Sam a' tuigsinn mòran a bha Jimmy ag ràdh.

"So, do you have it?"

"Coin first, like."

Thug Sam leth-cheud not à pòcaid agus ghabh e dà phacaid bhuaithe. Bhiodh Jimmy a' cumail nam pacaidean eile air a shon fhèin. B' e sin an t-aonta a bh' aca. Cha leigeadh Sam leis fhèin smaoineachadh cho neònach 's a bha sin. Bha iad a' cuideachadh a chèile. Sin uireas. Cha bhiodh e air gnothaich a ghabhail ris idir mura biodh gun robh feum aige air.

* * *

Bha Chris tric a' smaoineachadh air an latha ud. Bu chòir dha bhith air feuchainn na bu chruaidhe. Bu chòir dha cantainn nach robh esan a' tighinn còmhla riutha. Ach dh'fhalbh iad, às dèidh na sgoile, gu taobh an ear a' bhaile, airson coinneachadh Ben air a shlighe dhachaigh.

Bha iad air feitheamh airson greis aig a' bhus-stop ach cha robh e air nochdadh. Airson diog, smaoinich Chris gur dòcha nach tigeadh e agus bhiodh a h-uile càil ceart gu leòr. Ach dè cho tric 's a bhios sin a' tachairt?

Chan fhaca Ben iad gus an robh iad ro fhaisg airson ruith. Chaidh aodann geal agus sheall e mun cuairt airson cuideachadh. Cha robh duine mun cuairt ach thug iad air an leantainn chun Phàirce Gnìomhachais, nach robh fada bho thaigh, co-dhiù.

Bha e air cantainn riutha nach b' e esan a thuirt càil – cha robh fhios aige cò dh'innis – ach gun robh e duilich. Cho, cho duilich. Bha e air ainm an dèidh ainm a thabhachd. 'S dòcha gur e an duine ud a bh' ann no an tidsear seo? Please, please, please. Bha e cho lag.

Sheall Russell ris mar gun robh e ga dhèanamh tinn, "Don't bother, Ben."

Thug iad air Ben sreap thairis an fheansa, an triùir aca faisg air a chùlaibh, a' fanaid air cho slaodach 's a bha e. Choisich iad gu cùl an togalaich a b' fhaisg. Le sùil aithghearr mun cuairt gus dèanamh cinnteach nach robh duine timcheall, chuir Russell a ghlùin chruaidh ann am mionach Ben agus thuit e chun na talmhainn. Bha Bobby agus Ali a' gàireachdainn ach cha b' urrainn dha Chris coimhead a dh'àite sam bith ach a shùilean Ben. Dorch ann an solas cruaidh an fheasgair, bha iad ga cheasnachadh: carson a bha e a' leigeil leotha seo a dhèanamh? Bha Russell a' cur a bhròig na stamag a-rithist 's a-rithist, gàire eagalach sgaoilte air feadh aodainn, a' bruidhinn ann an ruitheam le gach cioc.

"If you ever (cioc) grass me up (cioc) again (cioc) I'll fuckin' (cioc) kill you!"

Cioc. Aon eile. Full-stop.

Bha Ben air chrith, na deòir a' dòrtadh sìos aodann agus aodach air a ghànrachadh ann am poll. Sheas Russell bhos a chionn, anail na uchd. Thuirt Ali ris gum bu chòir dhaibh falbh ach cha robh Russell ag èisteachd. Bha e ann an saoghal eile. Saoghal far nach robh ach e fhèin agus an salchar seo a' sporghail san dust air a bheulaibh. Bha an fhuil mar thàirneanaich na chluasan, am miann Ben a bhriseadh na phìosan mar bàll-teine ga iomain air adhart. Bha e airson gum fairicheadh Ben cho beag 's a ghabhadh. Gum fairicheadh e nach robh feum sam bith ann. Bha e ag iarraidh gum biodh fios aige cò bu chlubhair, cò bu làidir.

Tharraing e a bhod a-mach às a bhriogais agus mhùn e air.

Air aodach, air a cheann, na fhalt.

"Fuckin' hell, Russell!" thuirt Ali.

"No WAY!" dh'èigh Bobby, le lachan.

Cha b' urrainn dha Chris bruidhinn ach bha guth na cheann ag èigheachd. Ag ràdh ris rudeigin a dhèanamh.

Rud sam bith, dìreach cuir stad air. Cuidich Ben. Cuir stad air Russell. Rud sam bith.

Ach cha do rinn e càil ach seasamh, agus nuair a bha Russell deiseil, ruith e air falbh còmhla riutha. A chasan a' bragail air a' chabhsair gus an do lorg e e fhèin air ais air an taobh acasan dhen bhaile.

"Shit, Russell. That was mental."

Sheall Russell ris an triùir aca gu mionaideach, "Don't think it was too much, do yehs?"

Chrath iad an cinn.

He asked for it, Russ. Yeah, probably enjoyed it. No probs, mate.

"Exactly," thuirt Russell agus, le gàire air aghaidh, "didn't expect that did he?"

Rinn iad uile lachan faochaidh agus, le aontachadh mu dheireadh gun robh Ben air siud a thoirt air fhèin, dh'fhàg iad a chèile is chaidh iad dhachaigh. A h-uile duine ach Chris. Ged a choisich e air falbh, cha do thionndaidh e sìos an t-sràid aige fhèin. Chùm e air a' coiseachd air ais an taobh bhon tàinig e. Air ais chun na Pàirce Gnìomhachais.

Bha Ben air èirigh agus bha e a' feuchainn ri coiseachd. Nuair a chunnaic e Chris, thuit e gu ghlùinean agus thòisich e a' gal gu sàmhach. Chuir Chris a ghàirdean fo achlais agus thog e gu chasan

e. Bha Ben ro lag son sabaid agus leig e dha a chuideachadh air ais chun an taighe aige.

"Will your parents be home?" thuirt Chris aig an doras.

Chrath Ben a cheann agus chaidh iad a-steach. An-dràst' 's a-rithist, shealladh Ben ris le feagal ach chùm Chris aire air na bha ri dhèanamh.

"Where's the bathroom?"

Thog Ben a chorrag ris an staidhre.

"Okay, come on."

Le duilgheadas, rinn iad a' chùis air an staidhre agus chuir Chris e sìos na shuidhe anns an amar. Thuirt Ben rudeigin ach bha e cho sàmhach 's nach cluinneadh e. Ghluais e a cheann na b' fhaisg,

"Please don't hurt me."

"It's okay," thuirt Chris cho socair 's a b' urrainn dha agus chuidich e Ben a' toirt dheth aodach. Bha e ann am pian 's dh'fheumadh iad a dhèanamh gu slaodach. Bha a h-uile teans gun robh Russell air cron a dhèanamh air na bhroinn.

"Can you lift yourself up?"

Ghluais Ben a chorp agus tharraing Chris a bhriogais agus na boxer-shorts dheth. Rinn e mòr-oidhirp gun sealltainn cus ri chorp. Bha a mhionach purpaidh le patan bho obair-bhròige Russell. A' bhròg a chuireadh bàlla fad slighe pitch air na h-asnaichean 's na dubhagan aige a phronnadh.

Chuir Chris air an shower. Le cùl a làimh, rinn e cinnteach nach robh am bùrn ro theth. Bha e air sin fhaicinn an àiteigin. Chuir e làmh fo smiogaid Ben agus ghluais e a cheann air ais gus fhalt a ghlanadh. Lorg e siabann agus, gu faiceallach, nigh e an salchar agus an nàire bho Ben.

Nuair a bha e cinnteach gun robh e cho glan 's a ghabhadh, chuir Chris tubhailt timcheall air agus dh'fhàg e e ga thiormachadh fhèin san taigh-bheag fhad 's a bha e a' lorg aodach eile san rùm aige.

Bha rùm Ben cho sgiobalt' 's nach saoileadh tu gu bràth gur e deugaire a bha a' fuireachd ann. Cha tug Chris fada a' lorg aodach agus thill e leis chun an taigh-bheag. Ghabh Ben bhuaithe gach pìos, gun sealltainn ris, agus cha tuirt e càil nuair a bha aig Chris ri chuideachadh. An uair sin, chuir Chris a ghàirdean fo achlais a-rithist agus chuidich e Ben gu leabaidh.

"What are you doing, Chris?" thuirt e, anail ghoirid agus sgìths eagalach air.

"Don't know."

"Can you put a CD on for me?"

"Sure. Which one?"

"It's already in the stereo. Just press play."

Phut Chris am putan agus laigh e sìos air an leabaidh còmhla ris. Ghluais iad beagan gus an robh iad cofhurtail - ceann Ben air gualainn Chris – agus dhèist iad ris an òran. Cha robh Chris air a chluinntinn roimhe. Fonn sìmplidh air a sheinn le neart cridheil.

Laigh Chris an-sin, ga chumail na ghrèim; cha b' fhada gus an robh Ben air tuiteam na chadal. Dh'fhaodadh Chris a bhith air fhàgail an uair sin ach dh'fhuirich e. Thionndaidh mionaidean gu uairean ach cha bu dùraig dha èirigh. Bha an t-iongnadh gun robh e fhathast ann soilleir ann an sùilean Ben nuair a dh'fhosgail iad. Thionndaidh e aodann thuige agus choimhead iad ri chèile airson ùine. Agus bha fhios aig Chris gur e an rud ceart a bh' ann. Lùb e sìos agus thug e pòg dha. Chuir e a ghàirdeanan timcheall air – socair, socair oir bha e fhathast goirt – agus thuit e ann an gaol leis.

* * *

Nuair a nochd Jimmy san t-surgery an toiseach, cha mhòr nach do shad Sam a-mach an doras e.

"Your prescription was stolen?"

"Aye."

"You're not a patient here, James. I checked. You're registered at Merkinch. And New Craigs. And Culduthel."

Thòisich Jimmy a' gluasad na shèithear.

"You're on the methadone programme by court order. If I were to mention to your parole officer that you've been conning scripts out of half the GPs in this area, you'd be back inside."

"Ah, come on, like," thuirt Jimmy gu sàmhach, "Ah'm only on parole fur six more months, eh?"

Bha Sam air am fòn a thogail airson fònadh New Craigs. Bha e a' dol a dh'fhàgail an diol-dèirig seo acasan. Ach an uair sin thàinig e a-steach air gum b' urrainn dha Jimmy a chleachdadh. Chuir e sìos am fòn agus thionndaidh e thuige.

"Unless you could help me out?"

"Uh?"

"I need to get a prescription but there's too much paperwork. You could pick it up, couldn't you James?"

Sheall Jimmy ris gun earbs sam bith agus ghnog e a cheann. Thòisich Sam a' taipeadh air a choimpiutair. Bha na làmhan aige luath, siùbhlach. Bliadhnachan a' cluich air coimpiutairean nuair a bha e òg.

"This'll be enough methadone to keep you going for a while."

Shìn Jimmy a-mach a làmh agus ghabh e am pìos pàipeir phrìseil na ghrèim critheanach. Lìon Sam duilleag eile agus thug e dha i. Air an sin, bha e air Tamazepam a thaipeadh.

"Jellies, eh? Fuck'een right like," thuirt Jimmy.

"Yeah, well."

"What yuh need them fur, like?"

"None of your business, James," thuirt Sam.

Chuir an neart na ghuth iongnadh air fhèin. Cha robh teagamh aige gun tilleadh Jimmy, agus bha e ceart. An ath latha, choinnich e ris le trì pacaidean Tamazepam aige. Ghabh Sam iad agus thug e dha dà fhichead not agus aon dhe na pacaidean. Bha deich pile air fhichead anns gach pacaid agus dh'obraich iad glè mhath; cha dùisgeadh deireadh an t-saoghail Mina. Ach ro luath, dh'fhàs i cleachdte riutha agus ged a bha e air barrachd is barrachd a thoirt dhi, bha fhios aige gum biodh e na b' fheàrr an drug atharrachadh.

"Mogadon? What're these, like?"

"They're a type of Nitrazepam. Don't take too many."

"You sure yur a doctor man?" thuirt Jimmy.

Chitheadh Sam a' mhì-chinnt na shùilean ach ghabh e a' phacaid le mòr-acras co-dhiù.

Sheas Sam an-àirde agus rinn e air an doras. Cha robh e airson mionaid na b' fhaide a chur seachad san fhlat thruagh ud. Chuala e Jimmy a' tabhachd cupan teatha air ach dh'èigh e rudeigin mu dheidhinn cho trang 's a bha e agus chaidh e gu cabhagach chun a' chàir. Cho luath 's a dhùin e an doras, dh'fhairich e coltach ris fhèin a-rithist. Cha robh esan coltach ri Jimmy. B' e dotair a bh' ann. Bha trioblaidean aigesan nach tuigeadh an t-amadan ud gu bràth.

Thionndaidh e iuchair a' chàir agus thàinig an stereo air. Whole Lotta Love. Rinn e a shlighe tro na càraichean gun strì agus bha e air Drochaid Cheasaig mus robh Robert Plant air crìochnachadh an t-sèist mu dheireadh.

* * *

Thionndaidh Rita an tap teth agus dhòirt barrachd bùrn dhan amar. Shìn i air ais agus dhùin i a sùilean. Cha b' ann tric a bha i a' faighinn a' chothroim beagan tìde a ghabhail dhi fhèin. Bha Russell a-staigh ach bha e na rùm ag obair air a choimpiutair. Bha athair na laighe air an t-sòfa, na shuain chadail. Cha chluinneadh i fuaim ach an telebhisean air gu sàmhach shìos a staidhre. Bha e àlainn, ach neònach aig an aon àm. Bha i cho cleachdte ri onghail bho mhoch gu anmoch ach, bho dh'fhalbh Danny agus Stuart dhan arm, bha sàmhchair air tuiteam mun taigh.

Na balaich aice. Bha iad beothail, bragail, ach chan atharraicheadh i iad airson an t-saoghail.

B' e Danny a b' aosta – bliadhna na b' aosta na Stuart a bha bliadhna gu leth na b' aosta na Russell. Bha iad air a bhith beag còmhla is bha iad faisg dha chèile air sgàth sin. B' e Danny a bha an-còmhnaidh na stiùiriche le Stuart ga phutadh air adhart. Agus Russell beag gan leantainn, a' coimhead riutha le iongnadh. Bha e riamh airson a bhràithrean a dhèanamh pròiseil. Dhèanadh e rud sam bith a bha iad ag iarraidh, ged a dh'fhàgadh e e fhèin ann am buaireadh.

Bha fhios aice gun robh e seachd-deug a-nis ach 's e am bèibidh aicese a bhiodh ann gu bràth. Bha cuimhn' aice air a' chiad turas a sheall i ris agus an t-iongnadh a chuir na sùilean aige oirre. Bha iad dubh. Cho dubh 's nach faiceadh tu meadhan annta. Bha Danny agus Stuart mar an athair, ruadh-bàn ach b' e seo am balach aicese gun teagamh.

Bha an teaghlach aig Rita à Ratharsaidh agus bha iad uile dorch, Mediterranean a' coimhead. Shaoil a seanair gur ann air sgàth an Armada a bha sin. An dèidh dha Ealasaid ruadh ud cur às dha na Spàinnich, bha lod dhiubh steigt' ann an Alba, a' feitheamh airson an òrdugh a dhol a chogadh nan Sasannach air tìr. Cha tàinig facal is mar sin, gun dòigh faighinn dhachaigh, chuir iad sìos an claidheamhan agus chuir iad suas an casan. B' ann à àite teth, fad às, a thàinig na sùilean aig Russell agus cha robh i cinnteach am faca i càil cho brèagha riutha na beatha.

Shìn i air ais gus an robh am falt aice fon uisge. Sgaoil e mar feamainn mun cuairt air a ceann agus ruith i a corragan troimhe airson an siabann a thoirt às. Bha am falt aice mìn ach bha tòrr dheth ann. Rud eile bhon teaghlach aice. Cha bhiodh Russell maol gu bràth. Cha chanadh tu sin mu Dhanny no Stuart. Bhiodh iadsan mar an athair is cho rèidh ri ugh ron dà fhichead bliadhna. Cha robh sin gu diofar, ge-tà: bho chaidh iad dhan arm, cha robh mòran fuilt air an cinn co-dhiù.

Bha an dithis aca ann an Afghanistan. Bha Rita a' faireachdainn tinn a' smaoineachadh air. Cha b' e a-mhàin na IEDs is an Taliban, na rebels is na suicide bombers – bha aca ri dèiligeadh ri teas na grèine cuideachd. Mura cuireadh iad orra Factor 60 a h-uile deich mionaidean, bhiodh iad mar dà chrùbag san spot. Dhèanadh i ùrnaigh dhaibh gach oidhche gun tilleadh iad dhachaigh slàn, tapaidh mar a dh'fhalbh iad. Cha robh fios aice dè dhèanadh i nan tachradh càil riutha. An aon fhaochadh a bh' aice b' e nach robh ùidh aig Russell san arm. Bha dùil aice gum biodh e airson a bhràithrean a leantainn mar as àbhaist ach bha e air cantainn nach robh dòigh air an t-saoghal a bhàsaicheadh esan ann an cogadh gun fheum. Ged a bha Rita cho toilichte 's a ghabhadh sin a chluinntinn, thàinig e a-steach oirre gur e call dhan arm a bh' ann. Russell a b' òige ach bha fhios aice gur e esan a bha air a bhreith airson saighdearachd 's cha b' e a bhràithrean. Bha iadsan leisg; an-còmhnaidh a' coimhead airson cuideigin a dhèanadh an obair dhaibh. Ach Russell? 'S e rud eile bha sin.

Sheas i an-àirde agus thiormaich i i fhèin air beulaibh an sgàthain. An dèidh leth-cheud bliadhna 's a dhà agus triùir bhalach a bhreith, bha i fhathast a' coimhead glè mhath. Ged a bha an craiceann air a mionach 's a cìochan air sgaoileadh beagan, bha e fhathast gu math na bu teann na chuid bu mhotha de bhoireannaich a h-aoise. Agus bu chòir fios a bhith aice – bha i air gu leòr dhiubh fhaicinn.

Bu chaomh leatha bhith ga coimhead fhèin gun aodach bho bha i beag. Bha a corp na chùis-iongnaidh dhi. Bha e mar gur e cuideigin eile a bh' ann. Ruitheadh i a làmhan bho cheann gu casan agus bhiodh i air a dòigh leatha fhèin. Dha-rìribh a casan. Fada agus fèithmhor, bha iad fhathast cho làidir 's a bha iad riamh agus thug i ùine gan tiormachadh. Nuair a bha i deiseil, chuir i oirre gùn-oidhche agus chaidh i sìos airson Geoff a dhùsgadh.

Bha e na laighe le ghàirdean air cùl a chinn agus bha a mhionach a' crochadh thairis air a bhriogais. Rinn e srann fada agus sgròb e imleag le chorrag. My gorgeous husband, smaoinich Rita agus thug i pòg dha air a cheann mhaol.

"Wakey-wakey."

"Mmph … oh. Was I asleep long?"

"You were still awake when I went for a bath. Can't 've been longer than an hour."

Bha Geoff air tighinn dhan Ghàidhealtachd airson obrachadh leis am Forestry Commission agus an ceann deich bliadhna bha companaidh aige le còrr is leth-cheud neach-obrach. Bha e air a h-uile companaidh eile san sgìre a chur à obair is an uair sin air tabhachd dachaigh air na h-obraichean a b' fheàrr a bh' aca. Bha e air fortan a dhèanamh.

Shuidh e an-àirde agus shuath e a shùilean le làmh thiugh,

phinc. Ged a bha mòran bhliadhnachan bho sguir e a dh'obair sna coilltean, bha làrach na h-obrach ud fhathast ri fhaicinn air craiceann cruaidh a chrògan.

"Where's Russell?"

"In his room."

"On that bloody computer, no doubt. Tell him to come down here."

Dh'èigh Rita suas an staidhre trì trupan mas do nochd Russell.

"What?" thuirt e gu caiseach.

"Your Dad wants to talk to you."

* * *

Leig Russell osann throm. Bha fhios aige dè bha tighinn. Bha e air cluinntinn an aon searmon mìle uair bho bha e beag. When I was your age, blah, blah, blah … had to do it all by myself … never got the advantages you've got … make something of yourself, blah, blah, blah. Nuair a thòisicheadh athair a' bruidhinn, smaoinicheadh Russell air bàll-coise no clann-nighean gus an robh e deiseil. Dè bha an duine ag iarraidh bhuaithe? Cha b' e a choire-san a bh' ann gun robh e air a bhreith gu teaghlach le airgead gu leòr.

" … sitting up there doing bugger all … "

Cha robh e idir mar seo le bhràithrean. Bha Russell cinnteach gun robh sin air sgàth cho coltach ris fhèin 's a bha iad. Nuair a chaidh iad dhan arm, bha athair cho pròiseil 's gun robh deòir na shùilean.

" … need to get yourself a plan. Army'd be a good place for you."

Thuirt Russell ris a-rithist nach robh esan a' dol dhan arm ged a bhiodh an Taliban fhèin a' tighinn thairis nam beanntan gus Àrd-na-Cloiche a ghabhail. Chrath athair a cheann gu tàmailteach agus thuirt e ris dèanamh às.

Thank fuck that's over, smaoinich Russell ris fhèin agus dh'fhalbh e air ais suas an staidhre.

Nuair a chuala i an doras aige a' dùnadh, thionndaidh Rita gu Geoff,

"Do you have to go on at him like that? He wants to go to college."

"Well then, he'd better pass these bloody exams."

"He will, darling. He works hard … and he's so determined."

Rinn Geoff gàire ri bhean agus chuir e a ghàirdeanan timcheall oirre, "Just like his Mum."

"Let's go to bed," thuirt i, a' gabhail grèim air an làimh ghairbh aige.

Caibideil 7

Sheall Elsie ri h-uaireadair agus leugh i an soidhne a-rithist. Bu chòir dha bus a bhith air a beulaibh ach cha robh gin air a dhol seachad airson cairteal na h-uaireach. Shuidh i sìos air an oir phlastaig mhì-chofhurtail agus thug i am fòn-làimhe aice à pòcaid. Sheall i ris an sgrion. Cha robh Chris air fònadh. Bha fios aice nach robh, ach bha pàirt dhi dòchasach gum biodh an t-ainm aige an sin co-dhiù. Chuir i am fòn air ais na pòcaid.

"Alright, Elsie?" dh'èigh cuideigin. "What yuh say'een, like?"

Thionndaidh i agus bha Jimmy Carmichael a' coiseachd a-null thuice. Bha tòrr gheansaidhean le hoodaichean air ach chitheadh tu cho caol 's a bha e a dh'aindeoin sin. Bha a chraiceann buidhe air choireigin agus air a spriotadh le guireanan dearga, goirt. Bha stais agus feusag bheag thana air agus na làimh bha joint.

"Fuck all Jimmy," thuirt Elsie. "Just going to work."

"Wanna blast on tha'?" thuirt e, a' tabhachd an joint oirre. "It's a bit ah bubblegum, like. Sell yuh a bit too."

"Bubblegum?"

"Aye. Hubbly-bubbly, like!"

Ghabh Elsie an joint bhuaithe. Bha e cho mòr ri cigar agus fliuch aig a' cheann. Cha robh e a' coimhead uabhasach blasta. Ghabh i làn a sgamhain dheth, ga leigeil a-mach gu slaodach.

"Here, Jimmy. That's really nice. Where'd you get that?"

Sheall Jimmy mun cuairt airson a bhith cinnteach 's an uair sin thuirt e gu sàmhach, "Archie."

Rinn Elsie lachan, "No chance."

"Serious, like. Got a bit ah coin."

B' e Archie Carmichael air an robh e a-mach agus bha fhios aig a h-uile duine nach biodh Archie a' bruidhinn ri bhràithrean. Bha Archie air fortan a chosnadh agus bha e a-nis a' fàs a' chainbe aige fhèin ann an warehouses air feadh na Gàidhealtachd. Cho fad 's a bha Archie a' faicinn, cha robh anns na bhràithrean ach gràisg de leisgeadairean. Air an dòil, a' goid bho thaighean agus air an sgrios le heroin. B' e fear-gnothaich a bh' annsan. Bha esan a' cumail an teaghlaich ann an tracksuits agus fags ach thigeadh crìoch an t-saoghail mas leigeadh e dhaibh an obair chruaidh aig' a mhilleadh.

"I thought Archie wasn't letting you deal for him since you got busted last year."

"Aye, he's still be'een a bit ah a cunt about that, like. Had to pay up front. He's a fuck'een dick."

Chrath Elsie a ceann, "Well, you can't blame him. Looks like he's growing some pretty nice stuff."

"Aye. So, yuh want some?"

Smaoinich Elsie air cho math 's a bhiodh smoc às dèidh a h-obrach. Bha àm nuair a bha i air fada cus dhen stuth ud a smocadh ach, an-diugh, cha ghabhadh i ach beagan an-dràst 's a-rithist. An uair sin smaoinich i air an fhichead not a bh' aice na pòcaid. B' e sin an t-airgead aic' airson na seachdain. Bha airgead aic' air a shàbhaladh ach cha chuireadh i làmh air a sin – bha sin airson Glaschu.

"Nah, thanks Jimmy. Bit skint, y' know."

Ghnog Jimmy a cheann agus thug e dhi na bha air fhàgail dhen joint. Chrìochnaich i e agus chuir i a-mach e le sàil a bròige. Nochd am bus – mu dheireadh thall – agus shuidh iad còmhla aig a' chùl.

"So you working then, Jimmy?"

"Nah," thuirt e, "on disability, like."

"What's wrong with you?"

"Try'een to get off the smack, eh? Methadone. And ah've been taking these," sheall e dhi pacaid le cuid dhe na pilichean air an gabhail. Orra bha sgrìobhte Mogadon.

"Shit, Jimmy. These are really strong."

"Aye, ah fuck'een know that now. Took three the first day an' din' wake up fur ages, like man. Just a wee half though an' the shakes are gone. Get to sleep too, like. Got them fur this doctor in Clochy."

"Just watch yourself, alright?"

"Don't worry 'bout me Elsie. Fuck'een spotty-dog, like."

Smèid i ris nuair a dh'fhàg i am bus air beulaibh Riches. Dè fo ghrian a bha Jimmy a' dèanamh ris fhèin a-nis? Bha eòlas gu leòr aig Elsie air drogaichean 's gun robh fios aice nach robh e àbhaisteach dha dotair cungaidh dhen leithid ud a thoirt dha duine airson heroin withdrawal. Agus carson a bha Jimmy a' faighinn prescriptions ann an Àrd-na-Cloiche nuair a bha e a' fuireachd ann an Inbhir Nis?

Decidedly dodgy, smaoinich i rithe fhèin, a' dol tron doras throm a-steach dhan chlub. Thug i dhith a seacaid agus dh'èigh i 'Hallo' ri Lisa aig cùl a' bhàir. Cha robh e ach ochd uairean ach bha sluagh de dhaoine ann mar-thà. Chaidh i cho luath 's a b' urrainn dhi agus thòisich i a' measgachadh cocktails airson buidheann de bhoireannaich air hen-night. Bha iad a' sgreuchail cho àrd 's gun tug iad deòir gu a sùilean.

Bha a h-uile tè aca ag iarraidh Screaming Orgasm agus, fhad 's a bha iad a' feitheamh, dh'amharc iad, len sùilean acrach, air na fireannaich òga san rùm. Bha i cho cleachdte ri bhith deasachadh an deoch seo 's gun dèanadh i na cadal e. Cha robh i a' tuigsinn carson a bha daoine a' smaoineachadh gun robh e cho èibhinn cantainn – Can I have a Screaming Orgasm, please? – ach bha. Thòisich i gan taomadh. Thàinig e a-steach oirre gun robh ise eòlach air cuideigin a bha a' fuireachd ann an Àrd-na-Cloiche. Cò bh' ann? Cha robh cuimhne aice. Chùm i oirre a' taomadh.

Chris. Sin e. Bha esan a' fuireachd ann an Àrd-na-Cloiche.

"Hey! Watch what you're doing, love!"

"Oh!" Bha an deoch steigeach a' dòrtadh sìos mu casan. "Sorry, shit."

Lìon i gach glainne mus do thòisich na hens a' gàgail agus chaidh i a' lorg clobhd. Cha b' urrainn dhi sguir a' smaoineachadh air na thuirt Jimmy. Fhuair e na pilichean airson an dotair. Sin a thuirt e: Got them fur this doctor in Clochy. 'S docha gum faighnicheadh i dha Chris cò na dotairean a bh' anns a' bhaile aige. Nam fònadh e, ged nach robh i cinnteach an tachradh sin a-nis. Bha cha mhòr seachdain air a dhol seachad gun fhacal.

Cha b' e a gnothaich-sa a bh' ann co-dhiù. A bharrachd air sin, cha robh i airson tarraing buaireadh airson Jimmy. Bha esan gast' gu leòr ach cha bhiodh na Carmichaels uile cho snog nan cuireadh an t-sròin aicese Jimmy air ais dhan phrìosan.

Ach fhathast, bha e inntinneach. Dotair a' dèanamh deals le leithid Jimmy Carmichael. Bha i an dòchas gun robh fhios aige dè seòrsa glaoic ris an robh e a' dèiligeadh. B' e eucoireach a bh' ann an Jimmy Carmichael – na fhuil 's na chnàmhan – ach bha aon laigse aige a bha ga fhàgail na liability eagalach. Cha b' urrainn dha Jimmy a bheul a chumail dùinte. Nach robh e air innse cha mhòr a h-uile càil dhìse 's cha robh ise ach na suidhe a' feitheamh airson bus? Bha làn fhios aig Archie air a seo. Dh'fhàg cabadaich Jimmy esan le call de bharrachd air leth-cheud mìle not. Dh'fhàg cabadaich Jimmy e fhèin sa phrìosan. Cha robh an dotair air deagh thaghadh a dhèanamh idir.

* * *

Shuidh Chris air beulaibh Willie Byrne. Bha e taingeil gun robh deasg eatorra oir bha a chas a leumadaich le iomagain. Cha robh Willie air facal a ràdh bho shuidh e sìos agus cha robh aodann a' toirt dha soidhne sam bith. Dh'fhairich Chris a mhionach a' cur nan caran, a' tuigsinn gun atharraicheadh a bheatha bho seo a-mach. Chuir Willie thuige siogàr agus thabhaich e tè air tarsainn a' bhùird. Leis a' ghluasad shìmplidh ud, bha fhios aig Chris gun robh an naidheachd math.

"Got a phone-call today, son."

Chuir Willie an siogàr thuige dha agus dh'fhuirich e gus an do sguir Chris a' tachdadh.

"Hearts don't want yuh."

Cha mhòr gun creideadh Chris a chluasan. Cha robh iad ga iarraidh. Bha e air a bhith cho cinnteach.

"Sorry, Willie. I really tried, y' know?"

"I know yuh did, Chris. That's why the Reds are after yuh. First team subs fur 6 months. See how it goes. Keep playin' like yuh've been playin' and yuh'll be in the startin' line by Christmas."

"Liverpool? Seriously?"

"Aye."

Agus chunnaic e gun robh Willie pròiseil às. Cha robh e airson èigheachd no trod ris. Cha robh e fiù 's a' guidheachdain. Bha Chris air a h-uile càil a dhèanamh ceart. Agus is dòcha gur e dìreach a' cheò a bh' ann, ach bha e cinnteach gum faca e deòir anns na sùilean cruaidh aige.

Thaom Willie glainne uisge-beatha dhan dithis aca.

"Listen, Chris," thuirt e, a ghuth ìosal, "Ah've never said this to any of my players before but ... "

Stad e agus ghabh e balgam fada bhon ghlainne,

"Ah'm goin' ta be sorry to see yuh go."

Rinn Chris gàire mòr ris, "And I'll be bloody delighted to see the back of you, Willie."

"Cheeky wee shite," thuirt Willie le lachan socair.

Shuidh iad còmhla a' bruidhinn air na bh' aig Chris ri dhèanamh ron Ògmhios. Na deuchainnean; far am fuiricheadh e ann an Liverpool; na pàipearan a bha ri shoidhneadh. Chrìochnaich iad na bh' anns a' bhotal agus smocaig iad dà shiogàr an duine. An uair sin dh'fhònaig Willie airson tagsaidh dha.

"I can take the bus, Willie," thuirt Chris tro na sgòthan ach chrath Willie a cheann.

"Won't hear of it. Yuh can pay me back when yuh get yur first cheque."

Cha robh Chris fiù 's air smaoineachadh air an airgead. B' ann mu dheidhinn a' gheama a bha esan a' smaoineachadh. A' cluich le sgioba proifeiseanta agus ag ionnsachadh bhuapa. Ach a-nis, thàinig e a-steach air gun robh e a' dol a chosnadh airgead fhèin. Tòrr airgid. Barrachd airgid na bha athair a' dèanamh ann an dà bhliadhna mas robh e air a chas a chur air bàlla. Na cluicheadairean as beairtich agus as ainmeil san t-saoghal is bhiodh esan a-nis nam measg. Dalglish, Owen, Gerrard. Chris Morrison.

Bha sin fhathast air aire fad na slighe dhachaigh. Cha bhiodh aige ri faighneachd dha phàrantan gu bràth tuilleadh airson sgillinn. An dùil dè cheannaicheadh e an toiseach? Càr, bha e a' smaointinn. Bha fhathast aige ri ionnsachadh mar a dhràibheadh e ach chan fheumar airson sin ach co-obrachadh eadar na casan, na làmhan 's na sùilean – cho furast' 's a ghabhadh dhàsan.

'S dòcha gum pàigheadh e airson turas dha phàrantan. Àite sam bith a bha iad ag iarraidh. Bhiodh e math dhaibh faighinn air falbh còmhla. Cha robh duine seach duine dhiubh air a bhith coltach riutha fhèin airson greis a-nis. Cha robh cuimhn' aig Chris a mhàthair a bhith cho cadalach riamh roimhe agus bha athair cho trang le obair. Bha iad feumach air holiday.

Cheannaicheadh e dha Millie a h-uile froca is leabhar is dèideag a bha i ag iarraidh. Thàinig a h-aodann gu inntinn, an gàire neoichiontach aice 's a sùilean a' deàrrsadh, agus dh'fhairich e gun toireadh e a h-uile sgillinn dhi mas e sin a bha i ag iarraidh.

Agus dha Ben, phàigheadh e airson flat dhaibh ann an Liverpool. Ged a dh'fheumadh e fhathast dèanamh cinnteach gum biodh an suidheachadh aca dìomhair, bhiodh e fada na b' fhasa nuair a bhiodh iad ann am baile mòr. Bhiodh àite aca dhaibh pèin agus chan fheumadh iad a bhith air bhioran fad na tìde.

An e sin a tha thu smaoineachadh? thuirt guth beag, grànda na cheann. Tha thu gu bhith cluiche airson sgioba cho ainmeil ri Liverpool F. C. agus cha bhi duine ga do choimhead? Chan fhaighnich iad ceistean?

Ach dh'fheuch e gun smaoineachadh air sin.

Dh'fhaodadh iad a bhith còmhla a h-uile latha, agus am broinn taigh cuideachd. Chan ann san fhuachd san eaglais ach nan leabaidh bhlàth fhèin. Chitheadh e an dithis aca a' gabhail bracaist còmhla; Ben ag ithe tost agus Chris a' dèanamh deiseil airson latha eile aig pàirc Anfield. Agus nuair a thilleadh e dhachaigh, sgìth agus salach, bhiodh Ben an sin a' feitheamh ris. Dh'fhaodadh iad an telebhisean a choimhead còmhla – cha robh iad air sin a dhèanamh roimhe – agus chan fheumadh iad coimhead ris an uair no smaoineachadh air fàgail a chèile tuilleadh.

Chan eil ann ach aisling, thuirt an guth grànda gu socair. Breugan is amaideas.

* * *

Bha an triùir aca nan suidhe air an t-sòfa a' feitheamh ris. Chuala iad an tagsaidh a' stad a-muigh agus an doras a' fosgladh. Sheall Millie ri Mina agus rinn i gàire dòchasach. Sheas Sam an-àirde agus chùm e anail.

"Hallo," thuirt Chris nuair a chunnaic e iad. "Dè tha ceàrr oirbhse?"

"Well?" thuirt Sam.

"Well dè?"

"Aah Chris, dìreach inns' dhuinn!" dh'èigh Millie.

"Chan eil Hearts gam iarraidh … "

Sheas Mina an-àirde agus chuir i a gàirdeanan timcheall air, "Och, m' eudail. Tha mi duilich."

"No, Mam," ghluais e air falbh, "tha e alright. Tha Liverpool air àite a thabhachd orm."

Airson diog cha tuirt duin' aca càil. Sheas iad ga choimhead le 'm beòil fosgailte. An uair sin, leig Millie sgreuch. Leum i bhon t-sòfa agus shad i i fhèin air. Thog Chris i agus chuir i a gàirdeanan beaga mu amhaich. An uair sin, thòisich Mina agus Sam a' glaodhaich le toileachas. Ghabh iad làmhan a chèile agus leum iad suas is sìos gus an robh iad tuathail. Cha robh cuimhn' aig Chris air an turas mu dheireadh a bha iad dòigheil còmhla mar seo. Bha deòir aoibhneis anns gach sùil agus chunnaic e gun robh a phàrantan a' coimhead ri chèile le gaol. B' ann leothasan a bha am balach seo. Am balach beag acasan. Chitheadh e cho pròiseil 's a bha iad agus lìon a chridhe le gaol.

"Cuin a tha thu a' tòiseachadh?" dh'fhaighnich Mina nuair a thàinig iad thuca fhèin.

"Tha agam ri dhol sìos airson coinneachadh ris an sgioba agus am manaidsear ann an seachdain agus tha mi a' tòiseachadh a' trèanadh leotha às dèidh dhomh na deuchainnean a chrìochnachadh."

Fhreagair Chris ceist an dèidh ceist gus an robh aig Millie, le mòr-osnaich, ri dhol dhan leabaidh. Thog Mina i agus dh'fhalbh i leatha. Sheall Chris ri athair. Bha gleans air aodann.

"So, a bhalaich. Tha thu air fàs mòr. Ciamar a thachair sin, eh?"

"Dad?"

"Uh-huh?"

"An tig thusa còmhla rium an ath-sheachdain? Moral support no rudeigin mar sin. 'S ann air Disathairne a bhios e so cha bhi agad ri latha a ghabhail bho d' obair."

Rinn Sam lachan, "Obair? Cha chumadh càil cho amaideach ri obair bho seo mi."

"Thanks, Dad." Sheas Chris an-àirde, "Tha mi dol dhan leabaidh."

"Alright, Chris. Oidhche mhath."

"Night."

Rinn Chris airson falbh ach sheas Sam agus chuir e làmh air a ghualainn. Thionndaidh Chris agus tharraing e am balach aige faisg air. Bha e cha mhòr cho àrd ris fhèin a-nis. Dh'fhairicheadh e fèithean cruaidh a dhroma fo lèine agus mhothaich e gun robh deoch-làidir air anail, fàileadh na ceò air aodach. B' e fireannach a bh' ann a-nis gu dearbh. Fireannach leis an t-saoghal aig a chasan. Na casan iongantach ud. Cha bhiodh feum aig' air Dadaidh tuilleadh ach bha sin ceart gu leòr. Ghluais e air falbh bhuaithe agus sheall e ris na shùilean glana, uaine.

"Tha mi cho moiteil asad, Chris," thuirt e agus thug e pòg dha ma cheann.

* * *

Chuala Millie a h-athair a' coiseachd suas an staidhre. Bha Chris air a dhol dhan leabaidh beagan na bu tràithe agus dhèist i le iomagain airson ceum socair Dadaidh. Nuair a chual' i e mu dheireadh rinn i osann faochaidh. Dh'fhosgail is dhùin doras rùm a pàrantan agus cha chuala i an còrr. Cha robh e a' dol a-mach a-nochd.

Dhùin i a sùilean. Chaidil i agus, ann an ùine gun a bhith ro fhada, lorg i i fhèin air an t-sràid ud a-rithist. A casan beaga ann an lòn agus an t-uisge a' tuiteam mun cuairt oirre. Chuir i a-mach a teanga. Bha na deòir uisge blàth agus blas an t-salainn orra.

Thog i an camara agus sheall i tron uinneig bhig. Cha robh solas air anns an togalach thall. Cha tachradh càil a-nochd. Tharraing i an duffle-coat na b' fhaisg. Chuimhnich i air a' chù agus chuir i a làmh na pòcaid. Bha e fhathast an sin na chadal. Dh'fhairicheadh i am broilleach beag aige ag èirigh 's a' tuiteam fo corragan agus shlìob i e gu socair. Cha robh fhios aice càit' an robh i a' dol ach cha robh sin gu diofar. Bha i toilichte nach biodh aice ri seasamh san dorchadas fad oidhche eile.

* * *

Chluinneadh Mina Sam a' bruisigeadh fhiaclan san en-suite agus a' seinn You'll never walk alone fo anail. Rinn i gàire farsaing' agus chuir i a gàirdeanan timcheall oirre fhèin gu teann gus an toileachas àlainn seo a chumail a-staigh. 'S e soidhne a bh' ann. Bha Chris air a shlighe gu beatha ùr agus bha sin a' fàgail rùm airson leanabh eile. Cha bhiodh e math dha Millie a bhith leatha fhèin le pàrantan. Dh'fhairich i gun robh cùisean a' dèanamh ciall airson a' chiad turas ann an ùine.

Chuala i Sam a' cur dheth an tap. Nise, dhèanadh e mhùn. Ghlanadh e a làmhan agus an uair sin, nigheadh e aodann.

Chuireadh e air moisturiser. Bha sin ùr. Na gluasadan aige cho faisg, cho eòlach, ach bha e a' gluasad air falbh bhuaipe. Cha robh e a' coimhead na sùilean nuair a bha iad a' còmhradh no ag innse dhi cho brèagha 's a bha i cho tric. Cha robh e fiù 's ga lorg ann an dorchadas na leapa; an làmh aige a' nochdadh ma mionach agus ga tarraing na b' fhaisg air. Dìreach rudan beaga ach sònraichte a dh'aindeoin sin. Cudromach.

'S dòcha gur e a coire-se a bh' ann. Bha fhios aice gun robh i air a bhith neònach mu corp, an-còmhnaidh a' cur dheth an solas. A' tarraing nam plaideachan suas gus nach fhaiceadh e ach pìos seach pìos dhith ann an dubh an rùm. B' e iongnadh a bh' ann nach robh e air fàs sgìth dheth na bu tràithe. Agus a-nise, nuair a bha i a' miannachadh gum biodh e ga h-iarraidh, cha robh e a' sealltainn an taobh a bha i. Bha aice ri aire a ghlacadh a-rithist. Cha robh càil eile air a shon.

Beag air bheag, thòisich i a' toirt dhith a' bhriogais pyjama a bh' oirre. An uair sin an lèine agus a drathais. Shad i a cuid aodaich air an làr agus shuidh i fon phlaide luirmeach. Tharraing i anail, slaodach, gus a socrachadh fhèin. Bha Sam ag obair na fhiaclan le dental floss a-nis. Cha robh fada aice gus an tigeadh e a-steach dhan rùm. Dhèirich i agus sheas i aig oir na leapa. Dh'fhairich i cho rùisgte. Chaidh crith troimhpe agus chunnaic i am falt air a gàirdean ag èirigh. Thàinig e a-steach oirre gun robh tìd' aice fhathast a h-inntinn atharrachadh agus tilleadh air ais dhan leabaidh ach cha do leig i dhi fhèin sin a dhèanamh. Bha i ag iarraidh gum faiceadh Sam gun robh i a' dol a dhèanamh oidhirp airson a chumail còmhla rithe, gun robh i deònach atharrachadh mas e sin a dh'fheumadh e. Rud sam bith nan toireadh e leanabh eile dhi.

Dh'fhosgail Sam an doras agus cha mhòr gun creideadh e a shùilean. Airson diog, smaoinich e gun robh Carly air nochdadh anns an rùm aige air dòigh air choireigin. An uair sin, chunnaic e gur e Mina a bh' ann. Gun stiall aodaich oirre. Sheas e airson ùine ga coimhead: a h-amhaich fhada sìos gu a cìochan beaga, cruinn agus fèithean làidir a casan. Ged a bha srianagan beaga rim faicinn ma meadhan bho bhith trom, cha robh iad ga dèanamh ach nas tarraingich. An corp seo a bha air laighe ri thaobh airson bliadhnachan ach nach robh e riamh air fhaicinn gu lèir roimhe, a-nis air a thabhachd dha gun duilgheadas sam bith.

Chaidh e a-null thuice agus sheas e air a beulaibh. Bha e follaiseach gun robh i fuar ach chùm i a gàirdeanan sìos. Cha robh i airson pàirt sam bith fhalachd bhuaithe. Thionndaidh i gu slaodach agus leig i dha a druim agus a tòin fhaicinn. Nuair a thionndaidh i air ais, thuirt e,

"Tha thu àlainn, Mina."

Gun fhacal, shreap i a-steach dhan leabaidh agus laigh i sìos. Le èiginn, chùm i i fhèin bho bhith a' tarraing na plaide thairis oirre fhèin. Thug Sam dheth na boxer shorts a bh' air agus chitheadh i cho toilichte 's a bha e mun tiodhlac seo. Shìn e air a muin, le shùilean làn fosgailte. Dhùin i a sùilean fhèin teann agus smaoinich i mu dheidhinn ainmean:

Matthew airson balach, Anna airson nighean.

A-rithist 's a-rithist 's a-rithist, gus an robh a' chùis seachad.

* * *

Thaom Carly na bha air fhàgail dhen fhìon dhan ghlainne agus shìn i a casan a-mach gus an cuala i cnàmh na cruachain a' dèanamh brag àrd. Bha sin nas fheàrr. Bha film air choireigin air an telebhisean ach cha robh i ga leantainn. Anns a' chiad àite, b' ann ann am Frangais a bha e.

Cha robh facal Frangais aig Carly na ceann ach bha dà chànan aice. Bha sin glè mhath. Bha a pàrantan à Beàrnaraigh na Hearadh ged a bha is' air a togail ann an Inbhir Nis. Bha i air gluasad gu Àrd-na-Cloiche nuair a choinnich i ri duine às a' Phòlainn a bha ag obair san taigh-òsta. Ged nach do dh'fhuirich esan fada, le Carly no anns an dùthaich, bha am baile air còrdadh rithe agus an obair cuideachd. Cha mhòr gun robh bliadhna on uair sin ach, a-nis, bha taigh beag aice fhèin nach robh ro chosgail – ged a bha i cinnteach

gur e crook eagalach a bh' anns an uachdaran – agus airgead gu
leòr air a shàbhaladh. Mura biodh an rud seo le Sam, bhiodh i air
faireachdainn gu math pròiseil aiste fhèin.

Bha e dìreach cho tarraingeach dhi. An t-aodann eireachdail,
an corp làidir, fiù 's am mionach beag a bha air tighinn air le aois.
Ach bha barrachd ris na sin.

An dèidh na h-oidhche nuair a nochd e aig an doras, bha na
facail aige air seinn na claisneachd;

" … you're so alive … "

Dh'fheuch i rin cur a-mach às a h-inntinn ach bha iad a' cur
oirre gun sgur. Gach turas a chuimhnicheadh i, dh'fhairicheadh i a
cridhe a' toirt leum às agus thòisicheadh i a' smaoineachadh air cho
math 's a bha fàileadh an aftershave aige. Mu dheireadh, thuig i gun
robh aice ri fhaicinn a-rithist.

Bha i air ainm a lorg ann an leabhar am fòn agus, an uair sin,
air an surgery far an robh e ag obair a lorg. Aig còig uairean, bha i
a' feitheamh ris anns a' phàirc-chàraichean.

"How're you doing?" thuirt i.

"Umm … fine, thanks."

"Can you give me a lift?"

Rinn e gàire agus lean i e chun a' chàir; biast de charbad a bha
Carly cinnteach a chosg barrachd air a h-uile càil a bh' aice san
t-saoghal. Shreap i a-steach agus dh'fhalbh iad le ràn tro shràidean
a' bhaile.

"Where am I taking you?"

"To work, the hotel. Cuidich mi cuideigin!"

Sheall e rithe, a shùilean cruinn, "What did you say?"

"Oh sorry, just a joke. It was Gaelic. Scottish, not Irish. It
means … "

"I know … tha fhios am. Tha Gàidhlig agad?"

Ghnog i a ceann agus rinn iad gàire ri chèile, Sam ga coimhead
cho fada 's a b' urrainn dha gun dràibheadh far an rathaid. Chitheadh
i gun robh e ga h-iarraidh agus, dh'fheumadh i aideachadh, ga
chluinntinn a' bruidhinn Gàidhlig, dh'fhairich i faisg air.

"Tha mi duilich mu dheidhinn an oidhch' eile," thuirt e.

Bha a phluicean air fàs dearg agus chitheadh i gun robh crith beag air a thighinn na làmhan.

"Tha sin alright," thuirt i. "Tha mi duilich gun robh mi cho fiadhaich. 'S e sin a bha mi ag iarraidh cantainn riut. Agus, uill … ma tha thu fhathast ag iarraidh m' fhaicinn … "

Thuirt Sam gun robh.

"Great. Tha mi deiseil aig aon uair deug."

Stad e an càr air beulaibh an taigh-òsta agus shreap i a-mach.

"Ach càit' as urrainn dhuinn ithe aig aon uair deug?"

Rinn i gàire mòr ris, "Tha thu pòst, nach eil? Chan eil mi a' smaoineachadh gum bu chòir dhuinn a bhith dol a-mach sa bhaile."

"Oh aidh, of course. Chan eil mi cleachdte ri seo," thuirt e.

Bha beagan nàire air a bha i a' smaoineachadh a bha dìreach àlainn. Bha e soilleir gun robh seo ùr dha. Thagh e Carly; ged a bha i cinnteach nach b' e ise a' chiad bhoireannach a bha air iarraidh Sam airson barrachd na cuideachadh len slàinte.

"Chì mi thu a-nochd, ma-thà."

Ghnog Sam a cheann, a bheul fosgailte agus dhùin i doras a' chàir. Dh'fhairich i a shùilean oirre fhad 's a bha i a' coiseachd air falbh ach cha do thionndaidh i air ais. Cha robh i ag iarraidh gum faiceadh e cho toilichte 's a bha i. Bha a' chumhachd aicese an uair sin. Bha Sam aice na làimh agus dhèanadh e rud sam bith a bha i ag iarraidh. Bha e air fònadh thuice a h-uile h-oidhche.

Agus seall oirre a-nis. Na suidhe leatha fhèin, a' coimhead ri fòn a h-uile deich mionaidean agus ag òl a h-uile deur deoch-làidir a b' urrainn dhi lorg anns an taigh. Seo am feminist mòr a thuirt nach goirticheadh fireannach i gu bràth. Bha i na cùis-nàire de bhoireannach. Siùrsach. Scarlet Woman. Bha i air a dhol an aghaidh a seòrsa fhèin agus b' e seo am peanas. Cha bhiodh i toilichte gu bràth leis an duine a bha i ag iarraidh.

Cha robh fireannaich a' tuigsinn fhaireachdainnean mar a bha boireannaich, bha i cinnteach às a sin. Bha Sam air cantainn gun robh e ann an gaol leatha ach dè bha sin a' ciallachadh? Bha i a' creidsinn gun robh e ag ràdh ri bhean gun robh gaol aige oirrese cuideachd.

Dh'fhalmhaich i a' ghlainne agus choisich i gu cugallach dhan chidsin a choimhead airson deoch eile. Anns a' phreas, lorg i botal Schnapps le fàileadh a theab a leagail bho casan.

Perfect, smaoinich i.

Lìon i glainne agus thill i chun an telebhisein, sèithear a bha cofhurtail agus film nach tuigeadh i. Ach an toiseach, rinn i cinnteach gun robh battery gu leòr anns am fòn aice.

* * *

Dh'fhuirich Chris gus an robh e cinnteach gun robh a h-uile duine nan cadal mus do dh'fhònaig e Ben. Bha e air a phàrantan a chluinntinn ... uill ... anns an leabaidh. Cha robh fhios aige gun robh iad fhathast a' dèanamh sin - yeurgh! – ach bha e toilichte gun robh. Bha e a' ciallachadh gun robh iad fhathast faisg. B' e dìreach nach robh esan ag iarraidh a chluinntinn.

"Are you okay to talk?"

"Yeah, should be fine," thuirt Ben ann an guth ìosal. "My parents go to bed at about eight."

Rinn Chris gàire beag. Bha e cho math a ghuth a chluinntinn. Chuir e dheth an solas agus dhùin e a shùilean gus nach cluinneadh e càil eile.

"So tell me, then. What happened?"

"I've been signed. Liverpool. They want me to start after the exams."

Leig Ben sgreuch bheag, "That's incredible! Oh my god, well done. I'm so proud of you."

Dh'fhairich Chris blàths ag èirigh bho bhonn a chasan gu bàrr a chorragan. Bha a h-uile càil gu bhith ceart gu leòr. Bhruidhinn iad air na planaichean aige, an turas sìos a Shasainn, an cùmhnant agus an saoghal ùr a bha fosgladh ma choinneamh. Dh'innis e dha mun flat a bhiodh aige ann am meadhan a' bhaile, an t-airgead agus na h-àiteanan iongantach a chitheadh e. Agus, le anail na uchd, dh'fhaighnich e dha Ben am biodh e deònach tighinn còmhla ris.

Thug Ben diog mus do fhreagair e, "Of course. Of course I'll come with you. But ... "

"But what?"

"Do we still have to pretend, y' know, that we're not together?"

Thuirt Chris gum feumadh ach 's dòcha, an dèidh greis, gum b' urrainn dhaibh innse dha duine no dhithis. Chluinneadh e nach robh Ben ro dhòigheil mu dheidhinn sin ach dh'aontaich e thighinn co-dhiù. Bha fhios aig Chris gun aontaicheadh.

"I'll see you on Monday then," thuirt Chris. "About half-four. Usual place?"

"Yeah," thuirt Ben ach cha robh Chris a' cluinntinn mòran toileachais na ghuth.

"I love you," thuirt e.

"I know you do," thuirt Ben agus chuir e sìos am fòn.

Sheall Chris ris an sgrion fhalamh agus dh'fhairich e cais a' dol troimhe. Cia mheud trup a dh'fheumadh e innse dha nach b' urrainn dhaibh càil a chantainn? 'S dòcha nuair a bha e na chluicheadair ainmeil, nuair a bha fhios aig an sgioba agus na fans gun robh e math gu leòr sin a dhìochuimhneachadh.

An uair sin, gheall e dha fhèin, nuair a tha cùisean nas fhasa. An uair sin ...

Caibideil 8

Chithear gun robh an samhradh air tighinn bho na bha de chàraichean air na ròidean. Ged a dh'fhàg iad eagalach tràth airson an seachnadh, bha Sam agus Chris air a bhith steigt' air cùlaibh làraidh agus dà charabhan airson leth-uair a thìde. Latha teth, dùmhail.

Sheall Sam ris a' chloc. Cha robh e ach naoi uairean is bha iad, an ìre mhath, ann an Sasainn. Bhiodh iad ann an Liverpool ro thrì nan gluaiseadh na donais charbadan ud às an rathad. Ach, ged a bha e an-fhoiseil faighinn chun an taigh-òsta agus air falbh bhon teas 's fàileadh ceò nan exhausts, bha an turas a' còrdadh ris math. Cha robh e air a bhith a' cur seachad gu leòr tìde le Chris. Bha gach mionaid a bh' aige air a thoirt suas le Carly: cuine bha e dol ga faicinn? Carson nach robh i a' freagairt am fòn? Am b' urrainn dha faighinn às le beagan a bharrachd philichean a thoirt dha Mina? Bha e sgìth dheth. Agus cha robh e air Chris fhaicinn a' cluich bàll-coise ann an trì mìosan. Cha robh sin ceart.

Sheall e ri mhac. Bha Chris air a bhith leughadh nam pàipearan a bha an sgioba air a chur thuige bho dh'fhàg iad Àrd-na-Cloiche. Aig ceithir uairean, dheigheadh iad còmhla airson coinneachadh ri manaidsear an sgioba, an coach agus an caiptean. Bhiodh tour dhen stadium aca agus an uair sin, bha iad a' gabhail biadh còmhla ris an neach-seilbh agus feadhainn dhe na cluicheadairean ùra eile. Mu dheireadh, bhiodh cùmhnant aca ri shoidhneadh agus bhiodh

Chris na cluicheadair proifeiseanta. Shaoil le Sam gun robh e fhèin agus Mina air dèanamh glè mhath nam pàrantan.

Mina. Bhon oidhche àlainn ud, bha i air leigeil dha a faicinn cha mhòr a h-uile h-oidhche. Bha e mar aisling. Cha robh fhios aige cò às a thàinig am boireannach ùr seo ach bha e air a dhòigh leatha. Bliadhnachan a' feuchainn ri sùil fhaighinn oirre fo ultach phlaideachan agus a-nis seo. Iongantach. Bha e cinnteach gun robh e co-cheangailte ri a h-iarrtas airson bèibidh eil' a bhith aca ach cha robh sin gu diofar. Bha gu leòr Levonelle aige gus dèanamh cinnteach nach tachradh càil dhen t-seòrsa sin.

Agus co-dhiù, 's dòcha gun robh i dìreach airson sealltainn dha gun robh i deònach feuchainn rim pòsadh a chumail beò. Uill, bha e air obrachadh. Ma bha ise deònach feuchainn, bha is Sam. Cha robh e air Carly fhaicinn bho fhuair Chris an naidheachd agus bha e cha mhòr cinnteach nach robh e airson a faicinn tuilleadh. Uill, chan fhaiceadh e i cho tric. Dìreach an-dràst 's a-rithist. Cha bhiodh diofar le Carly. Bha ise furast' mar sin.

Aidh, bha cùisean math. Le Chris a' dèanamh cho math agus Mina air fàs cho fosgailte, bha Sam cinnteach gum b' urrainn dha smachd fhaighinn air na faireachdainnean fiadhaich a bha air fhàgail cho troimhe-chèile. B' urrainn dha làmh an uachdair fhaighinn air a bheatha a-rithist. Bha aige ri bhith làidir, sin uireas, agus dh'fhaodadh a h-uile càil a bhith dìreach ceart. Softly, softly, smaoinich e, a' faicinn a' chothroim 's a' dol seachad air gach dràibhear eile gu furasta.

Bho sin a-mach, dh'fhàs an trafaig na bu shiùbhlaiche agus, nuair a ràinig iad Liverpool fhèin aig leth-uair an dèidh dhà, stad Sam an càr aig an taigh-òsta. Shreap an dithis aca a-mach às a' chàr agus ghabh iad greis a' sìneadh an gàirdeanan 's an casan.

"Aaargh!" dh'èigh Sam 's e a' sìneadh a ghàirdeanan bhos a chionn.

"Aaargh-aha!" dh'èigh Chris, a' dèanamh an aon rud.

Thug iad sùil air a chèile agus thòisich iad a' gàireachdainn.

* * *

Bha an loidhne purpaidh. Dè bha sin a' ciallachadh? Cha tuirt a' phacaid càil mu dheidhinn purpaidh. Dìreach dearg no gorm. Leugh Mina e a-rithist.

A blue line will appear if the result is positive. A red line will appear if the result is negative.

Uill, cha robh an dòlas rud ag obrachadh ceart. Rinn i osann agus shad i an tube beag plastaig agus am bucas dhan a' bhion. Na baga, lorg i pacaid eile – an ochdamh pacaid a bha i air ceannachd an t-seachdain ud. Leugh i am fiosrachadh a bh' air a' phacaid agus dheasaich i i fhèin airson a dhèanamh. Smaoinich i mu dheidhinn uisge a' ruith, eas a' tuiteam sìos cliathaich beinne agus – le ùrnaigh bheag, dhòchasach – shuidh i air a' phana agus chuir i an tube eadar a casan.

Choisich i bho thaobh gu taobh, a' cunntadh gach diog gus an robh i cinnteach gun robh mionaid air a dhol seachad. Tharraing i anail dhomhainn agus sheall i ris.

Dearg. Damn it!

Shad i an test dhan bhion le sgreuch dòrainn. Bha i air a bhith cinnteach gun robh na làithean aice ceart. Bha iad air a dhèanamh cha mhòr a h-uile h-oidhche airson seachdain. Seachdain a' dol an aghaidh a nàdair, a' dùnadh a sùilean agus a' feuchainn ri leigeil dhi fhèin a bhith cofhurtail leis ged nach robh e a' tighinn thuice.

Cha robh duine air a corp fhaicinn bhon latha a thuirt nighean anns na showers às dèidh P. E. gun robh cumadh 'creepy' oirre. Agus ged a bha fios aice gur e dìreach aingidheachd na h-òige a bha seo, bha e air cleachdadh a thòiseachadh innte nach bu dùraig dhi leigeil às. Cha robh e na chuideachadh gun robh a pàrantan air a bhith cho diùid 's a ghabhadh nuair a thigeadh e gu gnothaichean corporra. Bha Mina air ionnsachadh mu sex bho charaid nuair a bha i aon-deug agus chuir e feagal a beatha oirre. Thuirt i nach dèanadh ise sin gu bràth agus, gus an do choinnich i Sam, cha robh i fiù 's air smaoineachadh mu bhalaich. Bha e air a bhith cho duilich dhi dhol dhan leabaidh còmhla ris ach bha Sam air a bhith cho foighidneach. Nuair a chaidil i leis a' chiad turas, bha e socair leatha. Slaodach.

A' coimhead rithe fad an t-siubhail le gaol sgaoilte air feadh aodainn. Ach, ged a bha e dìreach ceart, dìreach mar a bhiodh nighean òg sam bith ag iarraidh airson a' chiad turas le fireannach, cha b' urrainn dhi socrachadh. Tharraing i a' phlaide thairis air an dithis aca agus, san spot, bha i a' faireachdainn na b' fheàrr. Fichead bliadhna air adhart agus cha robh càil air atharrachadh chun na seachdain seo. Gus an do mhothaich Mina nach robh Sam ga coimhead le gaol sgaoilte air feadh aodainn tuilleadh. Cha robh e ga coimhead idir. Desperate times, smaoinich i.

Cha robh i a' faireachdainn ciont sam bith, tà. Bha i air innse dha gun robh i aig iarraidh bèibidh agus dh'aontaich e leatha. Cha robh rian nach robh fhios aige carson a bha i air an oidhirp seo a dhèanamh. Cha robh e cho dall ri sin. Cha ghabhadh e bhith a bharrachd nach robh e air faicinn cho sgìth 's a bha i fad na h-ùine. Thighearna, cha robh i air uiread de chadal a dhèanamh na beatha is bha i cinnteach gun robh e ceangailte ris an fhios nach robh mòran bhliadhnachan aice air fhàgail gus leanabh a bhreith. Bha i depressed, mar a thuirt Rita. Cha leigeadh Sam dhi fuireachd mar seo - cho ìosal, cho lag. Dè an diofar ged nach bruidhneadh iad air? Bha e a-riamh air aontachadh leatha is cha robh seo diofaraichte. Bha dìreach feum aige air beagan brosnachaidh gus a dhleastanas a dhèanamh.

Bhiodh Sam agus Chris air ais air oidhche na Sàbaid. Cheannaicheadh i gùn-oidhche ùr bho M & S is ghabhadh i glainne fìon no dhà gus neart a thoirt dhi. Bhiodh e sgìth an dèidh dha dràibheadh cho fada ach dh'fheumadh iad a dhèanamh an oidhche sin. Cho tric 's a ghabhadh gus am biodh i trom.

Thug i sùil aithghearr air a h-ìomhaigh san sgàthan. Bha i a' coimhead glè mhath. Ann an dòigh, bha adhartas na seachdain air feum a dhèanamh dhi. Gun teagamh, bha i mothachail nach robh i sgìth idir. Bha a corp air tilleadh chun ruitheim nàdarraich air an robh i cleachdte fad a beatha. Soidhne eile gun robh i a' dèanamh an rud cheart. A bharrachd air sin, bha an toileachas a bha air an taigh a lìonadh bho chuala iad naidheachd Chris mar tonic dhi cuideachd. Dhaibh uile. Bha i a' faireachdainn mar gun robh fortan Chris air sgaoileadh thuca gu lèir. Nise, dìreach nan tionndaidheadh an donas loidhne gu gorm, bhiodh gach nì na àite dhòigheil fhèin.

Bhon rùm fo casan, chuala i brag agus sgreuch.

"MAAAMAIDH!"

Chaidh i na deann sìos an staidhre chun rùm-suidhe. Bha Millie an sin, na suidhe air an làr, deòir a' sruthadh sìos a h-aodann. Ri taobh bha bobhla a fhuair Mina bho seanmhair mas do bhàsaich i, na phìosan. Dhùin Mina a sùilean teann agus chunnt i gu deich mas do bhruidhinn i.

"Dè thachair Millie?"

Dh'fheuch Millie ri bruidhinn ach bha na facail ga tachdadh. Thog i corrag bheag gu bàll-coise sa chòrnair.

"Bha mi a' practisigeadh. Tha mi du-ù-ùilich," thuirt i le mòr-dhuilgheadas.

Lùb Mina sìos is thòisich i a' togail nam pìosan gu faiceallach.

"Tha e alright, Millie. 'S urrainn dhomh seo a chàradh. Ach ma tha thu airson cluich bàll-coise, b' fheàrr leam gun dèanadh tu e a-muigh."

Shuath Millie na deòir bho h-aodann le cùl a làimh agus sheas i an-àirde. Bha i gu math toilichte nach robh a màthair fiadhaich rithe.

"Mamaidh?"

"Mmm?"

"Ma chumas mi orm a' practisigeadh, bheil thu a' smaoineachadh gum faod mise cluich airson Liverpool cuideachd?"

"Faodaidh tusa dèanamh rud sam bith a tha thu ag iarraidh Millie. Ma tha thu deònach practisigeadh gu leòr."

Dòigheil leis an fhreagairt sin, thionndaidh Millie airson a dhol a-mach dhan ghàrradh. Chuir guth a màthar stad oirre.

"Agus Millie … "

"Uh-huh?"

"Chan fhaigh thu pocket money airson dà sheachdain."

110

Thuit a h-aodann ach cha tuirt i càil. Bha fhios aice gun robh i air faighinn às leis an trup seo.

* * *

"The stadium was inaugurated in eighteen eighty-four and was the home of Everton F. C. until eighteen ninety-two. As usual, those Toffees couldn't work together so they high-tailed it leaving owner Houlding with an empty pitch. Big mistake for them. He founded Liverpool F. C. and the rest, as they say, is history."

Dh'èist Chris gu faiceallach ris an duine mhòr ged a bha fhios aige air a h-uile càil mu sgioba Liverpool co-dhiù. Bha e air òige a chur seachad a' leughadh annuals *Shoot* agus *Match* agus a' steigeadh dhealbhan beaga dhe na cluicheadairean eadar duilleagan nan albums Panini a bh' aige. Bha e air barrachd a leughadh mun deidhinn bho chuala e gun robh iad ga iarraidh san sgioba ach b' e dìreach revision a bha sin. Chuir e iongnadh air nach deigheadh aon fhacal de physics na cheann ach bha fhathast cuimhne aige gur e Mark Hateley a chuir an tadhal a bhuannaich an cupa SPL dha Rangers ann an 1991.

"How many Everton fans does it take to change a light-bulb?" bha an duine mòr ag ràdh.

"As many as you like but they'll never see the light!" agus thòisich e a' lachanaich mar gur e sin a' chiad turas a bha e air an joke ud innse.

Rinn Chris gàire modhail. Bha an grand tour a' còrdadh ris. Bha iad air coiseachd tro thallaichean fada, gach balla a' gleansadh le duaisean is cupain. Dh'innis an duine mòr dhaibh mu gach fear le uiread de phròis is gu smaoinicheadh tu gur e e fhèin a bhuannaich iad. A' coimhead tron ghlainne thiugh, chunnaic Chris ìomhaigh fhèin ann an cupan na Roinn Eòrpa agus stad a h-uile càil airson diog. Anns an diog ud, chunnaic Chris a bheatha a' sìneadh air thoiseach air. Chunnaic e e fhèin a' togail a' chupa seo, chuala e glaodhraich an t-sluaigh; blàths an òir na làmhan is blàths na glòir na bhroilleach.

111

"And if you follow me, we can take a look at the pitch. Some of your fellow new recruits will be training so you can say hello."

Thug e sùil air athair, a thug dha dòrn bheag mun ghualainn. Bha coltas balach beag air. Chitheadh Chris deàrrsadh na aodann, glacte leis an àite annasach seo. Chaidh iad sìos tro na rumannan-sgeadachaidh agus, an uair sin, a-mach tron tunnel gu feur Anfield. Bha an t-uisge air a bhith ann is dh'fhairicheadh e fàileadh cùbhraidh an fheòir – soilleir uaine is air a chumail brèagha, rèidh. Cha b' urrainn dha stad a chur air fhèin. Lùb Chris sìos is chuir e a làmh air an talamh. Shaoil leis gum fairicheadh e cumhachd nan ceudan chas a bha air ruith air an talamh seo.

"Great, innit?" thuirt guth Sasannach air a chùlaibh. Thionndaidh e agus chunnaic e balach, mu aois fhèin, a' seasamh bhos a chionn. Sùilean beothail, dorcha-donn agus craiceann an aon dath.

Sheas Chris an-àirde luath. Cha b' e a-mhàin gun robh a' ghrian na shùilean ach bha e a' faireachdainn amaideach air a ghlùinean.

"It's amazing."

Thàinig a ghuth a-mach na chròchan.

"I know, right? I bin playin' on concrete for mosta ma life. This is luxury, mate."

Nochd an duine mòr rin taobh.

"This is another of our recent signings. Ty Jackson, this is Chris Morrison."

Rug iad air làimh a chèile – misneachail, mar a bha iad air fireannaich eile fhaicinn ga dhèanamh – ach fhathast rud beag mì-chinnteach. Bha Chris a' feuchainn ri smaoineachadh air rudeigin a chanadh e ach bha cuideam an latha mu amhaich. Bha e mar a' chiad latha sa bhun-sgoil, mus do choinnich e ri Russell, a chùm e sàbhailte bho chàch.

"So," thuirt Chris, a' lorg a ghuth mu dheireadh, "what position do you play?"

"Winger, mate. You?"

"Chris is a striker," thuirt athair gu pròiseil is chaidh dìosg nàire tro mhac. Stad an còmhradh a-rithist.

Shàbhail Ty iad uile nuair a dh'fhaighnich e dha Chris an robh e ag iarraidh cluich airson greis. Ged a bha Chris fhathast ann an deise, dh'fhalbh e na ruith co-dhiù. Bha athair agus an duine mòr ga choimhead mar dà phàrant mhoiteil is ruith e na bu luaithe. Cha robh e airson a bhith fallasach anns an deise airson an còrr dhen latha ach bha an t-iarrtas breab a thoirt dha bàlla air an fheur ainmeil seo fada cus dha.

Bha ochdnar eile – balaich òga, mar e fhèin – a' ciocadh a' bhàlla taobh seach taobh, a' lorg a chèile cho luath 's a b' urrainn dhaibh. Sùilean a' leum bho dhuine gu duine; ag obrachadh a-mach an t-slighe a b' fhasa chun na lìn. Rinn Ty fead tro fhiaclan. Stad iad uile is thionndaidh iad gus èisteachd ris.

"Boys! This is Chris."

Thog duine no dithis làmh ris is ghnog Chris a cheann riutha.

"So, Chris. 'Ere's how it goes. Us versus you. See how many of us y' can get the ball past."

"But ... won't you all just surround me?"

Rinn Ty lachan, "Nah, man. Each guy sticks to his own area – wivin reason, y' get me?"

"Alright," thuirt Chris is shad cuideigin am bàlla thuige.

Bha iad ag èigheachd agus a' gàireachdainn ach cha robh Chris gan cluinntinn tuilleadh. Sheas e aig a' chòrnair is sheall e far an robh gach cluicheadair na sheasamh. Chitheadh e an t-slighe a b' fhasa tromhpa ach gun robh fear mòr tiugh faisg air meadhan na pitch.

Ach, uill.

Chuir e am bàlla sìos air an fheur. Cho luath 's a chuir e a chas ris, bha fear a' tighinn mu choinneamh na ruith. Ach bha e air gluasad ro luath. Dh'fhuirich Chris far an robh e, a' leigeil dha ruith cho luath 's nach b' urrainn dha stad ann an tìde, agus an uair sin, aig an diog mu dheireadh, ghluais e am bàlla às an rathad air. Le mhisneachd air a neartachadh, chaidh Chris na dheann seachad air triùir gun strì sam bith. An duine mòr ud a-nis. Chunnaic e e mar tiodhlac – bha na casan aige ro fhada bho chèile. Chuir

e am bàlla eatorra is chùm e a' dol. Dh'fheuch fear beag bàn air
bhon làimh chlì ach bha Chris ro luath dha. Bha an adrenaline
a' bualadh tro chorp. Bha fhios aige, fiù 's mas do thachair e, gun
robh an cluicheadair caol air a làimh dheis a' dol a dh'fheuchainn
slide-tackle is leum e thairis air na casan aige.

Cha robh ach Ty air fhàgail a-nis. Agus bha esan luath. Nas
luaithe na Chris, 's dòcha. Bha e air mas robh Chris buileach deiseil
is cha mhòr nach d' fhuair e làmh an uachdair air. Bha leth-dhiog
aig Chris inntinn a dhèanamh an-àirde. Bhiodh Ty air obrachadh
a-mach gur e a chas dheas a bh' aige, bha fhios aige air sin. Ghluais
Chris am bàlla gu chois chlì, dìreach a' faighinn seachad air Ty
agus, le brag tàirneanaich de neart, chuir e am bàlla dhan lìon.

Bha anail na uchd. God, bha siud a' faireachdainn math.
An uair sin, mhothaich e nach robh duine a' bruidhinn. No
a' dèanamh fuaim sam bith. Thionndaidh e agus, gu dearbha, cha
robh duine ag ràdh càil. Dìreach ga choimhead le iongnadh. An
robh e air rudeigin a dhèanamh ceàrr? Bha e cinnteach gun robh e
air na riaghailtean aca a leantainn ach …

"That," thuirt Ty le shùilean làn-fosgailte, "was fackin'
AWESOME!"

Thòisich iad ag èigheachd agus a' bualadh Chris mun druim.
Gach fear ag ràdh cho fackin' awesome 's a bha a' chluich aige, nach
robh teagamh ann gum biodh e air an sgioba cheart ann an ùine
nach biodh ro fhada. Aodainn chruinn dhòigheil air gach taobh,
ga choimhead mar mhìorbhail.

Bho taobh eile na pitch, bha Sam air a bhith coimhead le
mòr-iongnadh cuideachd. Cha robh e air Chris fhaicinn a' cluich
ann an greis ach bha e air fàs fada nas fheàrr. Cha robh fhios aig
Sam cho math 's a bha e. Chaidh snàthad ciont troimhe agus
rùnaich e, airson a' cheudamh trup air an turas seo, gun robh e dol
a chur cùisean ceart na bheatha. Mura cuireadh air a shon fhèin,
chuireadh airson a' bhalaich thàlantaich seo agus Mille bheag,
bhòidheach.

Honestly, cho luath 's a thilleas sinn.

114

"He's going to go far," thuirt an duine mòr ris.

"I know," thuirt Sam agus, ged a bha fios aig an duine mhòr co-dhiù: "That's my son."

* * *

Choimhead Ben timcheall an taighe-bidhe gus am faca e a phiuthar na seasamh, a' smèideadh ris bho bhòrd aig an uinneig. Cha robh e duilich lorg fhaighinn oirre ann an rùm. Le ultach fuilt ann an dreadlocks - feadhainn dhiubh neon - briogais leathair agus t-shirt le Hell-bitch sgrìobht' air, bha gu leòr dhaoine ga coimhead le mì-chinnt. Bha na h-aon chnàmhan làidir aice na h-aodann ri bràthair, liopan làn agus moileanan tiugha. Agus, ged a bha i air a deasachadh gus ìomhaigh chruaidh a shealltainn dhan t-saoghal, bha i fhathast nigheanail, bòidheach.

Bha Sarah air a bhith feuchainn ri bhith na seinneadair ann an Lunnainn bho dh'fhàg i Àrd-na-Cloiche, ann an stùirc, bho chionn còig bliadhna. Cha robh Ben air a bhith ach dà-dheug is, mar sin, cha robh e a' faireachdainn uabhasach faisg dha phiuthar. Cha robh i air tilleadh ach ainneamh bhon uair sin is bha na bliadhnachan a bha eatorra air an cumail dealaichte. Nuair a dh'fhònaig i thuige ag iarraidh gun coinnicheadh iad airson biadh ann an Inbhir Nis, bha e air faireachdainn measgachadh de thoileachas is iomagain.

Shuidh iad ri taobh a chèile agus thug i pòg dha ma phluic.

"Hi there, sis."

"Alright Benny. Got some lippy on you there."

Shuath e làrach dubh a lipstick bho aodann le napkin. Thabhaich i cairt-bidhe air agus leugh iad gu sàmhach. B' e àite rudeigin daor a bh' ann ach bha Sarah air cantainn gum pàigheadh ise.

"You still a veggie, Sarah?"

"It's not Sarah anymore."

"What?"

"It's not Say-rah anymore. It's Zah-rah."

"Zah-rah?"

"Yeah, Zara. With a zed. And I am no longer a vegetarian.

Been hanging out with this death metal band. Their thing is eating raw meat during the guitar solo then spitting it at the punters. It's fucking insane. So, you know, if you can't beat 'em … "

Smaoinich Ben gur dòcha nach robh e ag iarraidh steak tuilleadh.

"They're called Death Infusion. Check out the Myspace page. I'm the one wearing the zebra mask."

Nochd nighean ann an aparan rin taobh agus rinn i gàire teann riutha.

"You ready to order?"

Sheall Zara rithe; a sùilean glaiste oirre, a' gabhail oirre feuchainn ri dèiligeadh riutha gun an aon mhodh leis an dèiligeadh i ri duine sam bith eile. Dh'innis i dhi gach rud a bha i ag iarraidh mar gun robh gunna aice na làimh. Chuir a misneachd an t-iongnadh air Ben. Cha robh e air mòran tìd' a chur seachad le phiuthar ach bha e toilichte gun robh i air nochdadh. Bha feum aig air togail spioraid an-dràsta. Bha e air a bhith cho toilichte airson Chris nuair a dh'innis e dha gun robh e air àite fhaighinn air sgioba Liverpool. Cha b' ann gus an robh e air am fòn a chur sìos a bha e air smaoineachadh air dè bha sin a' ciallachadh. Bha Chris a' falbh airson tòiseachadh air beatha ùr is cha robh fhios aige càit' an robh sin ga fhàgail-san.

"And for you, sir?" thuirt an nighean, beagan na b' fhaiceallaich a-nis.

"I'll have the Caesar salad," thuirt e. "And a gin and tonic."

Dh'fhosgail an nighean a beul airson faighneachd dha dè an aois a bha e ach thug Zara sùil gheur oirre is rinn i às. Rinn Ben gàire ri phiuthar.

"Nice work."

"All you have to do is stare 'em down, Benny. Like dogs."

Nochd an gin air a bheulaibh agus uisge-beatha dha Zara. Lean sea bream le jus air choireigin dha Ben agus cas deiridh bò dha Zara. Dh'òl iad is dh'ith iad agus rinn iad tòrr gàireachdainn a chuir dragh air na daoine aig a' bhòrd air an cùlaibh.

Chuir e iongnadh air an dithis aca cho coltach ri chèile 's a bha iad. Bhon aodach aca chun a' chiùil a b' fheàrr leotha. Agus bha an dithis aca a' faireachdainn gun robh an taghadh a rinn am pàrantan an toirt gu Àrd-na-Cloiche cho ceàrr ri ceàrr. Dha Zara, bha i na b' aosta agus, mar sin, bha i air barrachd ùine a chur seachad ann an sgoil phrìobhaideach – St. Mary's School for Girls. Cha robh saorsainn sam bith air a bhith aice is, mar sin, nuair a lorg i i fhèin ann an sgoil mheasgaichte, mheadhanach, chaidh i rudeigin droil. Dh'fhàg i an sgoil mas do shad iad a-mach i.

"So glad I got out of here," thuirt i, a' taomadh drama eile sìos a h-amhaich gun thrioblaid. "What about you? Just a couple of months until you can bail out. What's your plan?"

"Well, if I do alright in the exams, I've got a place in a few different Uni's. Thinking of Liverpool."

"Liverpool? Mum said you got into Oxford."

"Yeah but, y' know, don't think I'd get on that well with a bunch of posh dickheads."

Chrath i a ceann, "Nah. That's not it."

Sheall i na shùilean agus bha e glaiste, mar an nighean amh ud a bha a-nis a' sainnsearachd ris a' mhanaidsear mu cho àrd 's a bha iad a' bruidhinn.

"You're going there because of someone."

"What? No! Well, it's just … "

"So I'm right! I knew it! Who is she?"

Thuit sùilean Ben chun a' bhùird. Cha robh e ag iarraidh breug innse dha phiuthar. Bha iad a' faighinn air adhart cho math agus, smaoinich e, bha e cinnteach nach cuireadh e dragh sam bith oirre. Bha na facail air a theanga ach cha b' urrainn dha an cantainn. Dh'òl e na bha air fhàgail sa ghlainne agus lorg e na sùilean biorach aic' a-rithist.

"It's not a she. It's a … guy."

"Oh right. So what's his name? Is he cute?"

"You … you don't mind?"

"Nah. Thought you might be. Just, y' know, didn't want to presume."

Dh'fhairich e faochadh a' lìonadh a chuirp. Bha e a' faireachdainn mar gun robh mìle bliadhna air a dhol seachad bho bha e aig fois le cuideigin mar seo.

"His name is Chris. Chris Morrison."

"Not that little shit who used to bully you?"

"Yeah. The very same."

Dh'òrdaich iad deoch eile an duine agus dh'iarr Zara dà ghlainne port cuideachd. Thuirt Ben nach robh e cinnteach am bu chaomh leis port ach thuirt i ris a bhith sàmhach.

"You have to have port after a meal. Albeit a sub-standard, over-priced, served-by-snidey-bitches kind of meal," thuirt i, a' togail na bha air fhàgail dhen t-sabhs aice le pìos lof. "So tell me about him?"

"We've been together for about six months. We're in love."

Rinn i gàire mòr ris is thug i dòrn dhòigheil dha mun ghàirdean, "Nice one, bro! God, remember those dickheads he used to hang around with? Like that big kid. Robert? Or Richard something?"

"Russell."

"Yeah, that was it. That kid was the fucking anti-Christ. Seriously. I looked him in the eyes once and I swear, I saw nothing. Fucking weird."

"Yeah."

"So when can I meet Chris?"

"Thing is … you're the first person we've … I've told."

Agus cha robh fhios aige an e an gin no am port a bh' ann – cha robh Ben air deoch-làidir òl ach glè ainneamh – ach dh'innis e dhi a h-uile càil. Bhon chiad latha ud anns an raon-cluiche nuair a chuir Russell e air a dhruim chun an fheasgair nuair a dh'innis Chris dha gun robh àite aige ann an sgioba Liverpool. Bha e air a chumail a-staigh cho fada 's nach b' urrainn dha stad nuair a thòisich e. Thàinig na facail a' taomadh a-mach às agus, leis gach sgeulachd, dh'fhàs an cuideam air anam beagan na b' aotroime.

Choimhead Zara ris fad na h-ùine gun fhacal ach ceist bheag an-dràst 's a-rithist. Bhon taobh a-muigh, shaoileadh tu gun robh i ag èisteachd gu calma ach, na broinn, bha stoirm dhubh ainmein a' goil. Cha robh fios air a bhith aice mun dàrna leth dhe na rudan a dh'innis a bràthair beag dhi. Bha cuimhn' aice air na làithean nuair a bhiodh e a' tilleadh bhon sgoil le aodach reubte agus patan air a chorp. Ge bith dè cho fada 's a bha am pàrantan ga cheasnachadh, chan innseadh e dhaibh cò bha ga dhèanamh. Bha fhios aca, co-dhiù. Chaidh a màthair 's a h-athair a bhruidhinn ri teaghlaichean nam balach, an sgoil is fiù 's na balaich fhèin mìle uair ach cha robh e gum feum sam bith oir bha an-còmhnaidh an aon fhreagairt aca – we were just playing, it was an accident.

Agus cha robh ise air càil a dhèanamh dha. Bha i air a bhith na deugaire. Cho fada na ceann fhèin 's nach robh i air dragh a ghabhail mun èiginn anns an robh a bràthair. Fhad 's a bha esan air a bhith cur seachad gach latha ann an grèim an eagail, bha ise air a bhith smocaigeadh agus a' cluich giotàr le balaich bhon cholaiste. Bha i air a bhith cho fiadhaich. Ach a-nis bha na duilgheadasan ud, a bha air faireachdainn cho geur dhi, a' coimhead beag agus amaideach an taca ri trioblaidean a bràthar.

Mhothaich i gun robh i a' dìosgadh a fiaclan. Bha i ag iarraidh Russell Richards a mharbhadh. Chaidh dealbhan iargalt, brùideil tro a mac-meanmna; na rudan a dhèanadh i fhèin agus na balaich bho Death Infusion ris le leth-uair a thìde agus paidhir phliers. Ach bha fhios aice cuideachd gur e ciont a bha sin. Cha robh i air càil a dhèanamh dha Ben nuair a bha an cothrom aice. Mar sin, bha e cudromach gun cluinneadh i a h-uile càil a-nis.

"So that's about it really," thuirt Ben, ag òl na bha air fhàgail dhen phort. "But only a couple of months then we can be together properly."

Bhìd Zara a liop agus rinn i gàire beag ris, "Yeah, well, let's get the bill, eh?"

Cha robh aice ri faighneachd. Bha an tè-fhrithealaidh air a bhith feitheamh leis a' chunntas na làimh airson leth-uair a thìde. Dh'fhosgail i an doras dhaibh is dhùin i e le brag air an cùlaibh. Thionndaidh Zara agus chuir i suas a corrag mheadhanach rithe.

"C' mon, bro," thuirt i, a' cur a gàirdein timcheall air. "Let's go and see what Inverness has to offer a couple of sexy young things, right?"

* * *

Dhràibhig Carly seachad air taigh Sam airson an trìtheamh turas ann an dà latha. Cha robh an càr daor aige ri fhaicinn. Bha e air a bhith air falbh fad na h-oidhche raoir cuideachd. Cha robh a bhean còmhla ris, ge-tà. Bha Carly air a faicinn-se a' cur poca dubh plastaig dhan a' bhon; a' coimhead glamorous a dh'aindeoin sin, ann am briogais aotrom glas-uaine is càrdagan cashmere pinc. Bha i fada na bu chaoile na Carly cuideachd ach dè an diofar? Bha Carly deich bliadhna na b' òige agus bha ise a' toirt dha beothachd nach b' urrainn dhan tè fhuar ud a thuigsinn. A bharrachd air a sin, cha robh trioblaid sam bith aicese le pilichean. Bha Sam air innse dhi mar a bhiodh i na slèibhtire bho ionnsaigh Valium gach oidhche, ga fhàgail-san aonranach, na dhùisg anns an dorchadas. 'S beag an t-iongnadh gun robh e a' tighinn thuice airson beagan blàiths.

Sheall i ris an uair. Bha e ochd uairean a dh'oidhche is cha robh e air tilleadh fhathast. Bha cho math dhi falbh dhachaigh.

Deich mionaidean eile, smaoinich i rithe fhèin.

Cha robh e air cantainn rithe gun robh e a' dol a dh'fhalbh. Cha robh e air fòn a chur thuice ann am barrachd air seachdain. Cha robh sin àbhaisteach idir. Bha i air cluinntinn anns a' bhùth gun robh am balach aca air àite fhaighinn air sgioba Liverpool. Bha na bodaich a bhiodh a' còmhstri aig an doras air bhoil leis an naidheachd. Balach bhon a' bhaile acasan a' cluich bàll-coise proifeiseanta. Cha robh sin air tachairt bho chaidh Iain Bandy a chluich airson Hibs ann an 1973. Uill, ged a bha, an e sin adhbhar gu leòr a fàgail na suidhe aig am fòn oidhche an dèidh oidhch'? Bastard.

Bha i cinnteach gun robh fireannaich a' dèanamh seo a dh'aona ghnothaich. Bha iad ag obair ort. Ga do bhriseadh sìos gus an robh iad cinnteach gun robh do chridhe aca 's an uair sin a' dèanamh às, a' bruidhinn mu dheidhinn rudan a' gluasad ro luath agus feum aca air space. Bha i air a bhith cho cinnteach nach robh seo a' dol a thachairt le Sam. Simple, uncomplicated fun. Sin a bha i ag iarraidh ach, an àite sin, bha i a-nis na suidhe na càr a' coimhead an taighe aige tro speuclairean-dubha aig ochd-uairean a dh'oidhche. Bha gu leòr de sholas an latha ann ach fhathast … dè bha air tachairt rithe? Dh'fheumadh i falbh dhachaigh. Cha robh seo fallain.

Thionndaidh i an iuchair agus dhràibh i air falbh gu slaodach. Bha DJ le guth mar uèir-bhiorach a' sgiamhail mu dheidhinn còmhlan ùr air an rèidio is chuir i dheth e gu greannach. Air ais chun an taighe bhig aice fhèin, ma-thà. Cupan teatha, leth-bhotal fìon is fòn gun bhìog. 'S dòcha gum fònadh e a-nochd – sin a thuirt i rithe fhèin – ach bha fhios aice mar-thà, shìos ann am bonn a stamaig, nach fònadh.

* * *

Thug Mina sùil bheag bho chùl a' chùirteir. Bha an càr air falbh. B' e sin an dàrna trup a bha i air fhaicinn. A' chiad trup – a-raoir – bha i air fhaicinn fhad 's a bha i a' cur a-mach an sgudail is shaoil leatha gur e nighean a bha na suidhe ann. Ach bha e dorch is bha an càr beagan ro fhada air falbh. Agus a-nis bha e air tilleadh.

Cha robh i air fhaicinn air an t-sràid aca roimhe. Bhiodh i air cuimhneachadh. Bha an Nissan Micra salach le na dents agus a' mheirg cho nochdaichte a' measg nam BMWs agus na Mercs.

Thàinig e a-steach air Mina gur dòcha gum bu chòir dhi a dhol a bhruidhinn rithe ach chuir i stad oirre fhèin. Bha rudeigin na mionach ag innse dhi nach tigeadh càil math à bruidhinn ris an nighinn ud. Dhùin i an cùirtear le beagan faochaidh ach bha faireachdainn aice gun robh an nighean a' coimhead ris an taigh acasan. Cha b' urrainn dhi bhith cinnteach. Chitheadh tu an t-sràid air fad' bhon àit' far an robh i air parcadh ach bha Mina cinnteach gun robh na sùilean aice air ballachan tiugha an taighe aicese.

Chuala i gluasad air a cùlaibh. Thionndaidh i agus chunnaic i Millie anns an doras.

"Robh thu a' coimhead an nighean ud?"

"Dè?"

"An nighean sa chàr bheag? Chunnaic mi i bho m' uinneag."

Lùb Mina sìos gus an robh i ga coimhead eadar an dà shùil. "Nach tu tha nosy, Millie-moo."

Phut Millie i na gualainn le corrag, "Tha thusa nosy cuideachd! Bha thusa a' falachd air cùl nan cuirtearan!"

Thòisich Mina a' gàireachdainn is chuir i a gàirdeanan timcheall air a nighinn. Chrom Millie a ceann gus an robh i domhainn ann am broilleach a màthar. Shaoil Mina – is cha b' ann airson a' chiad turas – gun robh i ag iarraidh an dà chorp aca a mheasgachadh còmhla; an nighean aice a tharraing air ais na broinn far am biodh i sàbhailte. Chuir i a sròin ri falt Millie, fàileadh dheth mar mhil.

Bha i ann an gaol le cuid chloinne. Bhon mhionaid a chuir an nurs' iad na gàirdeanan, bha i ann an gaol leotha. Bhiodh i air rud sam bith a dhèanamh gus an cumail faisg oirre. Chris agus Millie. Dà rud na beatha a bha i cinnteach a rinn i ceart. Ach bha fhathast gaol gu leòr aice airson leanabh eile. B' e dìreach nach robh na bha sin a bhliadhnaichean aice air fhàgail. Airson diog, dh'fhairich i sgian a' chiont. Nach robh an dithis a bh' aice math gu leòr dhi? An e nach robh i toilichte? Bha barrachd aice na bh' aig mòran bhoireannaich eile. Tèarainteachd, airgead, taigh mòr is duine soirbheachail air an robh gaol aice. Is bha gaol aigesan oirrese cuideachd. B' e dìreach nach robh iad cho faisg an-dràsta. Le leanabh ùr, chuimhnicheadh e air na bh' aca agus ge bith dè bha ga tharraing air falbh bhuaipe, bhiodh e seachad …

Agus – mar dealanaich – bhuail e oirre. Shad i Millie bho grèim, a' toirt oirre sgreuch bheag a dhèanamh.

"Mhamaidh!"

Sheall Mina rithe, a sùilean a' deàrrsadh le tuigse ùr. Bha e mar nach robh i anns an rùm tuilleadh. An uair sin chunnaic i deòir a' tòiseachadh ann an sùilean Millie.

"Tha mi duilich, Millie," thuirt Mina gu sàmhach, a' gabhail Millie na gàirdeanan, "tha mi duilich."

Thill Millie chun ghrèim aice is bha a h-uile càil an ìre mhath ceart gu leòr a-rithist. Ach bha rudeigin air tachairt dha màthair. Bha i air mothachadh dha rudeigin agus bha e air feagal a chur oirre. Bha Millie ag iarraidh a dhol air ais chun an rùm aice fhèin. Bha i duilich gun do dh'fhàg i e a-nis.

"Tha mi sgìth, Mhamaidh."

Thog Mina i agus chaidh i leatha suas an staidhre, seachad air rùm fhalamh Chris, dhan leabaidh aice fhèin. Thug i pòg fhliuch dhi ma pluic, a' sùilean fhathast fad às ach beò le smuaintean duilich.

"Na bi ro fhada mas caidil thu, Millie," thuirt i agus dh'fhalbh i air ais sìos an staidhre.

Bha botal fìona aice anns am frids is thaom i glainne bheag dhi fhèin. Bha an teine fhathast a' dol anns an rùm-suidhe is chrùb i sìos air a bheulaibh, a' coimhead nan lasairean a' danns' is a' cruthachadh dhealbhan. Dh'fheumadh i smaoineachadh airson greis.

Oir cha robh fhios aig Mina cò às a thàinig an smuain ach bha i cha mhòr cinnteach às.

Bha an nighean ud a' coimhead airson Sam.

* * *

Choisich iad gu cugallach tro na sràidean agus tarsainn na drochaid gus na lorg iad 'ad fhèin aig bòrd ann an Riches.

"Another?" dh'fhaighnich Zara, ag èirigh. Ghnog Ben a cheann agus choimhead e an sluagh a' gluasad às an rathad gus a leigeil seachad.

Cha robh Ben air a bhith ann an club-oidhche roimhe ach bha dealbh aige na cheann den t-seòrsa àite bho bhith bruidhinn ri Chris. Daoine air an dalladh leis an deoch, a' tuiteam 's a' sabaid agus a' làimhseachadh a chèile. Bha an fhìrinn cha mhòr na bu mhiosa. Onghail gun sgur – is b' e sin dìreach an ceòl. Bha

Ben toilichte mu na bha e air òl no bha e cinnteach gum biodh a chluasan air burstadh.

Thill Zara le dà dheoch an duine dhaibh, a brògan a' steigeadh ris an làr fad na slighe.

"God, this place is shit."

"WHAT?"

"I said, THIS PLACE IS SHIT!"

Bhuail iad na glainneachan beaga Sambuca ri chèile agus dh'òl iad 'ad sìos ann an aon bhalgam. Agus, ged a bha an t-àite fhèin iargalt, bha Ben a' faireachdainn ... toilichte. Cha robh e air faireachdainn cho cofhurtail le duin' eile roimhe oir bha aige ri cumail bhuapa fìrinn shònraichte mu dheidhinn fhèin. 'S e suidheachadh ùr a bha seo, gu dearbha. Bha caraid aige. Cha robh i gu bhith ann fada – dìreach an deireadh sheachdain – ach, airson greiseag bheag, bhiodh caraid aigesan. Cuideigin a bhiodh còmhla ris is nach biodh a' coimhead taobh seach taobh gus dèanamh cinnteach nach robh duine a' tighinn a chitheadh 'ad. Rinn e gàire ri phiuthar agus ghabh e balgam on phinnt a thug i dha.

"WHAT'RE YOU GRINNING ABOUT?" dh'èigh i.

"NOTHIN'! 'S JUST ... YER GREAT SIS!"

"AND YOU'RE PISSED!"

Tro sgòth thiugh na deoch, dh'fhairich i a cridhe a' tionndadh na broilleach. Cò b' urrainn am balach àlainn seo a ghoirteachadh? Na rudan a rinn iad air ...

Sheall i air falbh, gus nach fhaiceadh e an cianalas na sùilean, ach ghabh i grèim teann air an làimh aige.

* * *

Thionndaidh Elsie an iuchair anns an doras agus choisich i a-steach dhan dorchadas. Bha a h-uile duine san taigh nan cadal, mar a shaoileadh i aig ceithir uairean sa mhadainn. Dhùin i an doras gu sàmhach air a cùlaibh agus chrùb i suas an staidhre air a corra-biod. Anns an rùm aice fhèin mu dheireadh, shìn i air an leabaidh agus rinn i mèaran mòr.

Bha an t-sàmhchair cho milis an dèidh na h-onghail sa chlub. Dh'èist i ri a h-anail ag èirigh 's a' tuiteam na broilleach agus thòisich an cadal a' tighinn oirre. Bha i fhathast na lèine bho Riches, a brògan air a casan ach cha robh e gu diofar. Bha i na laighe air an leabaidh aice fhèin, mu dheireadh thall.

Make-up!

Bha a h-aodann fhathast fo mhaise-gnùis is bha fhios aice nam fàgadh i e, gum biodh guirean air a smiogaid sa mhadainn. Le osann, thog i i fhèin an-àirde agus thug i dhith na bh' oirre le bàrr is tissue. Aig an aon àm, chioc i na brògan bho casan agus thug i dhith a h-aodach air fad ach a drathais.

Le sin dèante, shreap i air ais dhan leabaidh agus chuir i dheth an solas. Bha pian na casan, na làmhan, na cnàmhan.

Agus na cridhe. Cha robh Chris air a fònadh agus bha i a' creidsinn nach tachradh e a-nis.

Bha dà sheachdain bho choinnich i ris anns a' chlub agus, dh'fheumadh i aideachadh gun robh i air a bhith an dòchas gum biodh e ann a-nochd. Ach cha robh. Bha am balach eile ud – Russell – air a bhith ann le dithis eile ach cha do dh'fhuirich iad fada. Thàinig e a-null a bhruidhinn rithe agus chitheadh i dè bha e a' smaoineachadh. Gun robh ise furasta. Gum b' urrainn dha duine sam bith dhol dhan leabaidh leatha. Bha e air feuchainn ri bhith càirdeil ach cha robh e air ionnsachadh fhathast mar a dh'fhalaicheadh e na smuaintean aige bho bhoireannaich.

Ach dh'ionnsaicheadh. Bha feadhainn nach ionnsaicheadh gu bràth ach bha am balach ud … chan e clubhair ach … manipulative.

Thàinig am facal thuice agus dh'fhairich i tinn. Cha robh ach ceala-deug bho chaidil e san taigh aice le piuthar. Thuig Elsie, tà, nach biodh sin air dragh sam bith a chur air.

Cha robh fhios aice carson a bha Chris càirdeil le balach mar esan. B' e balach gast' a bh' annsan. Uill, b' e sin a bha i air smaoineachadh ach cha robh i buileach cinnteach a-nis. Bha fhios aice nach robh e uabhasach romantic a bhith dol dhan leabaidh le cuideigin nuair nach robh sibh ach dìreach air coinneachadh ach

125

nach robh iad air fad na h-oidhche a chur seachad a' bruidhinn ri chèile? Cha mhòr gun do dh'fhàg e am bàr, a' cabadaich rithe 's i a' feuchainn ri h-obair a dhèanamh. Agus nuair a bha i deiseil, nach e esan a thuirt rithe gun tigeadh e fhèin is Russell dhachaigh leatha? No 's dòcha gur e Russell a bh' ann? Uill, cha b' e ise a bh' ann co-dhiù.

Thionndaidh i san leabaidh. Bha i cho sgìth. Cha robh i ag iarraidh smaoineachadh mu dheidhinn tuilleadh ach cha leigeadh a h-inntinn dhi a leigeil às. Bha an oidhche ud fhathast ri fhaicinn gu glan ann an sùil a mac-meanmna agus, uaireannan, bha i cinnteach gum fairicheadh i cuideam a chuirp air a muin.

Snaidhm searbh na stamag. Nàire agus ainmein agus iarrtas. Bha i air leigeil dhi fhèin creidsinn gun robh esan air rudeigin fhaireachdainn cuideachd ach cha robh innte ach corp bog ag uspardaich fodha. Cha robh fiù 's cuimhn' aige air a h-ainm sa mhadainn ach fhathast, òinseach is b' e sin ise, bha i air a faicinn fhèin a' dol dhan Chupa Eòrpach le Colleen bloody Rooney agus Abby Effing Clancy.

Bha i air dìochuimhneachadh a h-àite. B' e nighean bhon a' Ferry a bh' innte. Bha Chris à Àrd-na-Cloiche, bha a phàrantan beartach. 'S dòcha gum biodh tè dha leithid-se glè mhath airson oidhche ach cha b' urrainn dhut a toirt dhachaigh dhan taigh mhòr le chuid chandeliers agus futons agus … agus … asparagus!

Shit.

Bha i na dùisg. Dòlas fhìreannaich.

Caibideil 9

Dhùisg Ben agus, airson mionaid, ghabh e feagal gun robh e a' bàsachadh. Bha a h-uile fèith na chorp na èiginn 's e na laighe ann am fallas fuar. A bharrachd air sin, bha aige ri dìobhairt ach cha robh e cinnteach gum b' urrainn dha seasamh. Dh'fhosgail e a shùilean gu slaodach agus thug e taing gun do chuimhnich e na cùirtearan a dhùnadh. Bha an cloc beag ri taobh na leapa ag innse dha gun robh e cairteal gu deich.

So, smaoinich e, a chuimhne a' tilleadh beag air bheag, this is a hangover.

Ged a bha e air feuchainn deoch làidir turas no dhà, cha robh e air an deoch a ghabhail roimhe. Cha robh an cothrom air a bhith aige. A' gabhail na deoch nad dheugaire? B' e sin rud a bhiodh tu a' dèanamh le caraidean.

Lorg e glainne bùirn ri taobh na leapa agus ghabh e deoch fhada. Bha e cho milis 's gun do dhòl e làn na glainne gu lèir ann an aon bhalgam. Bha e àlainn gus an do bhuail am bùrn a stamag. Le uabhas, dhèirich Ben agus ruith e chun an taighe-bhig. B' ann an sin a lorg Zara e.

"Feeling good, Benny?"

Shuidh i air oir an amair, ga choimhead a' cur a-mach le leth-ghàir'. Bha i a' coimhead math. Fallain. Cho sgiobalta 's a b' urrainn dhi leis an fhalt ud.

"How the hell," bha aige ri stad, barrachd gòmadaich, "can you be so cheerful?"

"Years of practice. Listen, try not to cough up a lung cos I want to take you out today. And Mum's made breakfast."

Le sin, dh'fhàg i e crùbte bhos cionn a' phana; lag ach le pròis neònach mu dheidhinn. Bha e mar gun robh e beagan nas aosta an-diugh. Shèid e a shròin is sheas e aig an sgàthan. Bha e a' coimhead rud beag glas ach shaoil leis gum faigheadh e às leis. Bhruisig e fhiaclan airson ùine, gach tè gu faiceallach, agus ghlan e aodann. Dhèanadh sin a' chùis an-dràsta.

Bha athair agus Zara nan suidhe aig bòrd a' chidsin, a mhàthair a' losgadh uighean aig a' stòbha. Cha do sheall athair ris nuair a thàinig e a-steach. Bha e trang ag obair air an Cryptic Crossword sa phàipear. Shuidh Ben ri thaobh agus thug e sùil air na clues.

"Parallel."

"What?"

"Twenty-seven down. Corresponding but never meeting. Parallel."

"Oh right. Well done, Ben."

Chuir a mhàthair truinnsear air a bheulaibh is rinn i gàire beag ris. B' e còcaire eagalach a bha na mhàthair ach bha i a' dèanamh uiread de dh'oidhirp is bha i cho pròiseil às na h-uabhasan a bha tighinn às a' chidsin aice 's nach bu dùraig dha duine ach cantainn cho math 's a bha a h-uile càil. Mar bu trice, bhiodh Ben dìreach air na cnapan beaga dubha ithe (hama 's dòcha?, no an e beans a chleachd a bhith anntasan?) ach cha robh e cinnteach an seasadh a stamag ris an-diugh. Dh'obraich e le forc, a' putadh nan cnapan timcheall an truinnsear. Ghabh e balgam bho chupan teatha mhilis agus dhùin e a shùilean.

"Not hungry, darling?" thuirt a mhàthair, a' coimhead iomagaineach.

"Not really. Sorry, Mum."

"But I made it 'specially. Since Sarah's home … "

"Zara!" dh'èigh Zara.

"Sorry, darling. Since Zara is home, I thought I'd do a fry-up. Bit of a treat."

Bha i a' coimhead tàmailteach a-nis. An t-aodann beag cruinn aice a' lìonadh Ben le ciont. Dammit! Thog e an fhorc is stop e ultach na bheul. Ged a bha e loisgte is rudeigin fuar, an dèidh gàmag no dhà, thòisich e a' dol sìos na b' fhasa. Lìon a mhionach le geir agus siùcar agus thill seòrsa de neart thuige. Fhathast tinn ach a' faighinn grèim air gliocas de sheòrsa.

"Me and Ben are going out today," thuirt Zara, a' priobadh a sùla ris.

"Ben and I," thuirt a h-athair.

"Oh, give it up Dad. We're lower-middle class now," thuirt Zara le osann dramatic.

Rinn athair fuaim tro shròin agus chùm e air le fichead 's a trì a-null. Played piano in capitals of Italy and Denmark. Bha fhios aig Ben air an fhreagairt ach cha tuirt e càil. Bha athair a' coimhead greannach gu leòr. Agus aost. Cha robh fhios aig Ben an e nach robh e air coimhead ris ceart airson ùine, ach bha e cinnteach gun robh athair air fàs na bu lugha. A mhàthair cuideachd. Beag agus glas agus crùbte.

"Just make sure you're both back for dinner," thuirt a mhàthair le toileachas. "I've bought a whole chicken."

Na ceann, bha iad air ais anns an taigh mhòr; Ben agus Sarah nan clann agus ise fhathast na boireannach soirbheachail. 'S fhad on uair sin.

"We'll be fine," thuirt Zara.

"Just, you know," thuirt a màthair, "look after him."

"Ben is fine, Mum," agus fo h-anail, "no thanks to you."

"What does that mean?"

"I think you know."

Dh'fhairich Ben an èadhar anns an rùm ag atharrachadh. Bha argamaid a' tòiseachadh. Mar bu trice, bhiodh e air an rùm fhàgail agus air èisteachd ri ceòl gus am biodh e seachad ach bha an còmhradh seo mu dheidhinn-san. Mar thuil, chuimhnich e air a h-uile rud a dh'innis e dha phiuthar an oidhche roimhe. Cha b' urrainn gun robh i dol a dh'innse dham pàrantan an seo, an-dràsta, am measg an Cryptic Crossword agus na beans? Cha robh an neart aige. Gun smaoineachadh, leum e gu chasan agus dh'èigh e:

"Romped!"

"What?"

"Twenty-three across. It's romped."

Sheall athair ris gu mì-chinnteach agus ghnog e a cheann. Sgrìobh e gach litir gu faiceallach, a mhàthair agus Zara ga choimhead. Thug an fhois bheag seo tìde dhaibh uile stad a chur air an argamaid, ged nach do bhruidhinn duine airson ùine. Thòisich a mhàthair a' falmhachadh nan truinnsearan, a' toirt a chreids nach robh càil ceàrr. Sheinn i gu sàmhach rithe fhèin agus smaoinich i cho fortanach 's a bha i.

"So-o-o … we'll see you later then," thuirt Zara, a' gabhail grèim air gàirdean a bràthar.

"Bye, darling," thuirt a mhàthair, a' sadail a' chuid as motha dhen bhracaist dhan bhion.

"Mmm," thuirt athair, a' cur thuige siogarait.

Chuir Ben air a sheacaid is lean e a phiuthar a-mach gu solas geal na maidne. Rinn i gàire farsaing', fiaclach ris, is thuirt i gu sàmhach,

"I want to help."

Ghlac e anail, "Okay but … look, Zara. Just don't do anything … disruptive."

"Don't worry so much, Ben," thuirt i, a' cur thuige siogarait, agus mhothaich Ben, airson a' chiad turas, gun robh an aon bheul oirre rin athair.

* * *

Chuala DS Williams an onghail air taobh a-muigh an togalaich mas do dh'fhosgail na dorsan. Dh'aithnich e an guth cuideachd. Shuath e a làmhan ri shùilean agus rinn e osann throm. Cha robh feum aig' air a seo.

Bha na drongairean air mess na galla a dhèanamh dhen holding-cell ach bha sin àbhaisteach airson an deireadh-sheachdain. Bha madainn na Sàbaid an-còmhnaidh mar seo. Luchd-obrach a' togail an dìobhairt 's an fhuil bhon làr choncrait, a' feadalaich riutha fhèin gus an inntinn a chumail bhon chùis.

Na h-aon aodainn anns na cells cuideachd. Daoine nach ionnsaicheadh gu bràth.

Ach bha an oidhche seo air a bhith na bu mhiosa. Choisich e a-steach dhan Stèisean-poilis sa mhadainn is bha e air coinneachadh ri aodann ciontach PC Gray, air a shlighe dhachaigh, ga fhàgail le deasg làn phàipearan is tuil uisge ann an Cell 2.

"Sorry, Sir," thuirt e, a' coiseachd gu cabhagach chun a' chàir, "have to get home to the wife. Bloody Rusty again. Blocked the toilet. Really wish I could help but … "

Choimhead Williams e a' dràibheadh air falbh mar an dealanaich. Nuair a choisich e gu Cell 2, bha fhios aige carson. Bha Rusty na shuidhe air an leabaidh, a chasan teann gu bhroilleach; a' cumail a bhrògan tioram is an làr air fad fo uisge. Le mop na làmhan agus stùirc air a h-aodann, bha Maggie, an tè-ghlanaidh aca, ag obair fon leabaidh.

"Afternoon Maggie," thuirt Williams rithe.

"Nmph," thuirt Maggie.

Bha Rusty air a gheansaidh a stopadh dhan toileat is air am flush a tharraing a-rithist 's a-rithist. Gun toileat, bha e air an làr a chleachdadh nuair a bha aige ri fhalmhachadh fhèin.

Cha chuala PC Gray e bhon deasg ach, gu fortanach, mun àm a mhothaich e, bha an sioft aige seachad is 's e dleastanas cuideigin eile a bh' ann.

B' e truaghan a bh' ann an Rusty. Cha robh e barrachd air còig-deug thar fhichead, mun aon aois ri Williams fhèin, ach bha an deoch air sgrios a dhèanamh air a chorp is air eanchainn. Chaidh Williams a-null thuige is chuir e na cuffs mu làmhan, a' feuchainn gun smaoineachadh mu dheidhinn na bha am measg an uisge ma chasan.

"Right, Rusty. You're going in the solitary cell till you can behave yourself."

Rinn Rusty fuaim tro shròin is chaidh e còmhla ris gun sabaid. Chreid Williams gun robh e sgìth an dèidh strì na h-oidhche raoir.

Cha b' ann airson seo a chaidh Williams a dh'obair na phoileas.

Bha e dìreach air mionaid fhaighinn suidhe gus tòiseachadh air na h-aithisgean a bha air fhàgail rin sgrìobhadh - dà Bh and E, trì DUI agus aon bhoireannach a bha cinnteach gun robh an IRA an ath-dhoras – nuair a chuala e an èigheachd,

"Fuck sake! C' mon, like! Here, get off yuh bitch!"

Give me strength, smaoinich Williams ris fhèin, agus sheas e an-àirde gus an dà chonstabail a chuideachadh le Jimmy Carmichael.

Chaidh Jim agus Jimmy dhan aon sgoil ach b' ann an sin a bha na bha eatorra a' crìochnachadh. Bha Williams dhen bheachd gur e daoine mar na Carmichaels a bha dèanamh milleadh air cliù Inbhir Nis. Cho mì-chàilear. Cho suarach. Is an rud bu mhiosa, 's e gun robh iad òg is fallain. Cha robh càil ceàrr orra ach an leisg. Bha iad air taghadh a dhèanamh am beatha a chur seachad ann an goid agus sabaid agus drogaichean. Bha Jim air tighinn bhon aon àit' ri Jimmy ach bha esan air beatha eile a thaghadh. Beatha a bha ga fhàgail na thruileach ann an sùilean nan daoine sin.

"Ah NO!" dh'èigh Jimmy, a' faicinn Williams na sheasamh air cùlaibh an deasg. "Not him! Look, ah'm sorry we called yuh Bollock-chin in school, like. Does it always have ta be him, though?"

Cha tuirt Williams càil. Bha latha nuair a bha Jimmy 's a bhràithrean air feagal a' bhàis a chur air ach bha rudan diofaraichte an-diugh. Bhon chiad turas a thog Williams e, an dèidh sabaid ann am bàr sa bhaile, bha e air dèanamh cinnteach nach fhaigheadh Jimmy às le càil. B' e esan a bha air Jimmy a chur dhan phrìosan an turas mu dheireadh agus bha fhathast sùil aige air Archie. Le beagan ùine, bha e cinnteach gun cuireadh e a h-uile fear dhe na balaich Carmichael ud ann am Porterfield no Polmont.

Sheall PC Wendy Daniels ris is chrath i a ceann. Bha ise air

Jimmy a dhràibhigeadh bho taobh eile a' bhaile is cha robh foighidinn air fhàgail innte.

"He's all yours, Sir," thuirt i, am faochadh soilleir na guth.

"Well, thanks very much, Constable. So, Jimmy, what was it this time?"

An turas seo cha tuirt Jimmy càil. Sheall e ris an làr, an ciont follaiseach air aodann. Phut PC Sean MacVicar e sa chliathaich ach chùm e a bheul dùint'.

"Same old, same old, Sarge," thuirt Daniels, gàire beag air a h-aodann. "Caught him trying to flog prescription drugs to a minor."

"It wus ma cousin, like. She's sixteen in a month."

"Not really the point, Jimmy," thuirt Williams is ghnog e a cheann gu MacVicar. "Cell two."

Chuir MacVicar làmh thiugh bho achlais is choisich e leis chun an rùm bhig, fhàileadhaich.

"And don't use the toilet," dh'èigh e gu chùlaibh is bha e na mhòr-oidhirp dha gun seall tainn dha PC Daniels cho math 's a bha seo a' còrdadh ris.

"So what was it? Valium again?"

"No, surprisingly," thuirt Daniels, a' tarraing poca beag plastaig leis a' phacaid na bhroinn às a pòcaid.

Ghabh Williams grèim air le dà chorrag is sheall e ris.

"Mogadon?"

"Pretty powerful sedative. I called his doctor at New Craigs and she says she has no idea who prescribed them to him."

Ghnog Williams a cheann gu slaodach agus leugh e gach facal a bh' air a' phacaid gu faiceallach.

James Carmichael, 30 tablets, Mogadon. Take as prescribed.

Bha e air am faighinn bho chemist ann an Inbhir Nis ach cha robh sin ag innse mòran dha. Le prescription, cha bhiodh e na dhragh sam bith dha na pilichean fhaighinn. Ach dh'fheumadh prescription tighinn bho dhotair. Bha a h-uile càil air a dhèanamh le coimpiutairean an-diugh is bha sin a' ciallachadh gun robh e gu math na bu dhuilghe na chleachd e bhith prescriptions mì-laghail fhaighinn. Cha robh dòigh gun robh Jimmy air am faighinn gun chuideachadh agus bha Williams air coinneachadh ri dotairean gu leòr tro na bliadhnachan a bha deònach drogaichean a reic nan robh a' phrìs ceart.

Shuidh Williams sìos is shìn e a ghàirdeanan suas bhos a chionn. Bha amharas aige gun robh rudeigin a' tachairt. Cha b' e dìreach gun robh gràin aige air na Carmichaels. B' e poileas math a bh' ann an Williams agus bha fhios aige nuair a bha rudeigin ceàrr air suidheachadh.

"Good work, Constable. Think I'll finish these reports before I question him. No hurry."

"Very good, Sir. Coffee?"

"Thank you, Constable."

* * *

Sheall Ben mun cuairt air, "What are we doing here?"

Bha fàileadh an talla a' cuimhneachadh dha fàileadh na sgoile. Tioram, aost, dust a' cruinneachadh anns a h-uile còrnair. Cha robh iad air duin' eile fhaicinn fhathast ach bha sèithrichean plastaig, oraids ann an cearcall am meadhan an làir agus bha poit theth de theatha agus ultach bhriosgaidean air bòrd.

Cha robh e air a bhith anns an togalach seo roimhe ged a bha e air coiseachd seachad air tric gu leòr. 'S e The Centre a bh' air. Àite airson obair shòisealta na coimhearsnachd, bhiodh buidhnean den h-uile seòrsa a' tighinn 's a' falbh. Madainn Diluain, chithear na màthraichean a' slaodadh an cuid chloinne gu day-care. Dimàirt, na h-alcoholics. Diciadain, Buidheann Dràma Inbhir-Nis agus na belly-dancers. Fad na seachdain, thigeadh iad – aost is òg, cruinn is caol, tinn is fallain.

Agus air feasgar na Sàbaid, bha am buidheann Lesbian, Gay, Bi-sexual agus Transgender (no LGBT) a' coinneachadh.

Dh'innis Zara seo dha Ben le leth-ghàir' air a h-aodann. Bha e follaiseach gun robh i gu math moiteil aiste fhèin. Dh'fhosgail Ben a bheul ach cha tigeadh facal. Nuair a fhuair e grèim air a theanga, cha mhòr nach do leig e sgreuch.

"The WHAT? How could you bring me here? What if someone saw me?"

Leig Zara osann agus ghabh i grèim air làimh air, "Ben, what do they call you at school?"

"Bender."

"Okay. So the cat's pretty much out of the bag there. Maybe it's time you stopped thinking about them and started thinking about yourself?"

Bha i ceart. Bha fhios aige gun robh i ceart ach bha e fhathast ainmeineach a dh'aindeoin sin.

"Fine," thuirt e, "but if it's just a bunch of old pervs, I'm off."

"Geez," thuirt Zara le gàire, "don't be such a homophobe."

Dh'fhosgail an doras agus nochd boireannach mun aon aois rim màthair. Rinn i gàire cam riutha.

"Umm … yes … hello … I'm here for the … the … "

Chaidh Zara a-null thuice agus rug i air làimh oirre.

"Hi. I'm Zara. I'm here with my brother."

Smèid Ben rithe.

"He's gay too. I'm just here to support him … and you, obviously."

Ghnog am boireannach a ceann agus shuidh i sìos air fear dhe na sèithrichean orainds. Bha baga làn leabhraichean aice ma gualainn agus bha choltas oirre gun robh i gu math toilichte an cothrom fhaighinn suidhe. Thabhaich Ben teatha oirre agus shuidh iad còmhla, a' srùpadh gu slaodach bho na cupanan beaga bìodach. Bha Ben dìreach gus cantainn ri Zara nach robh feum feitheamh na b' fhaide nuair a chuala iad ùpraid eagalach a' tighinn tron doras.

Duine beag, làidir le falt ruadh an toiseach agus, air a chùlaibh, boireannach eireachdail ann an deise-ghnìomhachais agus nighean le aodach dubh agus falt goirid. Mu dheireadh, bha Billie, neach-stiùiridh a' bhuidhinn agus duine cho dòigheil 's a chunnaic Ben riamh.

Lean sgòth ceò nan siogarait am buidheann a-steach dhan rùm

135

agus dh'fhairich Ben a stamag a' tionndadh. Cha robh e buileach
seachad air an oidhche raoir, ma-thà.

"So sorry," thuirt Billie, "we didn't know you were here. We
were just having a fag. Oh great! You found the tea."

Nuair a bha iad uile nan suidhe, thòisich iad ag innse dha chèile,
turna ma seach, mu na bha air tachairt riutha. Thòisich Billie le
sgeulachd-san.

Bha Billie bho Inbhir Nis is bha e air a bheatha a chur seachad an
sin. Cha robh àit' air an t-saoghal a b' fheàrr leis ach, a dh'aindeoin
sin, bha fhios aige gun robh astar ri dhol mas robh a leithid-san
air am fàilteachadh air feadh a' bhaile. Bha e air am buidheann
a thòiseachadh airson taic a thoirt dha daoine sa bhaile a bha
faireachdainn gun robh iad leotha fhèin, a bha aonranach agus –
nan robh e buileach ag innse na fìrinn – airson coinneachadh ri
fireannaich.

Bhruidhinn am boireannach san deise an uair sin. B' e Stephanie
a bh' oirre. Bha i dìreach air tighinn dhan bhaile bho Lunnainn an
dèidh dha h-obair transfer a thoirt dhi agus bha i a' dol às a ciall
a' feuchainn ri gay scene a lorg anns an dòlas àite seo!

B' e Lindsey a bh' air an nighinn òig agus bha i dìreach air an
sgoil fhàgail. Cha robh e air còrdadh rithe a bhith an sin agus bha
i air fàgail gun deuchainnean sam bith. Cha robh e gu diofar, tà.
Cho fad 's a bha i cho fad air falbh bhon chlann-nighean aingidh
ud 's a ghabhadh.

Bha an duine ruadh a' dràibheadh tagsaidh tron oidhche agus
ag obair ann am factaraidh tron latha. Cha robh mòran charaidean
aige agus cha robh fios aige càit' an tòisicheadh e a' coinneachadh
dhaoine mar e fhèin. Cha bu dùraig dha an eadar-lìon a chleachdadh
ged a bha an nighean aige mionnaichte às gun cuidicheadh sin e.
Mu dheireadh, bha e air coimhead airson buidhnean san sgìre is
lorg e Billie. Bha e air a bhith pòst is bha dà nighean aige nan
deugairean. B' e Chris a bh' air.

Thionndaidh iad uile gu Ben. Sheall e ri Zara agus ghnog i a
ceann ris. Cha robh e ag iarraidh bruidhinn ach, an dèidh dha

èisteachd ris na sgeulachdan acasan, dh'fhairich e nach robh taghadh aige. Thòisich e ag innse dhaibh mu dheidhinn na sgoile, na bha air tachairt ris agus chunnaic e gun robh a h-uile duin' aca eòlach air na bha e ag ràdh. A bhith faireachdainn cho diofaraichte, cho mì-nàdarrach. Mar a bha a cho-aoisean ga fhaicinn cuideachd agus a' gabhail an fheagail. Na làithean 's na h-oidhcheannan a' miannachadh nach fairicheadh e mar seo, gum biodh e coltach ri càch le fios nach atharraicheadh e gu bràth.

Dh'aontaich iad leis. Bha iad a' tuigsinn agus, anns a' mhionaid ud, dh'fhairich Ben sàbhailte.

Nuair a bha e deiseil, dh'fhàisg Billie a ghàirdean agus rinn e gàire ris, "Thank you, Ben. Now, who's next? Ah! Our other newbie. Why don't you tell us about yourself?"

Cha mhòr nach robh e air dìochuimhneachadh gun robh i ann. Am measg na daoine annasach seo, bha i air a dhol à sealladh. Ach mar a dh'ionnsaich Ben, bha Marjory air a bhith dèanamh sin fad a beatha.

Bha fios air a bhith aice bho bha i na nighinn bhig. Cha robh i ag iarraidh gnothach sam bith a ghabhail ri balaich – bha an smuain fhèin a' tionndadh a stamaig – ach cha robh i fhathast a' tuigsinn dè dìreach a bh' innte. B' ann san eaglais, aon mhadainn na Sàbaid na suidhe eadar a pàrantan, a chuala i mu na Sodomites. Fireannaich agus boireannaich a bhiodh a' dol dhan leabaidh len seòrsa fhèin. Cha robh càil na bu lugha air a' Mhinistear, no air Dia fhèin, a rèir choltais. That's me, bha Marjory air smaoineachadh agus lìon i le uabhas. Bha i dà-dheug agus bha i air creidsinn ann am facail a' Bhìobaill fad a beatha. B' e eucoireach a bh' innte ann an sùilean Dhè agus dheigheadh i a dh'Ifrinn nan cumadh i oirre a' faireachdainn mar a bha i. Bhrùth i na faireachdainnean làidir ud cho fada sìos 's a b' urrainn dhi ach bha fhathast feagal oirre gum faiceadh cuideigin cò bh' innte. Mar sin, chùm i a ceann sìos cuideachd agus cha mhòr gun tuirt i facal ri duine. Phòs i a' chiad duine a dh'fhaighnich dhi agus chuir i seachad dà fhichead bliadhna leis, air a pronnadh a h-uile latha, gus an do bhàsaich e ann an leabaidh boireannaich eile.

"I blamed myself, I suppose. He knew I couldn't want him like … that. I thought I deserved to be beaten. Then when he died, I finally felt … free."

Thòisich deòir a' lìonadh a sùilean, "The worst thing is, I thought for so long that God hated me … but he doesn't. He made me like this, he must want it. I wasted my life in a lie. I wasted it all."

* * *

Ghnog a mhàthair gu socair air cùl an dorais. Bha Russell na leth-chadal, ag èisteachd ri bàll-coise air an rèidio. Nuair a thàinig a mhàthair a-steach, tharraing e a' phlaide thairis air a cheann.

"Lunch's ready. Are you going to come down?"

Dh'fhuirich i airson freagairt ach nuair nach tàinig tè, tharraing i a' phlaide bhuaithe agus shad i e gu còrnair an rùm.

"Jee-sus Mum!" dh'èigh e agus shad e a' chluasag oirre. Ghlac Rita i le gàire.

"Fine. I'll leave it in the oven."

Rinn Russell mèaran fhada, a bheul fosgailte mar uamh, agus shuidh e an-àirde.

"I just want to hear the end of this game. Then I'll come down."

"Okay, sweetheart," thuirt a mhàthair agus shad i a' chluasag air ais air.

Dhùin Russell an doras air a cùlaibh agus thog e a' phlaide bhon làr. Bha i an-còmhnaidh a' cur dragh air nuair a bha e ag èisteachd ri bàll-coise. Bha e mar gun robh i ga dhèanamh a dh'aona ghnothaich. A h-uile turas a bha geama air an telebhisean no air an rèidio, nochdadh i le ceist no obair air choireigin. Am b' urrainn dha a dhol dhan bhùth dhi? Am b' urrainn dha a cuideachadh le nigheadaireachd? Am b' urrainn dha tighinn còmhla rithe gu fear nam fiaclan? Ceist an dèidh ceist an dèidh ceist. Ged nach robh e fhèin is athair faisg, chanadh e seo air a shon – bha e a' tuigsinn cho cudromach 's a bha bàll-coise.

Cha b' e geama sònraichte ris an robh e ag èisteachd an-diugh. Cha robh mòran dragh aige mun dà sgioba ach bha e fhathast a' còrdadh ris. Gus an fhìrinn innse, dh'èisteadh e ri geama sam bith. Uaireannan, mar seo, laigheadh e san leabaidh agus bheireadh e a chreids gur ann airsan a bha iad a' bruidhinn.

Bha fhios aige nach biodh esan gu bràth aig ìre Chris. Chan fhaiceadh esan cùmhnant airson sgioba proifeiseanta. Ach, fhathast, bu chaomh leis a bhith ag aisling. Bha làithean ann nuair a bhiodh e air anam a thabhachd airson tàlant Chris ach dè an diofar? Bhiodh esan ri thaobh le gach ceum a ghabhadh e. B' e Russell an caraid a b' fheàrr a bh' aige. Chan fhàgadh Chris e air a chùlaibh.

Thàinig an geama gu crìch. Bhuannaich Queen of the South le dà thadhal an aghaidh Stenhousemuir. Chunnaic Russell e fhèin ann an lèine ghorm is gheal; ag amharc air an t-sluagh is a' faireachdainn cumhachdach.

Bha e math air bàll-coise. Bha e cinnteach às. Ach cha robh e furast' dha grèim a chumail air fhearg. Nuair a gheibheadh cluicheadair eile làmh-an-uachdair air, dheigheadh e às a chiall. Cha robh cead air a bhith aige cluich airson barrachd is mìos bho thilg e smiogaid air referee. Cha robh fiù 's adhbhar aige air a shon. Bha an duine caol, biorach air a bhith ceart nuair a thog e a' chairt bhuidhe ris ach cha b' urrainn dha smachd a chumail air fhèin.

An dèidh dha a dhèanamh, sheall e timcheall air agus chunnaic e aodainn chàich ga choimhead. Bha gàire air aodann Ali is Bobby ach chan fhaiceadh e duin' eile bha smaoineachadh gun robh e èibhinn. Cha do sheall Chris an taobh a bha e. Chùm esan a shùilean air an talamh, a' cur astar eatorra, ag innse dha nach gabhadh e a thaobh nuair a bha e mar seo. Dìreach nuair a bha iad a' cluich bàll-coise còmhla, tà.

Bha Chris air a bhith feumach air bhon chiad latha a bha iad sa bhun-sgoil. Bha fhathast cuimhne aig Russell air a' bhalach chaol a sheas ri thaobh san raon-chluiche 's a thuirt ris, ann an guth beag, sàmhach,

"Can you be my friend?"

Còig bliadhn' a dh'aois ach fhathast dh'fhairich Russell cais a' dol troimhe am fianais laigse. Cha mhòr nach tug e dòrn dha ach, mas d' fhuair e an cothrom, thòisich balach bho P2 a' tarraing am baga bho dhruim Chris. Ghabh Chris grèim air an strap ach bha am balach bho P2 fada na bu làidire. Shlaod e am baga bho ghrèim is thaom e na bh' ann air feadh an t-saimeant.

Cha b' ann airson Chris a dhìon a rinn e na rinn e. Chunnaic Russell cothrom sealltainn an neart a bh' aige. Mòran a bharrachd na bu chòir a bhith aige aig aois. Ged a bha am balach eile na bu mhotha, cha robh teans aige an aghaidh Russell. Ann an dà ghluasad, bha e air am balach a chur air an talamh; a làmhan ma amhaich agus a shùilean nan teine.

"He's my FRIEND!" dh'èigh e, agus thionndaidh a h-uile duine airson faicinn na bha air tachairt.

A' chiad latha sa bhun-sgoil is chuir Russell seachad i ann an oifis a' Cheannaird, a' feitheamh ri mhàthair le iomagain. Bha fhios aige gum biodh i ris nuair a chluinneadh i mar a gheàrr e cùl cìnn balaich à P2.

Ach air chùlaibh nam faireachdainnean ud, bha rudeigin eile. Pròis. Bha fhios aige, bhon latha sin a-mach, nach gabhadh duine san sgoil brath air gun smaoineachadh mu dheidhinn an toiseach. Dh'fhairich e blas de chumhachd. Cumhachd bheag bhìodach ann an sgeama an t-saoghail ach cho mòr 's a ghabhadh airson balach beag.

* * *

Cha tuirt Ben no Zara mòran air an t-slighe dhachaigh. Bha Ben fhathast a' smaoineachadh mu dheidhinn Marjory.

An dèidh dhi bruidhinn, bha am buidheann sàmhach airson ùine. Mu dheireadh, stiùir Billie iad air ais gu cuspairean na bu dhòigheil – oidhcheannan a bha ri thighinn, turas a Ghlaschu, a' feuchainn ri barrachd dhaoine a' lorg a thigeadh gu na coinneamhan – agus dh'fhàg a h-uile duine ann an deagh shunnd. Bha Marjory fiù 's a' coimhead gu math na bu chofhurtail, a' cabadaich ri Stephanie air an t-slighe a-mach. B' e dìreach Ben nach b' urrainn na facail aic' a chaitheamh bhuaithe.

140

I wasted my life in a lie.

Nach e sin a bha esan a' dèanamh. Le bhith feuchainn ri seachnadh na bha nàdarrach dha, bha e a' leigeil dha bheatha a dhol seachad ann am breug. Cha robh esan air an cothrom fhaighinn a dheugaireachd a chur seachad mar dhaoine eile. Chan fhaodadh esan tuiteam ann an gaol airson a' chiad turas leis an t-saorsainn a bhith toilichte mu dheidhinn. Cha robh mòran ann an sin, an robh? Leigeil leis. Dìreach leigeil leis.

Ach bha barrachd ann na sin. 'S dòcha gum biodh e ceart gu leòr dha Ben – bhiodh athair air a nàrachadh ach dè an diofar? – ach dha Chris, bhiodh e eagalach. Sin a bha e ag ràdh, co- dhiù. Cha b' urrainn dha; bha e ro dhuilich. Na balaich, dè mu dheidhinn nam balaich? Bha Ben a' tuigsinn ach bha e a' toirt a h-uile pioc neart a bh' aige gun tòiseachadh a' sgreuchail. Dè ma dheidhinn-san? Nach robh esan airidh air beagan taic?

"You okay?"

Bha Zara ga choimhead le beagan iomagain. Mhothaich e gun robh e air aodann a theannachadh.

"I'm fine. Thanks, by the way," thuirt e, a' socrachadh. "I really appreciate it."

Chuir Zara a ceann air a ghualainn, "No probs, bro," thuirt i agus thuit i na cadal.

* * *

Laigh Jimmy air ais air an leabaidh chaol ann an Cell 2. Bha am bobhstair tana, foam buidhe air a sgeadachadh le tollan beaga bho siogaraits. Dh'fhairicheadh e gach slat fiodha air an robh e na laighe. Agus bha fàileadh neònach anns an rùm bheag cuideachd. Dhùin e a shùilean is mhiannaich e gun tigeadh an cadal air.

Bha e air trì dhe na pilichean fhaighinn na bheul mas do chuir an tè chruinn, bhàn ud na cuffs air, a' spìonadh na pacaid às a làmhan. Bha fhios aige gum biodh sin gu leòr airson a chur na chadal airson greis mhath. Cha b' urrainn dha Bollock-chin Williams a cheasnachadh nan robh e na chadal. Cha mhòr gum b' urrainn dha

141

chreidsinn gun robh e feumach air a mhathanas a-rithist. Is bha e cuideachd gu math cinnteach nach fhaigheadh e leithid bhuaithe gu siorraidh.

Bha fios aig Jimmy gun robh Williams fhathast searbh mu dheidhinn mar a bha iad a' fanaid air san sgoil. Shaoil Jimmy gun robh Williams air obair na phoileas a ghabhail dìreach airson gum biodh a' chumhachd aige an teaghlach aige a shàrachadh.

Agus nach robh iad air a bhith ceart mu dheidhinn Williams? Seall air a-nis. An Detective Sergeant mòr. A' cur an aon fheadhainn a shuidh ri thaobh ann an rùm-sgoile dhan chùirt is dhan phrìosan.

Agus bha am fair-ainm air a bhith freagarrach cuideachd. Bha an smiogaid aige a' steigeadh a-mach, le dimple domhainn na meadhan. Bollock-chin Williams le grèim aig' air clachan Jimmy a-rithist. Cha robh seo gu bhith furast' idir.

Thòisich am faireachdainn a' falbh bho chasan. Thug e dheth a bhrògan, a' cumail a stocainnean bhon làr a bha fliuch airson adhbhar air choireigin, agus shad e a bhrògan gu còrnair an ruma.

Ghluais e òrdagan. Chunnaic e iad a' danns' am fianais a shùilean. Caractaran beaga dòigheil a' bobadaich ri ceòl a chluinneadh e, fad às. Sgaoil gàire thairis aodainn. Shìn e a chasan a-mach cho fada 's a b' urrainn dha is choimhead e ris na cnàmhan aige a' ruighinn air falbh bhuaithe. Thàinig e a-steach air gun robh am Mogadon a' tòiseachadh air obair a dhèanamh.

Tharraing e plaide thachaiseach timcheall air. Bha e a' faireachdainn blàth, sàbhailte. B' e pilichean math a bha an dotair air a thoirt dha. Le beagan fortain, cha dùisgeadh e airson latha is oidhche. Thòisich an dorchadas ga chuairteachadh. An solas fluorescent a' socrachadh, bho gheal-buidhe gu oraids, agus an uair sin a' dol à sealladh.

Bha aon smuain aig Jimmy mas do thuit e na chadal.

Archie. He'll help me. Can't go back ta jail. Archie …

Caibideil 10

Bha Mina a' feitheamh riutha aig an doras nuair a thill iad, Millie eadar a casan. Bha cearc a' ròstadh anns an àmhainn agus tiramisu a' cruadhachadh sa frids.

"Hey Mum!" dh'èigh Chris, a' leum a-mach às a' chàr.

Ruith Millie thuige agus ghabh i grèim air, a gàirdeanan beaga timcheall air a ghlùinean. Bha i cho toilichte fhaicinn is nach do leig i às e fad na slighe chun dorais; Chris ga slaodadh is an dithis aca lag a' gàireachdainn.

Le na bagannan aige na làmhan, thug Sam pòg bheag dha Mina. Cha do mhothaich e mar a dh'fhàs a corp teann. Ghabh i am baga aig Chris bhuaithe agus lean iad i a-steach dhan chidsin.

" ... agus nam faiceadh sibh e a' cur a' bhàlla seachad air na cluicheadairean eile! Bha e mìorbhaileach. Siuthad, innis dhaibh, Chris."

"Aidh," thuirt Chris, aodann air fàs rudeigin dearg.

"Thuirt iad gun robh e cho math ri George Best nuair a thòisich esan."

"Uill, rudeigin mar sin ... "

"Nas fheàrr! Sin a thuirt iad – nas fheàrr."

Thaom Mina na bha ann am baga Chris dhan a' washing-machine agus thòisich i a' toirt aodach salach Sham a-mach à bhaga-san. Cha mhòr nach do leum e air a muin.

"No! Fàg sin, Mina. Honestly, nì mi fhìn e."

Sheall i ris le iongnadh. Cha robh Sam air tabhachd aodach fhèin a nighe bho phòs iad.

"Okay," thuirt i, a' seasamh an-àirde is a' gluasad air falbh bho bhaga.

Bha Chris agus Millie gan coimhead gun fhacal, a' mothachadh dha giùlain annasach an athar cuideachd.

Lùb Sam sìos agus thòisich e a' cur an aodaich shalaich aige dhan inneal, pìos seach pìos. Cha tuirt duin' aca càil gus an robh e deiseil. An uair sin, sheas e agus rinn e gàire riutha.

"Tha mi a' dol a dhèanamh barrachd oidhirp do chuideachadh Mina. Bho seo a-mach."

Chuir e a ghàirdeanan mun cuairt oirre agus thug e pòg shocair dhi ma liopan.

"Eugh," thuirt Millie le stùirc is gàire beag.

"Tapadh leat, a ghràidh," thuirt Mina, "chan eil fhios agad cho fada 's a tha mi air a bhith feitheamh sin a chluinntinn."

* * *

Chuir Archie sìos am fòn agus, airson mionaid, cha do ghluais e. Cha b' urrainn dha shealltainn dhaibh gun robh càil ceàrr ach, aig an aon àm, bha fhios aige nach biodh càil na b' fheàrr na am fòn a shadail tron uinneig. Bhiodh sin mìorbhaileach math, ach cha b' urrainn dha. Bha na daoine seo legit. Bha iad ag iarraidh companaidh Archie a chleachdadh airson an t-supermarket aca agus bha iad a' tabhachd tòrr airgid air. Tòrr airgid. Airgead a chuireadh na bha e a' cosnadh tro obair mhì-laghail gu chùlaibh. Cha mhòr gum b' urrainn dha a chreidsinn. Bha e dol a dhèanamh barrachd airgid às a' chompanaidh a thòisich e mar front – airson an t-airgead a bha e a' dèanamh à cainb fhalachd – na rinn e às na planntaichean ud riamh.

Bha Archie air a bhith falachd airgead ann an leabhraichean Carmichaels Deliveries and Haulage airson bhliadhnaichean agus bha e a' faighinn às leis le bhith ag aideachadh cha mhòr a h-uile sgillinn is a' pàigheadh nan cìsean air an dàrna leth dheth. Bha

Archie ga fhaicinn fhèin mar socialist air sgàth sin. Bha esan airson urram is dìlseachd fhaighinn bho bharrachd air gràisg de dh'eucoirich. Bha e ag iarraidh gum faiceadh na daoine sa Gholf Club e mar cholleague, caraid is chan e fear a cheannaich àite le airgead salach. Bha e air uiread de dh'airgead a phàigheadh chun Inland Revenue 's gun do nochd e air liost dhe na companaidhean bu shoirbheachail ann an Alba. Le sin, thàinig na puist-dealain bho na supermarkets. Agus na h-àireamhan mòra. Neoni, neoni, neoni, neoni, neoni. Chaidh sùilean Archie cho cruinn ri gach neoni air an sgrion. Thog e am fòn agus, an ceann latha, bha dithis dhuine bho Tesco nan suidhe san oifis aige.

Bha an cùmhnant prìseil na laighe eadar Archie agus na fir oifigeach. Thog e am peana trom, òir a bh' aige airson ghnothaichean gnìomhachais ach, mas d' fhuair e an cothrom an cùmhnant a shoidhneadh, thòisich am fòn a' durrghail.

"Just a second," thuirt e, a' cur a' pheana sìos le èiginn agus a' putadh a' phutain airson loidhne a-trì.

"Archie!" ghlaodh guth a mhàthar na chluais.

"Yes, it's me," thuirt Archie, a' cur stad air fhèin dìreach mas tuirt e 'Ma' am fianais nan daoine mòra.

"It's yur wee brother, Archie. He's in jail. Can yuh go down there an' get them police ta be fair? He's only a wee boy, like!"

Bha i air a bhith ag òl. Chluinneadh e an t-uisge-beatha air a guth. Cha mhòr nach do chuir e am fòn sìos ach chuimhnich e air an turas mu dheireadh a bha a bhràthair ann an grèim nam poileas.

Bha Jimmy air dèanamh glè mhath dha airson greiseag. Bha e a' togail naoi ùnnsa de chainbe gach seachdain agus a' tilleadh leis an airgead aig an aon àm gach turas. Bha Archie toilichte leis. Smaoinich e gur dòcha gun robh aon dhe bhràithrean coltach ris-san. Ach, ann an ùine gun a bhith ro fhada, bha Jimmy air mearachd a dhèanamh. Mearachd mhòr. Chaidh a ghlacadh a' reic dà ùnnsa gu balach a bha dìreach trì-deug is thug iad e chun an Stèisein. An sin, bha e air aodann agus smiogaid fhaicinn, air an robh e gu math eòlach, a-rithist. Na shuidhe tarsainn bhuaithe, do-riaraichte. Ga bhriseadh. Ga fhosgladh.

"Where did you get it from, Jimmy? Anything you can tell us could help you, do you see? Where did it come from?"

Airson trì uairean a thìde, cha do stad e agus cha robh an neart aig Jimmy seasamh ris. Gun uisge, gun faochadh, gun fiù 's siogarait airson a shocrachadh, thòisich Jimmy a' bruidhinn. Thuirt e riutha gun robh fios aige mu dheidhinn factaraidh ann an Thurso. Rud sam bith airson Williams a chur na thàmh. Cha do dh'ainmich e a bhràthair ach bha gu leòr aca airson coimhead tro gach bàthach agus seann thogalach san sgìre. Cha b' ann tric a leanadh Williams tip bho chùis-uabhais mar Jimmy ach 's e bràthair Archie a bh' ann. Dhèanadh Williams rud sam bith airson Archie a chur fo smachd an lagha.

Aig mòr-chosgais, chuir iad helicopter dhan adhar. Mar bu tric, bha iad air an cleachdadh le na companaidhean dealain airson coimhead airson trioblaidean anns na loidhnichean ach an turas seo, lorg iad toiseach tòiseachaidh factaraidh air oir baile beag, Janetstown. Cha b' urrainn dhaibh a cheangal ri Archie – cha robh Archie air cas a chur a-steach an doras, bha daoine aige airson sin – ach chuir iad na planntaichean nan teine, co-dhiù. Chaill Archie tòrr airgid an latha ud ach, bharrachd air sin, chaill e a h-uile pioc earbs a bh' aige na bhràthair.

Agus Williams ud. Am bleigeart beag cac. Bha rudeigin aige an aghaidh an teaghlaich aca gun teagamh. Cha b' e iongnadh a bh' ann gur e esan a bha nochdadh aig an doras a bharrachd air poileas sam bith eile. Bha aig Archie ri suidhe air a làmhan nuair a thigeadh e chun taighe aige le search-warrant. Chitheadh e a dhòrn a' dol tron smiogaid lag ud ach cha b' urrainn dha càil a dhèanamh. Cha robh e a' cumail càil mì-laghail san taigh co-dhiù – dè cho amaideach 's a bha iad a' smaoineachadh a bha e? – ach fhathast, na làmhan boga, fallasach aige am measg ghnothaichean Archie. Bha a' chuimhne a' dùsgadh sheallaidhean mairbhteach ann.

Bha Willliams air a bhith tàmailteach nach d' fhuair e dearbhadh gur ann le Archie a bha na planntaichean. Bha làn fhios aige gur ann leis-san a bha iad ach cha robh càil ga cheangal riutha. Bha aige ri chantainn ris gun robh e duilich – chòrd sin gu mòr ri Archie – agus a bhith toilichte le Jimmy sa phrìosan. Dh'aidich Jimmy a chiont is thug iad sia mìosan dha air sgàth 's gun robh e air heroin. Program Methadone agus social workers. Fucking molly-coddling, smaoinich Archie nuair a chuala e.

Duine sam bith eile, bhiodh Archie air a chur dhan ospadal ach b' e a bhràthair a bha seo. Thug e mathanas dha ach thuirt e, le mòr-chuideam is cinnt, nach cuidicheadh e tuilleadh e. Bha e air aontachadh beagan personal a reic ris ach bha sin dìreach seach gun do chuir critheadaich a làmhan uabhas air.

Agus a-nis, bha e aca a-rithist. Bha e cinnteach gur e Williams a bhiodh ga cheasnachadh. Bha Archie cuideachd cinnteach nach robh fiosrachadh sam bith aig Jimmy mu na factaraidhean ùra aige ach cò aig a bha fios dè chanadh e fo sgrùdadh Williams.

"Ah'll be down there later. Tell him ta wait fur me before he speaks ta anyone."

"Aww, son. Ah knew it. Yur brother Barry said yuh woun' but ah said ... ah said ... "

Chuir e sìos am fòn agus thionndaidh e air ais dhan dithis a bha nan suidhe ma choinneamh.

"Everything alright?" dh'fhaighnich am fear le stais.

"Fine," thuirt Archie, a bheul teann. "Now, where were we?"

Thog e am peana agus chuir e ainm ris a' chùmhnant mas faiceadh iad cho dearg 's a bha aodann.

* * *

"Ah'm here ta see my brother."

Cha do sheall Williams suas bho obair.

"Ah said ... "

"I heard you, Archie," thog Williams a cheann agus chitheadh Archie lasair toileachais na shùilean. Bha rudeigin aige, gun teagamh.

"What're you doing here, Archie? Wouldn't think you'd care

about this. Just a routine parole violation. Nothing on your level."

"Ah'm a respected businessman, Detective Sergeant Williams. Ah'm just concerned about my brother. My level is not sum'een you should worry about."

Rinn Williams gàire agus chrath e a cheann. Sheall Archie ris le bheul teann agus thuit an gàire bho aodann. 'S dòcha gun robh feadhainn ann a chreideadh dreuchd Archie. Leis an deise dhubh bho Saville Row, fiaclan cho geal ri bainne agus falt air a liacradh le gel, bha coltas duine soirbheachail air. Ach bha fhios aig Williams dè bha fodha. Am balach a chuireadh do bhaga-sgoile dhan an abhainn. Am balach a chuireadh teine ri d' fhalt. Am balach a bhris amhaich cù an tidseir a thug trod dha. Salchar beag de dh'eucoireach.

Choisich iad sìos an trannsa gu Cell 2, Archie air a bheulaibh. Cha chuireadh Williams a dhruim ri Archie Carmichael gu bràth.

"He's not been up long. Took a rake of mickey finns when we picked him up. You might not get much sense out of him."

"Nu'heen new there then, eh?"

Dh'fhosgail Williams an doras agus, le mòr-osnaich, thog Jimmy a cheann. Le èiginn, dh'fhosgail e a shùilean, gan suathadh le cùl a dhùirn.

"Here, Archie. Wha' yuh doin' here?"

"Just a wee visit, bro."

"You've got five minutes," thuirt Williams.

Ghnog Archie a cheann ris agus dh'fhalbh e, a' dùnadh an dorais air a chùlaibh gu faiceallach.

"Ah here, Archie man," thuirt Jimmy le crathadh guaille, "sorry 'bout this, like. No big deal, eh? Just a few jellies ah wus giv'een wee blonde Debbie."

Shuidh Archie air a' bhobhstair ri thaobh agus chuir e gàirdean timcheall air.

"Just the mickey finns then?"

"Aye. That's it. Seriously, nu'heen else."

"Who'd yuh get 'em from?"

"Just this doctor in Clochy. Done 'im a favour, like."

"Good. Here's what yur going to do." Bha guth Archie sàmhach. Cunnartach sàmhach.

"Give Williams the doctor. Get the fuck out of here before that bollock-chin fuckwit figures out how to drag this out. We all know how yuh fare under question'een, bro."

"Buh ah don' know any'heen Arch. Ah don' want to grass the man up. Ah mean, he's a weird cunt buh he's not a bad cunt, eh?"

Dh'fhairich e gàirdean Archie a' teannachadh mu amhaich, an uilinn aige a' bruthadh air a shlugan.

"Ah don't give a fuck if he's a good guy or a bad guy or the second com'een of Jesus fuck'een Christ himself. Drop him and get yur arse back home or ah swear ta fuck … "

"Aye, alright," ghlaodh Jimmy, na sùilean aige a' bòcadh agus na làmhan aige a' greimeachadh air uilinn a bhràthar.

Leig Archie às e agus sheas e an-àirde. Rinn e osann throm agus chrath e a cheann. Cò chreideadh gur e bràithrean a bh' annta?

"Ah'll expect a call from Ma say'een yur home tonight."

Le sin, dh'fhàg e Jimmy le smuaintean agus a' chairt aige air an deasg le Williams. Nan robh ceistean sam bith aige, bhiodh Archie deònach am freagairt. Bha esan legit a-nis.

Nuair a chunnaic Williams a' chairt, thug e beagan toileachais dha fhaicinn nach robh Archie air an apostrophe a chur ann an Carmichaels Deliveries and Haulage.

Thick as mince, smaoinich e agus chuir e a' chairt na phòcaid.

* * *

Chuir Sam làn-spàin eile dhen tiramisu na bheul. Bha Millie a' feuchainn ris an spàin aicese a chumail air a sròin, na sùilean aice claon. Sheall Mina ris thairis air a' bhòrd. Chan fhaca Sam an ceasnachadh na sùilean, sgòth mì-chinnt ma h-aodann. Bha e ro thrang a' coimhead Millie agus a' gàireachdainn.

Leis an teaghlach àlainn aige nan suidhe còmhla aig a' bhòrd, ag ithe agus a' còmhradh gu dòigheil, shaoil Sam nach robh fios sam bith aige carson a chaidh cùisean cho troimhe-chèile. 'S dòcha gur e mid-life crisis a bh' ann. Cha robh e fiù 's dà fhichead fhathast ach smaoinich e gur e sin a bhiodh ann. Bha e air coinneachadh ri Carly air a cho-latha breith. 'S dòcha gun robh gnothaich aig sin ris.

A' chiad turas a chunnaic e i san taigh-òsta, bha fios aige gum feumadh e ionnsachadh a' bhlais a bh' air a craiceann, imleach nam breacan-sìonaidh air a gualainnean. Agus na liopan pinc ud. Thighearna, na liopan ud. Ach fhathast, cha mhòr gum b' urrainn dha a chreidsinn nuair a lorg e e fhèin air ais aig an taigh-òsta, ga coimhead a' sgioblachadh tro uinneag an dorais. Bha e a' dol a choiseachd air falbh ach chunnaic i e. Cho luath 's a thachair sin, cha robh dòigh aige tionndadh bhuaithe. Bha aige ri faighneachd. Dìreach faighneachd. Nuair a chual' i a' cheist, bha i air a bhith fiadhaich ach bha e air faicinn na sùilean gum fairicheadh ise an dealan a bha leumadaich eatorra cuideachd. Bha fhios aige gun robh i ga iarraidh san aon dòigh. Dè b' urrainn dha a dhèanamh?

'S e duine math a th' annam, dh'innis e dha fhèin agus ghabh e gàmag eile dhen tiramisu.

Thàinig sealladh thuige dha Mina a' fosgladh a' bhaga agus a' faicinn a' phrèasant a cheannaich e dha Carly. Seuda òir leis an litir C crochaicht' air. Cha bhiodh sin air a bhith ro mhath. Cha robh e a' smaoineachadh gun creideadh i gur ann airson Chris a bha e.

Tiodhlac beag airson taing a thoirt dha Carly, sin uireas a bh' ann. Bu chaomh leis Carly. Airson mionaid no dhà, smaoinich e gun robh gaol aige oirre ach bha fios aig' a-nis gur e dìreach iarrtas corporra a bh' ann. An corp òg tana ud. Na cìochan aice, cho cruaidh fhathast. Dh'fhairich e cruas a' tòiseachadh na bhriogais agus chuir e stad air na smuaintean sin. Bhiodh aige ri fàs cleachdte ri stad a chur air fhèin nan robh e ag iarraidh gluasad air falbh bhuaipe. Bhiodh e fada na b' fhasa mura biodh i cho tarraingeach.

Cha b' e gur e duine dona bh' ann idir. An rud bu mhios a dh'fhaodadh tu chantainn mu dheidhinn b' e gun robh e lag.

150

Ach bha aige ri stad. Bha e air a dhol ro fhada mu thràth. Ma bha e a' dol a dh'fhaighinn às leis, bha aige ri stad. Cha mhòr nach robh e cinnteach.

Thionndaidh e gu Mina agus mhothaich e gun robh i ga choimhead. Cha robh a h-aodann ag innse càil dha ach dh'fhairich e clisgeadh a' dol troimhe co-dhiù.

Bha aige ri stad.

Chuir e làn na spàin eile na bheul agus ghnog cuideigin air an doras.

* * *

Dhùin Jimmy an doras air a chùlaibh gu socair. Bhon rùm-suidhe, chluinneadh e Eastenders a' crìochnachadh. Chuir e a cheann a-steach agus, mar as àbhaist, bha a mhàthair san t-sèithear mhòr, na cadal air beulaibh an telebhisein. Bha leth-bhotal falamh ri taobh agus bha siogarait fhathast aice na làimh. Gu fortanach bha e air a dhol às leis fhèin ach bha Jimmy cinnteach gun tigeadh an latha nuair a chuireadh i an taigh na smàl. Thug e an toit bhuaipe agus chuir e i dhan ashtray a bha loma-làn. Cha do ghluais a mhàthair. Cha dùisgeadh i gu deich uairean nan robh i air an leth-bhotal ud òl. An uair sin, bhiodh i ann an droch shunnd gus am faigheadh i dram eile. Bha Jimmy air botal bhodca a ghoid air a shlighe dhachaigh air a son. Tiodhlac beag airson sealltainn gun robh e duilich a cur troimhe-chèile a-rithist.

'S dòcha dìreach dram beag dha fhèin fhad 's a bha i na cadal.

Thaom e làn glainne dha fhèin agus shuidh e air an t-sòfa. Bha an Antiques Roadshow a' tòiseachadh. Bu chaomh leis sin, a' feuchainn ri tomhais luach deilbh no preas bho linn Bhictòria. Cha robh e ceart tric ach bha e a' còrdadh ris a dh'aindeoin sin. Bu chòir dha fònadh gu Archie ach ghabhadh e am bhodca an toiseach. Bha e lugh' air aideachadh ach bha a bhràthair a' cur feagal air. Nuair a bheireadh Archie òrdugh dha, bha aige ri leantainn. Fad a bheatha, b' ann mar sin a bha cùisean agus, cho fad 's a bha Archie fallain agus saor, 's ann mar sin a bhitheadh e.

151

Bha e a' faireachdainn duilich mu dheidhinn an doctair, tà. Cha robh càil aige an aghaidh Sam ach bha Archie air a dhèanamh fhèin gu math soilleir. Shuidh Jimmy tarsainn bho Williams aon uair eile agus dh'innis e dha sgeulachd. An fhìrinn gu ìre ach le atharrachaidhean beaga an siud 's an seo. Nuair a bha e deiseil, sheall Williams ris gu mionaideach.

"So that's your story? You were doing this ... doctor a favour?"

Ghnog Jimmy a cheann.

"So nothing to do with your brother then? Archie isn't extending the business to include pharmaceuticals?"

"Nah, man. Nu'heen ta do with Archie like. Ask the doctor, he'll tell yuh."

Bha Williams air a chreidsinn ged a chitheadh Jimmy gun robh e tinn nach robh ceangal aig Archie ris a' chùis. Chuir e ainm ri pìos pàipeir leis an statement aige air agus leig iad leis a dhol dhachaigh an dèidh dha doctair san stèisean cupan beag plastaig làn methadone a thoirt dha. Cho neònach 's a bha an siostam. Dha chur dhan phrìosan airson aon seòrsa droga agus ga leigeil às, làn gu shlugain, le tèile. Bha litir aige na phòcaid le deit airson tilleadh dhan chùirt is gheibheadh e a-mach an uair sin an robh e a' dol air ais dhan phrìosan.

Thionndaidh a mhàthair na cadal, a' snòtaireachd agus a' casadaich agus an uair sin sàmhach a-rithist.

* * *

"Hello, Mrs Morrison."

"Oh hello, Russell."

Bha Russell air bhioran. Bha e air a dhol seachad air an taigh air a bhaic agus, ged a bha fios aige nach robh fada bho thill iad, cha b' urrainn dha feitheamh airson faighinn a-mach ciamar a fhuair Chris air adhart.

Lean e Mina a-steach dhan rùm-bidhe far an robh càch nan suidhe.

"Ah sorry, I didn't mean to ... "

"That's ok, Russell," thuirt Sam, "we were just finishing. Chris, you can leave the table if you want."

Sheas Chris an-àirde agus thug e taing dha mhàthair airson a' bhidhe.

"Chan fhaod e fuireachd ro fhada," thuirt i.

"What was that?" dh'fhaighnich Russell, blas searbh ri ghuth.

"She just said we can't be long."

Dh'fhosgail Chris doras an rùm aige agus, an dèidh dha na bagannan agus an t-aodach a ghluasad bhon leabaidh, shuidh iad còmhla. Shìn Chris a-null agus chuir e air an rèidio.

"So what happened?" thuirt Russell, an fhoighidinn aige air ruith a-mach.

Rinn Chris gàire farsaing agus thòisich e ag innse dha mun latha a b' fheàrr a bh' aige riamh agus dh'fhairich Russell toileachas domhainn air a shon. Agus air a shon fhèin. Bhiodh obair gu leòr ann am baile mòr dha balach òg, làidir mar esan. Dh'fhaodadh e fuireachd còmhla ri Chris san flat a bha iad a' toirt dha. Cha mhòr nach fhaiceadh e an dithis aca mu thràth: ag òl Cristal leis na cluicheadairean eile, clann-nighean a h-uile taobh a shealladh e agus an saoghal beag seo à sealladh.

"Great, man. I mean it. Fuckin' great."

Rug e air làimh air Chris agus sheall e na shùilean, "You and me, mate. Liverpool's not going to know what fuckin' hit it!"

Rinn Chris gàire ris agus, seach gur e special occasion a bh' ann, chlapaich iad a chèile airson diog. Nuair a thòisich an còmhradh a-rithist 's ann air na gnothaichean àbhaisteach a bha e – cò an nighean bu bhrèagha san sgoil, programan telebhisein, bàll-coise – gus an cuala iad Mina ag èigheachd riutha gun robh thìd' aig Russell a dhol dhachaigh.

Smèid e ri Chris 's e falbh sìos an rathad air a bhaic, a' feadalaich gu sunndach fo anail.

* * *

153

Cha robh rian gun robh e a' smaoineachadh gun robh e a' tighinn còmhla ris. An e sin a bha e a' ciallachadh?

Aig an àm, cha robh Chris air a bhith cinnteach, ach a-nis, bha e mionnaicht' às. Bha Russell ag iarraidh thighinn còmhla ris gu Liverpool. Agus carson nach bitheadh? Cha robh e air dèanamh uabhasach math anns na prelims agus cha robh fios aige dè bha e ag iarraidh a dhèanamh le bheatha. Carson nach leanadh e a charaid gu beatha ùr, shoirbheachail?

Laigh Chris air an leabaidh agus dhùin e a shùilean. Cha robh e cinnteach mu dheidhinn mòran ach bha fhios aige nach b' urrainn dha dèiligeadh ri Russell airson an còrr dha bheatha. Cha bu chaomh leis e tuilleadh. Bha latha air a bhith ann nuair a bha Chris air smaoineachadh nach robh duine cho tlachdmhor ri Russell ach bha an ùine ghoirid a bh' aige le Ben air sin atharrachadh. Cha robh e èasgaidh gu leòr a dhol na aghaidh ach, na chridhe, bha an càirdeas aca air tighinn gu crìch an latha ud aig a' Phàirc Gnìomhachais. Bha e air innse dha fhèin gun tigeadh sgaradh nàdarrach eatorra nuair a dh'fhàgadh e Àrd-na-Cloiche ach cha robh a choltas air gun robh Russell dol a leigeil le sin tachairt. Nise, bhiodh aige ri innse dha nach b' urrainn dha thighinn còmhla ris. Aig Dia bha fios ciamar a bha e a' dol a dhèanamh sin. Cha robh Chris air càil a dhiùltadh dha Russell riamh.

Thug e dheth aodach agus shreap e a-steach dhan leabaidh. Chuir e dheth an solas agus smaoinich e air aodann Ben. Bha e a' faireachdainn mar gu robh bliadhnachan ann bho chunnaic e mu dheireadh e. Bha e air smaoineachadh air tric, ge-tà. Leis gach rud mìorbhaileach a thachair air an turas le athair, 's ann air Ben a bha e air smaoineachadh. Cho pròiseil 's a bhiodh e. B' e Ben a bha e ag iarraidh còmhla ris anns a' bheatha ùir aige. A-rithist lorg e e fhèin ag aisling mu dheidhinn am flat aca. 'S dòcha gum faigheadh iad cat. Dh'fhaodadh Ben coimhead às a dhèidh fhad 's a bha esan aig geama.

Thionndaidh e gu taobh eile. Cha robh e cofhurtail.

Bha àite aig Ben aig Oxford. Thug e ùine gus sin innse dha.

Cha d' fhuair Chris a-mach mu dheidhinn gus an tuirt tidsear ris a' chlas cho math 's a bha e air dèanamh. Sheall Chris ri Ben agus chitheadh e gun robh nàire air gun robh i air innse dhaibh. Rinn Russell lachan sgreamhail agus chlisg Ben.

Bha fhios aig Chris nach robh e air innse dha oir dh'fhairicheadh Chris ciontach mu dheidhinn. Agus gu dearbha bha. Bha Ben a' dol a leigeil seachad an cothrom sònraichte ud gus coimhead às dèidh cat ann am flat leis fhèin. Airson duine nach robh fiù 's deònach aideachadh gun robh gaol aige air. Airson duine a bha dol a dh'iarraidh air a bheatha a chur seachad ann an dìomhaireachd.

Laigh e air a dhruim.

Nam biodh e an-àirde ri Ben, bhiodh fios aig a h-uile duine mun deidhinn. Bhiodh Ben toilichte èigheachd bho na beanntan. 'S e Chris a bha ag iarraidh gum biodh iad sàmhach mu dheidhinn. Bha Ben deònach leigeil seachad rud sam bith airson Chris agus cha robh esan fiù 's air facal a ràdh nuair a bha na balaich ga ghoirteachadh.

Dh'fhairich Chris tinn. Bha an toileachas a bha e air faireachdainn a-nis air a ghànrachadh le ciont. Bha e air Ben a leigeil sìos a-rithist 's a-rithist. Cha robh e ceart cumail orra mura robh esan deònach an fhìrinn innse.

Bha fhios aige dè dh'fheumadh e dhèanamh. Cha robh ach aon dòigh dèanamh cinnteach nach tigeadh Russell gu Liverpool agus a bhith onarach ri Ben.

Bha aige ris an fhìrinn innse.

* * *

Bha an aisling aig Russell a-rithist an oidhche ud.

Bha Danny na sheasamh air a bheulaibh, gàire beag, aingidh a' tòiseachadh air a liopan.

"Right, let's see if you can dodge this one!"

Bha e fhèin agus Stuart air geama ùr a chruthachadh. Seachd bliadhn' a dh'aois, sheas Russell anns na goals gan coimhead, a' feuchainn mar a b' urrainn dha ri sealltainn dhaibh nach robh feagal air. Cha robh càil san t-saoghal a bha e ag iarraidh ach sealltainn dha bhràithrean gun robh e cho làidir riuthasan. Bha e air a bhith feuchainn bho bha e trì bliadhn' a dh'aois ach mar bu mhotha a dh'fheuchadh e rin urram fhaighinn, 's ann bu mhotha a bha iad ga sheachnadh.

Sheall Stuart gu mionaideach ri na goal-posts.

"Bit far apart, don't y' think Dan?"

Sheas Danny ri thaobh is sheall e air an dà gheansaidh a bha nan laighe air feur a' ghàrraidh. Bha am pàrantan nan suidhe sa chonservatory ùr, a' dèanamh feum dhen ultach airgid a chosg iad air.

"Think you're right. Let's move them closer."

Chunnaic Russell iad a' coimhead ri chèile gu luath, còmhradh gun fhacail eatorra. Plana, anns nach robh esan a' faighinn beachd, a' beothachadh. Ghabh iad fear an duine agus ghluais iad na geansaidhean gus nach robh iad barrachd air slat gach taobh dha Russell.

"Better," thuirt iad còmhla.

Rinn e a' chùis gluasad a-mach às an rathad air a' chiad oidhirp bho Danny. A' feuchainn air stamag a' bhràthar bhig, thug Danny slaic dhan bhàlla, cho cruaidh is gun do dh'fhàg e air an staran e.

"Miss," thuirt Stuart. "Me now."

Chioc Danny am bàlla thuige is ghluais Stuart na b' fhaisg air Russell. Gu math na b' fhaisg na bha Danny air a bhith seasamh nuair a ghabh e an turna aigesan.

"Hey!" dh'èigh Russell gun smaoineachadh, "That's not fair! You're standing too close."

Chuala e na facail an dèidh dha an cantainn. Dh'fhosgail sùilean Stuart beagan na bu mhotha is rinn e lachan. Lachan fanaid. Lachan cumhachd. Cha tuirt e facal ach thug e cioc dhan bhàlla – leis a h-uile pioc neart a bh' aig cas balaich ochd bliadhna gu leth – is bhuail e Russell, le brag geur, air cnàimh a shròin.

Thug e diog mas do thuig e dè bha air tachairt. Chunnaic e a bhràithrean ga choimhead le uabhas is dh'fhairich e blas meirgeach na bheul. Chuir e làmh suas gu shròin is nuair a tharraing e air falbh i, bha i air a' liacradh le fuil. Thàinig am pian is thòisich e a' gal.

"Shut up," thuirt Danny, a' tighinn a-null thuige na chabhaig. "Mum'll hear you."

"Yeah, Russell," thuirt Stuart, "don't be so gay."

Caibideil 11

Bha an leabharlann cha mhòr falamh feasgar. Shuidh Ben aig a' choimpiutair, a' leughadh an dissertation a bha e air sgrìobhadh airson an Advanced Higher aige ann am Beurla – *A Comparative Study of the Major Themes in the Novels of Evelyn Waugh*. Bha e cinnteach gun robh e gun mhearachd, gach comma agus full-stop anns an àite cheart, agus gun robh e air dèanamh na b' urrainn dha. Gheibheadh e na comharraidhean air an robh e feumail airson àite fhaighinn ann an Oxford. Dh'fhaodadh e bhith mar Captain Charles Ryder no Lord Sebastian Flyte. A' ruith 's a' riagail tro na togalaichean aosta le chasan luirmeachd agus botal champagne aotrom na dhòrn.

No.

Bha e a' dol gu Liverpool còmhla ri Chris. Sin a bha a' tachairt.

Bha a h-uile duine air cluinntinn mu dheagh fhortan Chris. Cùmhnant airson còig bliadhna le sgioba Liverpool, flat anns a' bhaile agus (a rèir cò chreideadh tu) eadar leth-cheud mìle is millean not gach bliadhna mar phàigheadh. Nan gabhadh a dhèanamh, bha Chris nas tarraingiche na bha e riamh. Chunnaic Ben e a' coiseachd sìos an trannsa, gràisg de chlann-nighean ga leantainn, a' gàgail 's a' giogalais. Ri thaobh, bha Russell; gàirdean timcheall air, ga dhìon, mar bodyguard.

Dhùin Ben am faidhle agus chuir e a cheann na làmhan. Bha e air a bhith coimhead air adhart ri Chris fhaicinn a-rithist ach bha uiread de dh'ùpraid timcheall air 's nach robh dòigh gum faigheadh iad mionaid còmhla.

Agus an uair sin bha e ann. Mar gum biodh Ben air a tharraing thuige le na smuaintean aige. Le bhaga crochaichte bho ghualainn agus an taidh aige cam, thug Chris an leabhar air ais dha Mr Cumbler (caol, cràiteach, spìocach leis na leabhraichean) agus shuidh e air a bheulaibh, air a' choimpiutair a bha tarsainn bho Ben.

"Welcome back."

Rinn Chris gàire dìomhair ris agus dh'fhairich e a' chàs aige ga lorg fon a' bhòrd. Dh'fhigh iad na casan aca còmhla far nach fhaiceadh duine agus sheall iad ri chèile.

"Free period?"

"Yeah, you?"

"Yeah."

Sheas Ben an-àirde agus thog e a bhaga. Gun fhacal eile, dh'fhàg e an leabharlann agus rinn e a shlighe gu cùl a hostail, far am biodh daoine a' smocaigeadh, ach a bhiodh prìobhaideach aig an àm sin dhen latha. Cha robh Chris fada air a chùlaibh.

Nuair a bha iad cinnteach nach robh duine a' tighinn, thuit iad air a chèile. Dh'fhairich Ben na liopan làn aig Chris air amhaich. Chuir e làmh bhon lèine aige, an craiceann aige teth agus tharraing e e na b' fhaisg air. Thug e diog mas do mhothaich e gun robh deòir na shùilean.

"Chris, what is it? What's wrong?"

Shuath Chris na deòir bho shùilean le gàirdean a sheacaid agus chrom e a cheann, "Sorry, it's just ... I'm really happy."

Chuir Ben a làmh fo smiogaid Chris is thog e aodann thuige. "You deserve it," thuirt e agus ghluais e airson pòg eile a thoirt dha. Chuir Chris stad air.

"Listen, Ben. I've been thinking about ... y'know, us. You deserve to be happy too. To be with someone who's proud to be with you. I've decided, well ... "

Ghlac an anail ann an slugan Ben.

"After the exams, once we go to Liverpool ... I'm going to tell them. Everyone. About us, I mean."

Dh'fhàs sùilean Ben cruinn. Dh'fhosgail e a bheul ach cha tàinig facal. Cha b' urrainn dha a chreidsinn. Cha robh e air leigeil leis fhèin fiù 's aisling mun latha nuair a chanadh Chris seo ris.

"Well, say something then. Isn't this what you want?"

"Of course," thuirt Ben mu dheireadh, "but what about the team, the fans? Won't they … "

"Yeah, probably. But I can handle it as long as you're with me. It's only a couple of weeks then, I promise, we'll tell them."

Ghnog Ben a cheann agus dh'fhairich e deòir a' tòiseachadh na shùilean fhèin.

"Look, you've made me cry now. God, the state of us. Pair of weeping girls," thuirt e le gàire.

"Yeah," thuirt Chris, a' cur a ghàirdeanan timcheall air, "it's amazing nobody's figured us out."

Thòisich iad a' gàireachdainn agus, le pòg no dhà eile, neartaich an creideamh ann am Ben gun robh an gealladh seo fìor. Gun robh esan a' dol a dh'fhaighinn an dearbh rud a bha e ag iarraidh airson a' chiad turas na bheatha agus bha feagal a' bhàis air.

* * *

Bha aodann Glen geal nuair a-nochd e timcheall an dorais.

"Yes, Glen?"

Cha robh Rita a' faireachdainn deiseil airson na hysterics aige an-diugh. Bha Sam a' dèanamh house-calls is bha aice ri dèiligeadh leis an dàrna leth dhe na h–euslaintich aigesan cuideachd.

"There's two people here to see Dr. Morrison. Police-people!"

"Well, I can give them five minutes. Just send them through."

"Eep!" thuirt Glen agus chaidh e na chabhaig chun an ionaid-fhàilte far an robh Williams agus Daniels a' feitheamh.

"Sorry, Dr. Morrison isn't here but our Senior Practitioner is if you want to talk to her?"

Thuirt iad gum biodh sin ceart gu leòr agus lean iad Glen a-steach dhan t-seòmar aig Rita. Sheas i an-àirde agus rug i air làimh air an dithis aca mus do shuidh iad.

Thòisich Daniels, "Sorry to bother you with this, Dr. Richards. We're here in connection with a Mr. James Carmichael. Goes by Jimmy?"

Rinn Rita lachan àrd.

"Do you know him?"

"He was here a while ago. Trying to get a methadone script. I told him it was out of the question and he left. Sorry, what has this got to do with Sam?"

Thug Williams agus Daniels sùil air a chèile.

"Well," thuirt Williams, "Mr. Carmichael is claiming that he was given tranquillizers by Dr. Morrison in exchange for filling a prescription."

Rinn Rita lachan eile ach cha robh am fear seo cho àrd.

"That sounds like – if you'll excuse my language – a load of crap. You can't honestly believe … "

"We're not sure what we believe at the moment, Doctor," thuirt Daniels, an guth aice socair, "but if an accusation is made, we have to investigate. It wouldn't be the first time a GP has abused their position."

Chrath Rita a ceann. Cha ghabhadh a chreidsinn. Sam? Cha b' e an doctair a b' fheàrr san t-saoghal a bh' ann ach cha b' e eucoireach a bh' ann. Bha iad air a bhith ag obair còmhla airson dà bhliadhna dheug. Anns an ùine ud, cha robh i air moraltachd Sam a cheasnachadh airson mionaid. Ma bha càil ceàrr air, 's e gun robh e rudeigin leisg na obair. Ach a' goid philichean agus dhan toirt dha leithid Jimmy Carmichael? Cha robh e a' dèanamh ciall sam bith.

Bhris guth Williams na smuaintean aice, "Dr. Richards?"

"Mmm?"

"How difficult would it be to give a patient a false prescription?"

"Umm," shìn i air ais anns an t-sèithear, "not very, I suppose. Although today every prescription has to go through the computer so it would have to be recorded somewhere or we'd have noticed during the inventories. You could maybe delete the file afterwards."

I mean, I couldn't do it. I'm an absolute duffer with these things. But if you knew about computers, I suppose … "

"Could you have a look for us?"

Chrath Rita a ceann a-rithist agus dh'fhosgail i na faidhlichean air a' choimpiutair. An sin, bha a h-uile euslainteach a bha air prescription fhaighinn bhon t-surgery airson trì bliadhna. Cha robh Jimmy Carmichael nam measg. Dh'fhairich Rita faochadh làidir ach cha robh choltas air Williams agus Daniels gun robh iad toilichte le sin. Thuirt Daniels rudeigin fo h-anail agus ghnog Williams a cheann.

"Thank you, Dr. Richards," thuirt e. "That's fine for now. Can you tell us when Dr. Morrison will be back?"

Sheall Rita a-mach an uinneig, ràn BMW Sam a' tarraing a sùla.

"Here he is now," thuirt i. "Might as well get this nonsense out of the way quickly so we can all go back to our real jobs."

"Mmm," thuirt Williams, ach bha e a' coimhead ris a' chàr.

* * *

Cha mhòr nach do dhràibhig Sam seachad air an t-surgery nuair a chunnaic e gun robh càr nam poileas air a bheulaibh. Shreap e a-mach às a' chàr agus, le mòr-oidhirp, chuir e ìomhaigh chalma air aodann.

Rinn Glen gàire nearbhach ris nuair a choisich e a-steach ach cha do leig e air gun robh càil ceàrr. B' e sin an rud bu chudromaich. Gun leigeil dhaibh faicinn mar a bha am feagal a' stialladh troimhe.

"Sam!" dh'èigh Rita ris bho dhoras a h-oifis far an robh i a' seasamh le dà neach-poilis.

Choisich e a-null thuca, a' dèanamh cinnteach a shùilean a chumail orra. Bha an duine àrd, caol le smiogaid neònach. Cha robh Sam cinnteach dè bha an smiogaid ud a' cuimhneachadh dha ach rinn e oidhirp gun a bhith coimhead ris.

Bha am boireannach fada na bu thlachdmhoir is thug e beagan toileachais dha Sam faicinn mar a bha i a' coimhead ris. Thàinig e steach air, fon èideadh throm ud, gum biodh a corp gu math brèagha cuideachd. Thabhaich e làmh oirre agus ghabh i e le gàire beag.

"PC Daniels," thuirt i, "and this is Detective Sergeant Williams."

Sheall e na b' faisg air Williams. Cha robh teagamh aige gun robh am boireannach air a gabhail leis agus bha e a' faicinn mar a bha sradag an eudaich a' deàrrsadh ann an sùilean Williams. Cha bhiodh math dha an duine seo a dhèanamh fiadhaich. Bha e annasach a' coimhead ach dh'fhairich Sam gun robh e geur. Bhiodh aige ri bhith faiceallach. Rug e air làimh air Williams – teann, làidir – agus rinn e gàire càirdeil ris, an dòchas gun tuigeadh e nach robh cunnart sam bith ann bhuaithesan.

"We just wanted a word with you, Dr. Morrison."

Sheall Sam ri uaireadair. "Well, I'm pretty busy … but yes, of course. Sure."

Choisich iad gu oifis Sam agus chùm e an doras fosgailte dhaibh. Shuidh iad timcheall an deasg, Sam na shèithear fhèin agus Williams is Daniels tarsainn bhuaithe. Chaidh diog seachad mas do bhruidhinn duine. Mu dheireadh, b' e Daniels a bhruidhinn.

"Look, we're sorry to bother you … "

Chuir Williams stad oirre.

"Do you know James Carmichael? Sometimes called Jimmy?"

Bha e deiseil airson na ceist seo. Bha e air tighinn a-steach air o chionn fhada gur dòcha gum biodh Jimmy air a ghlacadh leis na pilichean. Cha robh feum ann breug innse. Bhiodh cuimhne aig Glen air an latha a thàinig Jimmy a-steach airson a' chiad turas oir, ged a bha Glen na chùis-uabhais mar receptionist mar bu tric, bha cuimhne aige a bha iongantach air na h-aodainn a bha tighinn a-steach dhan t-surgery.

"Yes, I think I know who you mean," thuirt e. "He came here about two months ago. He was trying to talk me into giving him a prescription but I sent him packing."

Smaoinich e gun robh sin glè mhath. Bha a ghuth aotrom, furasta. Chreideadh iad sin, bha e cinnteach.

"Aye, he tried the same trick with Dr. Richards," thuirt Daniels agus shaoil leis gun robh i dòigheil le fhreagairt.

Bha aodann Williams fhathast cruaidh tà, "Why didn't you report him?"

Chrath Sam a cheann, "Didn't seem worth it. He left without any trouble. Felt a bit sorry for him to tell the truth."

Ghnog Williams a cheann agus bha fhios aig Sam gun robh e gus a' chùis a dhèanamh. Dè bh' aca air co-dhiù? Cha robh dòigh air am b' urrainn dhaibh Jimmy a cheangal ris-san. Bha e air dèanamh cinnteach às. Às dèidh gach stock-take, bha e air ainm Jimmy a ghlanadh bhon choimpiutair. B' urrainn dha leanabh fhaighinn seachad air an tèarainteachd a bh' air na seann innealan a bh' aca san t-surgery.

'S dòcha gum b' urrainn dhaibh lorg fhaighinn air a' chemist às an tàinig na pilichean ach cha bhiodh am pàipear aca tuilleadh. Cha robh càil aca, dh'innis e dha fhèin, agus dh'fhairich e am feagal a' sìoladh sìos.

"That's pretty much what we thought, Doctor," thuirt Daniels. "You were probably just the first name that popped into his head."

Stad Sam, mì-chinnteach an robh e air cluinntinn ceart. "He mentioned me personally? You're not just checking different surgeries?"

Bha e an dòchas nach cuala iad an ainmein na ghuth. Bha am bleigeard beag air innse air. Uill, dè eile a shaoileadh tu bho leisgeadair cac mar Jimmy Carmichael? Bha e creidsinn gun robh Jimmy air ainm-sa a thabhachd air na poilis gus mathanas fhaighinn dha fhèin. Thuig Sam cho gòrach 's a bha e earbs a chur san duine ud. Cha dèanadh e mearachd mar sin a-rithist.

"Yes," thuirt Williams, sradag aingidh a' danns' na shùilean. "He claimed that you were paying him to collect prescriptions."

Rinn Sam lachan, cho nàdarrach 's a b' urrainn dha.

"That's crazy! Why on earth would I do that? Anyway, wouldn't it be on the computer?"

"Know a lot about computers?" thuirt Williams.

Chrath Sam a cheann, "Not much. Bit of a technophobe, really."

Sheall Williams agus Daniels ri chèile agus chaidh aonta air choireigin eatorra. Sheas iad an-àirde agus rinn iad air an doras.

"That's all for now, Dr. Morrison," thuirt Williams. "Thank you for your time."

"Well, if I can help with anything else … "

"We'll get in touch," thuirt Daniels agus le gàire blàth mu dheireadh, dh'fhalbh i, Williams air a cùlaibh.

Dh'fhuirich Sam na shuidhe gus am faca e an càr a' dràibheadh air falbh agus rinn e osann throm faochaidh. Bha e air dèanamh ceart gu leòr. Cha robh iad ach a' dèanamh cinnteach nach robh fìrinn sam bith ann an sgeulachdan Jimmy. Às dèidh na h-uile, cò chreideadh iad? Esan – dotair dìcheallach le bean is dithis chloinne no Jimmy – ablach duine le uiread onair ri radan?

Ghnog Rita aig an doras agus chuir i a ceann a-steach, "You alright, Sam?"

Thuirt Sam gun robh a h-uile càil ceart gu leòr is nach robh anns na thachair ach na poilis a' dèanamh an cuid obrach. "Got to check up, I suppose. Just routine."

Rinn i gàire ris agus dh'fhalbh i airson bruidhinn ri Glen mu dheidhinn dèanamh cinnteach nach fhaigheadh duine a-steach tuilleadh gun appointment.

* * *

A' dràibheadh air falbh bhon t-surgery, cha b' urrainn dha Williams sgur a' faireachdainn gun robh rudeigin ceàrr. Bha a h-uile fèith na chorp air teannachadh a' bruidhinn ri Dr. Morrison. Cha b' e dìreach mar a bha e air aire Wendy a ghlacadh – b' e barrachd air farmad a bha seo. Bha aon rud anns an robh Williams cinnteach mu dheidhinn fhèin. Ged nach biodh esan gu bràth mar Sam - cho eireachdail, cho soirbheachail – bha làn fhios aige nuair a bha cuideigin a' falachd rudeigin bhuaithe is b' e sin dìreach a bha an dotair a' dèanamh.

"He seemed nice," thuirt Daniels 's i a' bleadraigeadh leis an rèidio, "very handsome."

"Mmm," thuirt Williams gun a bheul fhosgladh.

Thionndaidh i am putan airson an fhuaim agus lìon an càr le onghail òran pop. Cha mhòr nach deach Williams bhon a' rathad.

"Oops, sorry," thuirt i, ga thionndadh sìos. "There's something that's bothering me though. Why did Jimmy go back after Sam threw him out? Seems a bit risky."

Dh'fheuch Williams gun mothachadh gun tug i Sam air, is cha b' e Dr. Morrison.

"Jimmy Carmichael is a moron."

"I know. But it's a sixty mile bus trip. That's a long way to go for nothing."

Thug Williams sùil aithghearr oirre is rinn e gàire. Bha cuimhn' aige nuair a bha esan mar sin. A' smaoineachadh air eucoirich mar dhaoine èasgaidh, clubhair. Cus telebhisein a bha sin. Bha Williams air a bhith na phoileas fada gu leòr airson fios a bhith aige gu bheil daoine ann a nì an aon mhearachd mìle uair, gun iad a' tuigsinn nach robh am buil dol a dh'atharrachadh dhaibh.

"When Jimmy was a teenager he robbed the same post office six times. Kept getting caught, kept going back. Like I said, moron."

"So you don't think there's anything going on then?"

Chrath Williams a cheann, "I didn't say that. There was something about Dr. Morrison. He was nervous, trying too hard. Or should I say Sam."

Thug Daniels dòrn bheag chàirdeil dha air a' ghàirdean agus rinn i gàire, "Shut up, Jim! I didn't fancy him. I just didn't think he was the type."

"Don't assume that people are what they appear, Wendy. The nicest smile can hide the worst intentions."

Shìn i air ais anns an t-sèithear agus rinn i gàire àlainn ris. Bha gaol aige air Wendy Daniels ach cha b' urrainn dha càil a dhèanamh. Cha robh teans gun robh ise a' faireachdainn an aon dòigh. Is ged a bhitheadh, b' e an Seàirdeant aice a bh' ann is chanadh daoine gun robh e air sin a chleachdadh gus boireannach mar Wendy fhaighinn. Ciamar eile a gheibheadh Bollock-chin Williams nighean cho snog? Bha e furast' dha daoine mar Dr. Morrison ach, mar a dh'innis Archie Carmichael dhàsan mìle uair, bha esan air a bhreith le aodann neònach. Ghabh e sùil air Daniels na sìneadh ri thaobh agus laigh cuideam a chridhe trom air anam.

Never gonna happen, Jim, thuirt e ris fhèin.

Ach chan eil e furast' cur às dha dòchas, nas duilghe buileach cur às dha gaol.

* * *

Shuidh Mina aig bòrd a' chidsin le a làmhan paisgte air a beulaibh. Fo na làmhan caola, ealanta aice, bha leabhar na laighe. Cha robh i ach air leughadh na bh' ann aon uair ach bhiodh e loisgte na cuimhne gu bràth.

Bha i air a bhith sgioblachadh. An rùm aig Chris an toiseach agus an uair sin, rùm Millie. Bha i a' crochadh aodach anns a' phreas nuair a chunnaic i an duffle-coat aice. Bha e air a bhith oirre fad a' gheamhraidh agus cha robh Mina air mothachadh gun uair sin gun robh sgàird poll air a thòin. Tharraing i e a-mach às a' phreas agus choimhead i anns na pòcaidean. Bha iad uile falamh agus cha mhòr nach do shad i e dhan bhasgaid, ach an uair sin mhothaich i gun robh pòcaid bheag air an taobh a-staigh. Chuir i a corrag a-steach agus lorg i iuchair bheag. An iuchair a bh' aig Millie airson an drathair aice. Chan fhaodadh duine sam bith sealltainn dhan drathair aig Millie. Bha i air òraid mhòr a dhèanamh mu dheidhinn agus, ged a bha i a' falachd na h-iuchrach, cha robh duin' aca air feuchainn ri sealltainn na bhroinn.

Sheall Mina ris an iuchair agus smaoinich i, Dè an diofar?

Chuir i an iuchair dhan phadlock agus dh'fhosgail i an drathair. Cha robh ann ach leabhar-sgrìobhaidh pinc agus peana dearg. Rinn Mina gàire. Sin a bha i a' falachd. Leabhar-latha. Chuimhnich Mina air an fhear a bh' aicese nuair a bha i an aon aois ri Millie agus cha b' urrainn dhi gun choimhead na bhroinn. Dheigheadh Millie às a ciall nam faigheadh i a-mach ach cha leigeadh i leas innse dhi.

Dh'fhosgail i an leabhar agus thòisich i a' leughadh; an gàire gu slaodach a' tuiteam bho h-aodann.

Tha Dadaidh air a bhith dol a-mach anns a' chàr leis fhèin …

Agus na làithean. Deit an dèidh deit an dèidh deit. Cha mhòr còig mìosan.

Dè bha e a' dèanamh? Uill, bha fhios aic' dè bha e a' dèanamh. Bha e còmhla ri boireannach eile. An tè sa chàr, 's dòcha.

Ach bha rudeigin eile ann cuideachd. Air oir a tuigse ach fhathast ro eagalach coimhead ris gu lèir.

An cadal.

An t-suain chadail a bha air tighinn oirre cho tric bho thoiseach na bliadhna. Cho eadar-dhealaichte bho àm sam bith eile na beatha. Ag èirigh air èiginn, a' faireachdainn cho slaodach, cho ìosal. Thòisich an cadal mun aon àm a thòisich Sam a' dol a-mach leis fhèin gun fhiost dhi.

Cha b' urrainn gun do …

Ach cha do chrìochnaich i an smuain. Thug i an leabhar leatha sìos dhan chidsin, far an robh i air suidhe leis bhon uair sin.

Ach 's dòcha gur e dìreach mac-meanmna nighinn bhig a bh' ann. 'S dòcha.

Sheas i an-àirde agus chaidh i a-null chun deasg aige. Bha sin glaist' cuideachd. Cha robh i air mothachadh roimhe a liuthad duine san taigh aca a bha cumail rudan fo chìs.

Bha an iuchair airson an deasg aig Sam fhèin ach cha robh sin gu diofar. Fhuair Mina òrd agus crow-bar agus bhris i a' ghlas – agus cnap math dhan an deasg – na phìosan. Ghabh i anail agus thog i am mullach. Na bhroinn bha faidhlichean eadar-dhealaichte, pìosan pàipeir bho obair agus pacaid falamh de philichean. Leugh Mina an t-ainm air a' phacaid – Levonelle.

The morning-after pill.

Dh'fhairich i an rùm a' tionndadh, an saoghal a' cur nan caran. Shuidh i air an làr agus tharraing i a glùinean gu broilleach. Laigh a sùil air a h-uaireadair,

Leth uair an dèidh trì! Oh God!

Bhiodh Millie a' tilleadh ann an cairteal na h-uarach. Dh'fhairich Mina ciont eagalach. Cha robh i ag iarraidh gum faiceadh Millie i mar seo, gum faigheadh i a-mach gun robh i air coimhead anns an drathair aice, gur e bleigeard a bha na h-athair.

Thog i i fhèin agus chaidh i, leis an leabhar, air ais suas an staidhre. Chuir i an leabhar air ais dhan drathair agus thàinig dealbh thuice dhi fhèin, a' cur na h-iris ud air ais fo leabaidh Chris. Ga chuideachadh a' falachd rudan bhuaipe. Dhùin i an drathair agus chuir i an iuchair air ais dhan duffle-coat, air ais dhan phreas.

Oh, Sam. Dè rinn thu oirnn?

* * *

Phàirc Sam an càr sràid bho thaigh Carly. Cha robh e airson gum faiceadh duine e ach, nam faiceadh, chanadh e gur e house-call a bh' ann. Chunnaic Carly e a' tighinn bhon uinneig agus bha i a' feitheamh ris aig an doras. Dh'fheuch i ri pòg a thoirt dha ach phut e i air falbh bhuaithe.

"Carly, sguir. Dh'fhaodadh cuideigin ar faicinn."

"Trobhad a-steach, ma-thà."

Bha an cidsin aice beag, an làr salach. Bha ise salach cuideachd, ag obair anns a' ghàrradh bha e a' creids. Bha e an dòchas nach do dh'fhàg i poll air a dheise.

"Càit' an robh thu?"

Bha a druim ris, a' cur air an coire. Cha robh i toilichte leis, is cha b' ann dìreach seach gun do dhiùlt e pòg aig an doras.

"Ann an Liverpool le Chris. Tha e gu bhith cluich airson a' chlub. Striker ... "

"Tha fhios 'am air a sin. Tha fhios aig a h-uile duine air a sin. Carson nach do dh'fhònaig thu mi?"

"Uill, bha sinn trang. Tha fhios agad gur e mo theaghlach a tha air thoiseach air càil sam bith eile. Umm ... fhuair mi seo dhut ... "

Chuir e am bocsa beag leis an t-seuda innte air a' bhòrd. Sheall Carly ris, a beul fosgailte.

"Do theaghlach? Cha robh thu smaoineachadh air do theaghlach nuair a bha thu còmhla riumsa … "

"Tha fhios 'am. 'S ann air sgàth sin a thàinig mi. Chan urrainn dhomh seo a dhèanamh tuilleadh, Carly. Tha mi sgìth de na breugan, a' falachd fad an t-siubhail. Tha mi a' smaoineachadh gu bheil a thìd againn … "

Ach cha d' fhuair e air an còrr a chantainn oir shad i cupan tarsainn an rùm, ga bhualadh air a leth-cheann.

"Aobh! Jeee … suss! Carly!"

"Hmm, càit' an cuala mi sin roimhe? Oh aidh, a h-uile dòlas oidhche aig còig uairean nuair a bha thu gam fhònadh. Bha e furast' gu leòr an uair sin. Nach robh? NACH ROBH?"

Thòisich i a' sadail rud sam bith a bha faisg air làimh dhi – am bocsa beag an toiseach 's an uair sin truinnsearan, panaichean agus bòtannan; an dàrna tè dhiubh a' toirt sùil dhubh dha. Thionndaidh e air a shàil agus rinn e air an doras. Bha am boireannach às a ciall! Ruith e a-mach an doras agus sìos an t-sràid, taingeil nach do dh'fhàg e am BMW faisg nuair a bha Carly a' sadail rudan.

* * *

Sheas Ben le thaic ri doras rùm a pheathar, ga coimhead a' cur nan gnothaichean aice ann am baga. An-dràst 's a-rithist, shealladh i thairis air a gualainn agus dhèanadh i gàire ris. Bha e dol ga h-ionndrainn. Cha robh iad ach air latha no dhà a chur seachad còmhla, ach bha Ben a' faireachdainn cinnteach nach biodh iad fada bho chèile tuilleadh. Bha Zara air barrachd a dhèanamh dha ann an ceithir latha na rinn duin' eile na bheatha.

"So you going to be alright, Benny?"

Ghnog e a cheann. Bhitheadh e ceart gu leòr. Bha e fhèin is Chris gu bhith còmhla ann an ùine nach biodh ro fhada agus bha àireamh fòn Billie aige nan robh e ag iarraidh bruidhinn ris. Bha cùisean a' coimhead nas fheàrr na bha iad ann am bliadhnachan.

"I think I'm going to be fine. I'm going to the group again next week. They're pretty cool, really. But the best news is that Chris says he's going to tell everyone … about us, I mean."

Stad Zara agus sheall i ris, "Right. I mean, great. But … are you sure?"

"Yeah, of course. He said he would."

"Okay. But just so you know, I'm always here for you. No matter what happens."

Chuir i a gàirdeanan timcheall air agus tharraing i thuice e gu teann. Dh'fhairicheadh e fàileadh pùdair agus tombaca bhuaipe, agus lìon e le gaol air a son.

"It's okay to put yourself first sometimes," thuirt i na chluais agus, le aon phòg mu dheireadh a dh'fhàg lipstick purpaidh air a phluic, thog i a baga is chaidh i sìos an staidhre.

"All set?" thuirt an athair agus thug e am baga aice chun a' chàir.

Bha deòir ann an sùilean a màthar nuair a thug Zara dhi gealladh nach biodh i cho fada tighinn a chèilidh a-rithist. Bha Ben toilichte seo a chluinntinn cuideachd.

Sheas e le mhàthair san t-sràid agus, nuair a smèid Zara ris tro uinneig a' chàir, thuirt e 'Thank you' rithe le gluasad beag dha bheul.

* * *

Laigh Carly fon phlaide, a' feuchainn ri obrachadh a-mach carson a thòisich i a' sabaid le Sam. Dè chaidh ceàrr? An e rudeigin a rinn ise a bh' ann?

Cha b' e. Cha do rinn ise càil ceàrr ach faireachdainn rudeigin airson an duine dhan robh i a' tabhachd a cuirp. An robh sin cho neònach? Bha fhios aice nach robh iad còmhla ach còig mìosan. Cha robh sin fada. Bha fios air a bhith aice nach robh beatha ri fhaighinn le Sam ach leig i leis na faireachdainnean ud làmh an uachdair fhaighinn oirre a dh'aindeoin sin.

Shèid i a sròin agus thiormaich i a sùilean. 'S e am boireannach ud a bh' ann. Le cuid airgid. Cha robh Sam dàn gu leòr coiseachd air falbh bho na toys aige, ge bith dè cho làidir 's a bha fhaireachdainnean dhìse. Bha fios air a bhith aice air a sin cuideachd.

A' smaoineachadh air a bhean le beagan mathanais, airson

a' chiad turas, dh'fhairich i duilich airson Mina. Bha i air feuchainn gun smaoineachadh oirre idir agus, airson greis, smaoineachadh oirre mar bhitch a bha cumail Sam bhuaipe. Ach, a-nis, thàinig e a-steach oirre gur dòcha gun robh ise nas fortanaich na bhean. Bha ise air an fhìrinn fhaighinn, ge bith dè cho mì-chàilear 's a bha e. Bha ise eòlach air an duine air chùlaibh na deise agus an taidh. Bha i air pàirt dheth fhaicinn nach fhaiceadh ise gu bràth agus is dòcha gun robh gu leòr ann a sin.

'S dòcha gun robh e na b' fheàrr a chrìochnachadh mas fhaiceadh duin' eile an duine sin. Na b' fheàrr gum faiceadh iad an dotair snog leis an teaghlach àlainn na an duine a thaom bhodca air a cìochan 's a shanais facail eagalach na cluais.

Is co-dhiù, bha clann aige. Cha b' urrainn dhi iarraidh air a' chlann fhàgail.

Shuidh i an-àirde.

Aidh, bha seo alright. Bha pian geur fhathast domhainn na stamag ach shaoil leatha, ann an greis, gum biodh i ceart gu leòr.

Dh'fhaodadh cùisean a bhith gu math na bu mhiosa.

Caibideil 12

"EVERYONE SIT DOWN!"

Bha aodann Mrs. Mackay purpaidh ag èigheachd ach fhathast, chùm iad orra a' sgrìobadh shèithrichean air an làr agus a' cabadaich ri chèile.

"QUIET!"

Thàinig sàmhchair beannaichte chun an rùm.

"That's better. Right, study leave begins on Thursday."

Thòisich iad uile a' clapadh, ag èigheachd 's a' feadalaich.

"SHUT UP! So, I wish you all the best in your exams. Study hard, don't be afraid to ask questions and do not – DO NOT – use this time to muck about. Your futures depend on it. Well, apart from Chris Morrison obviously."

Thug iad uile, Mrs. Mackay cuideachd, làmh dha Chris is dh'fhairich e aodann a' fàs teth.

"So for those of you who don't have a Premiership career ahead of you, I suggest you get cracking. Thank you. Now, get back to your classes."

Sgaoil iad a-mach às an talla. Lorg Russell e anns an t-sluagh agus dh'èigh e,

"Out of the way, everyone. Football legend coming through."

Ghluais iad a-mach às an rathad agus lean e Russell sìos an trannsa chun chlas saidheans. Nuair a bha iad air thoiseach air chàich, thionndaidh Russell thuige 's an t-aodann aige a' deàrrsadh.

Bha e air a bhith coimhead mar seo bho chuala e mu naidheachd Chris. Air bhioran.

"So what's the plan for Liverpool? I've told my folks that you'll have to go first. Training an' that. But I'll move down in August and stay with you. Get a job, shag some models and show 'em who they're fuckin' with, eh?"

Bha e mar bhalach beag. Gun seall tainn ris an aodann dhòchasach ud, thòisich Chris ag innse dha mun t-suidheachadh, a' cumail a ghuth cho rèidh 's a b' urrainn dha. Thuirt e gun robh e air faighneachd dhan chlub is nach fhaodadh duine sam bith eile fuireachd còmhla ris sa flat. Breug. Thuirt e ris gun tuirt iad gum feumadh e bhith ag obair latha is oidhche, nach biodh tìd' aige airson càil eile. An fhìrinn. Agus thuirt e nach robh e dol a dh'fhaighinn mòran a thaobh airgid airson a' chiad bhliadhna. Breug mhòr.

Fhad 's a bha e a' bruidhinn, chunnaic e an deàrrsadh a' sìoladh air falbh bho aodann Russell ach cha do leig e càil air. Ghnog Russell a cheann.

"Aye, yeah. I see. No probs, mate. I can get my own place. Might take a bit longer but still … "

Agus bha e a' coimhead cho tàmailteach 's nach bu dùraig dha Chris a chur na b' ìsle. Leig e leis creidsinn gun tigeadh e sìos aig àm air choireigin. Cho luath 's a bha fios aige mu dheidhinn Chris agus Ben, cha tigeadh e an taobh a bha e tuilleadh. 'S e beannachd a bhiodh ann an sin. Ged a bhiodh a h-uile cluicheadair agus fan ga choimhead le gràin, co-dhiù gheibheadh e saorsainn bho Russell.

* * *

Sheas Sam air beulaibh an sgàthain. Bha a shùil air bòcadh tron oidhche is bha i a-nis dorcha-purpaidh is goirt. Chuir e a mheur rithe agus chaidh gath troimhe.

"Mad bitch," thuirt e fo anail agus shuidh e na shèithear.

An dèidh bruidhinn ris na poilis an latha roimhe, bha e air a bhith faireachdainn glè mhath. An dèidh dhan an fheagal sìoladh sìos, thòisich e a' faireachdainn rudeigin mar gangster; a' cur nam poileas an taobh ceàrr, a' dèanamh a' chùis orra. Cha robh aige ach dèiligeadh ri Carly agus bhiodh a h-uile càil air ais mar a bha e. No harm, no foul, mar a chanas iad.

Ach bha Carly air a dhol dotail. Bha am pian na cheann aige mar chuimhneachan air an èiginn a chunnaic e na sùilean. Gus an fhìrinn innse, cha robh Sam air smaoineachadh gun robh e a' dol a chur dragh oirre. Bha i air gàireachdainn nuair a thuirt e gun robh gaol aige oirre. Okay, cha robh fhios aige dè bha e ag ràdh, leis an deoch agus an cunnart agus feise gun sgur, ach cha robh i air leigeil oirre gun robh e a' ciallachadh càil dhi.

Boireannaich. Cò aig a bha fios dè bha iad ag iarraidh?

Thog e am fòn agus thuirt e ri Glen an ath euslainteach a leigeil a-steach. Bha e an dòchas nach faighnicheadh iad dha mu dheidhinn a shùla. Bha a h-uile duine air a bhith faighneachd, a' tòiseachadh le Mina. Ghlac a h-anail nuair a choisich e a-steach. Ged a bha e air oidhirp a dhèanamh e fhèin a ghlanadh, cha robh dòigh an t-sùil fhalachd.

"Dè thachair?" thuirt Mina le uabhas.

Dh'innis e dhi gun do thuit e aig a' bhùth nuair a stad e air a shlighe dhachaigh.

"Bhuail mi mo cheann air a' chabhsair. Cha deach mi steach ach airson chewing-gum."

Sheall e dhi a' phacaid a bh' aige na phòcaid (tè a bha air a bhith sa chàr airson mìos) agus smaoinich e gun robh i ga chreidsinn. Cha do leig i oirre nach robh, co-dhiù. 'S dòcha gun robh i a' faireachdainn ciontach mu dheidhinn an deasg.

Nuair a choisich e a-steach dhan rùm-suidhe, chunnaic e am padlock air a' bhòrd agus pìosan beaga fiodha air an làr. Thionndaidh e gu Mina a bha na seasamh san doras air a' chùlaibh.

"Dè thachair?"

"Oh, tha mi duilich," thuirt i, "bha mi a' coimhead airson test. Tha am period agam fadalach. Bha mi cinnteach gum faca mi tè san deasg agad. Ach bha mi ceàrr. Gheibh mi tè sa chemist a-màireach. Tha mi duilich."

Cha robh a guth mar a b' àbhaist. Bha e slaodach, marbh air choireigin. 'S dòcha gur e na pilichean a bh' ann. Side-effects. Sheall e ris an deasg a-rithist agus thug e taing gun do shad e air falbh na pacaidean.

"Tha sin alright, a ghràidh," thuirt e rithe, a' toirt pòg dhi. "Gheibh mise an test, agus padlock ùr, a-màireach."

Rinn i gàire teann ris agus thill i dhan chidsin. Dh'fhairich e duilich air a son is i an dòchas gun robh leanabh a' fàs na broinn. Ged a bha fios aig Sam nach robh dòigh gun robh i trom, bha e fhathast ag iarraidh gum biodh i dòigheil. Uill, le Carly a-mach às an rathad, 's dòcha gun robh an t-àm air tighinn airson na bha Mina ag iarraidh a dhèanamh. Bha i airidh air sin, co-dhiù.

"Coo-ee!"

Nochd ceann Aggie Staples timcheall an dorais. Bha Aggie leth-cheud, tapaidh agus le eczema a bha dìreach èiginneach. Bha i ann an gaol le Sam agus nuair a chunnaic i an t-sùil aige, cha mhòr nach do thòisich i a' gal.

"Oh Dhia, Dr. Morrison, dè thachair dhut?"

"Thuit mi air taobh a-muigh na bùtha nuair a bha mi a' ceannachd chewing-gum," thuirt e airson a' cheudamh uair.

"Uill, mo chreach. Bu chòir dha cuideigin sgrìobhadh chun a' Chomhairle. Dè mu dheidhinn gu sgrìobh mise thuca?"

Fhad 's a bha Aggie a' cabadaich, ghnog Sam a cheann an-dràst 's a-rithist agus rinn e fuaimean cuideachail, càirdeil ach cha do dhèist e ri facal. Bha an sgleog air a cheann air cron a dhèanamh air a chlaisneachd ach, a bharrachd air sin, cha robh boireannach sa bhaile cho dòrainneach ri Aggie Staples.

* * *

Breugan. Breugan air bhreugan.

Bha beatha Mina a' tighinn às a chèile cho luath 's nach b' urrainn dhi grèim fhaighinn air rud sam bith airson a cumail rèidh. Uisge dorch ag èirigh ma casan is cha b' urrainn dhi ach feitheamh ri dhol fodha.

Sùil dhubh a-nis. Ag ràdh rithe gun robh e air tuiteam. Breugan air bhreugan.

Bha an leabhar pinc aig Millie aice ma coinneamh a-rithist. Bha i air fhaighinn bhon drathair cho luath 's a bha a' chlann agus Sam a-mach an doras. Bha i air chluinntinn bho Rita sa bhùth gun robh na poilis air tighinn a bhruidhinn ri Sam mu bhleigeard beag a thuirt gun robh e a' faighinn philichean dha. Feadhainn làidir. Feadhainn a bheireadh cadal ort.

Thuirt Rita nach robh i a' creidsinn facal ach bha iongnadh air a bhith oirre nach robh Sam air innse dha Mina e fhèin.

Cha robh iongnadh air Mina. Bha na pilichean ud air a son-se.

Le sin agus am pacaid Levonelle bha i cinnteach gun robh i air obrachadh a-mach dè bha air tachairt.

Bha Sam, an duin' aice, a gheall dhi gun glèidheadh 's gun cumadh e i gu bàs, air a bhith ga puinnseanachadh. Bha e air a cur na cadal gus am b' urrainn dha bhith ag èaladh tron oidhche le siùrsach air choireigin. Agus nuair a dh'iarr i leanabh air, ghabh e an corp is an coibhneas a thabhaich i air, ach thug e dhi puinnsean a mharbh an cothrom leanabh a dhèanamh. Cha robh iongnadh nach b' ann san teatha camomile aice a bha e. Cha robh Sam ag ullachadh càil sam bith eile dhi.

"Bastard," thuirt i, "fucking, shitty bastard."

Dh'fhairich na guidheachdain milis na beul. Dhèigh i nas àirde, "Stupid, selfish BASTARD!"

Cha robh Mina air mòran dhe na facail sin a chantainn na beatha ach bha iad a' faireachdainn math.

"SHITHEAD, BLOODY, EFFING ... GIT!"

Bha a cridhe a' bualadh na broilleach, deòir a' sruthadh sìos a h-aodann ach cha robh i brònach. Bha i na dùisg. Mu dheireadh thall, bha na sùilean aice fosgailte. A h-uile fèith na corp deiseil airson gluasad, a h-anail goirid agus luath. Phàigheadh Sam airson seo. Phàigheadh e airson na rinn e an dèidh na thug ise dha.

Phàigheadh e airson na rinn e air an teaghlach aca. Na rinn e air Millie. Gun robh fios aig Millie mu dheidhinn seo, b' e sin an rud bu mhiosa dha Mina.

Thog i an leabhar agus a' phacaid agus chuir i na baga-làimh iad. Shad i oirr' a seacaid agus thug i sùil oirre fhèin anns an sgàthan. Bha i a' coimhead sgìth, glas ... ach deimhinne. Chan fhaigheadh e às le seo.

* * *

Sheall Jim tarsainn na h-oifis ri Wendy. Bha i a' coimhead àlainn an-diugh. Bha am falt bàn aice air a cheangal bhos a cionn ann am bun agus bha i air dath ùr lipstick a chur oirre. An-dràst 's a-rithist, bha e cinnteach gum faca e i ga choimhead ach dh'innis e dha fhèin nach robh ann ach wishful-thinking.

Thionndaidh e air ais gu obair.

Bha e air chluinntinn gun robh Archie air cùmhnant a shoidhneadh le supermarket mòr airson na làraidhean aige a chleachdadh. Bha sin a' ciallachadh nach biodh Archie ro fhaisg air na gnìomhachasan mì-laghail aige tuilleadh. Bha Williams a' sgrùdadh nam faidhlichean aige às a chiall a' coimhead airson càil sam bith a fhuair seachad air. Ge bith dè thachradh, chan fhaigheadh Archie cuidhteas dha Williams gu bràth ach bha teans ann gum faigheadh e fada air falbh gu leòr airson obair a dhèanamh gu math duilich.

Bha e cho domhainn anns na pàipearan 's nach cuala e am boireannach a' bruidhinn ris an toiseach.

"Excuse me," thuirt i a-rithist.

"Sorry," thuirt Williams, a' togail a chinn. "I was miles away. What can I do for you?"

Bha coltas oirre nach robh i air mòran ùine a chur seachad am measg nam poileas. Le a h-aodach cosgail agus am baga-làimh Prada, b' e boireannach le sgillinn no dhà a bh' innte gu dearbh. Agus bha i fiadhaich. Bha e mar cheò ag èirigh bhuaipe. Sheall i ris an làr, ri mullach an rùm agus an uair sin na shùilean.

178

"My husband has been drugging me. He's a doctor. He's having an affair."

Chuir i leabhar pinc air a' chunntair le brag.

"My daughter kept a note of all the nights he went out."

Thug i pacaid a-mach à baga agus chuir i sin sìos ri taobh an leabhair.

"He was giving me this to stop me getting ... "

Bhris a guth agus cha mhòr nach do thòisich i a' gal, ach fhuair i grèim oirre fhèin agus chùm i oirre.

"I went to the station in Àrd-na-Cloiche but when I told them about my husband they said I should talk to you."

Dh'fhairich Williams a chridhe a' toirt leum.

"You're from Àrd-na-Cloiche? A doctor? Can I ask your name?"

Rinn i osann agus tharraing i cead-dràibhidh a-mach à sporan beag leathair. Leugh e an t-ainm agus cha mhòr nach do leig e sgreuch.

"My name is Mina Morrison," thuirt i gu sàmhach.

An dotair! Mr bloody Perfect! Bha fhios aige gun robh rudeigin ceàrr air an duine ud. Bha a h-uile càil a' dèanamh ciall a-nis. Bha an dotair ag iarraidh nam pilichean gus a bhean a chur na cadal. Sneaky bastard, smaoinich Williams. Agus bha Jimmy Carmichael air innse na fìrinn. Cò chreideadh e?

Bha e glè dhuilich dha Williams a thoileachas a chumail bho Mhina. Cha robh e airson co-dhùnadh sam bith a dhèanamh fhathast ach bha e cinnteach gur e seo am freagairt a bha iad a' sealg. Dh'èigh e air Daniels a thighinn a-null.

"PC Daniels, can you take Mrs Morrison to the interview room? And get her a cup of tea. She's come all the way from Àrd-na-Cloiche."

Sheall Wendy ri Mina, an t-iongnadh soilleir air a h-aodann.

"Mrs Mor ... umm, yes. No problem, Sir."

Choimhead Williams an dithis aca a' coiseachd air falbh. Wow, bha bean an dotair brèagha. Rud beag ro chaol, rudeigin fuar ach bòidheach. Smaoinich Jim, ge-tà, gun robh Wendy fada na bu bhrèagha. Chuir e sìos am faidhle air Archie agus lean e iad chun rùm-agallaimh.

* * *

Nuair a thill Chris bhon sgoil, bha a mhàthair a' feitheamh ris anns a' chidsin, le Millie ri taobh. Bha iad a' cur dath air dealbhan ach, cho luath 's a choisich e a-steach an doras, sheas i an-àirde agus rug i air làimh air.

"Millie, fuirich ann an seo," thuirt i.

Sheall Chris rithe, ga ceasnachadh le shùilean ach cha shealladh i ris. Ghabh i grèim air làimh air agus tharraing i e a-steach dhan rùm-suidhe. Dh'fhairich e an làmh bhog, mheanbh aice na dhòrn agus dh'fhairich e fallas a' tighinn troimhe.

Shuidh i sìos air an t-sòfa, ga tharraing ri taobh, beagan ro fhaisg oirre.

"Tha mi duilich, Chris," thuirt i, ach fhathast cha shealladh i na shùilean.

"Duilich airson dè? Dè tha ceàrr, Mam?"

Cha tuirt i càil airson ùine agus, mu dheireadh, nuair a sheall i ris bha a sùilean uaine – cho coltach ris an fheadhainn aige fhèin – air lìonadh le deòir.

"Feumaidh tusa fuireachd aig taigh Russell a-nochd. Tha Millie a' fuireachd còmhla ri Kerry-Ann. Na can càil mu dheidhinn seo riutha."

"Mu dheidhinn dè?"

Sheall i ri casan agus mhothaich Chris gun robh i a' cluich le oir a sgiort le corragan. Bhiodh i a' dèanamh sin nuair a bhiodh i nearbhach.

"Tha rudeigin air tachairt le d' athair."

Leam Chris gu chasan, "Dad? Dè thachair? Bheil e alright?"

"Tha e fhathast aig obair."

"Uill ... dè ... what ... ?"

"Tha na poilis a' tighinn a dh'fhaicinn d' athar. Chan eil mi ag iarraidh gum bi sibhse anns an taigh nuair a thig iad. Thalla is faigh baga airson na h-oidhche. Tha mi cinnteach nach bi diofar le Russell ged a nochdadh tu."

"Mam, please, innis dhomh dè … "

Sheas i an-àirde agus sheall i sìos ris,

"Dean mar a dh'iarras mi ort, Chris. Please."

Cha robh fhios aige dè chanadh e is, mar sin, dh'fhalbh e suas an staidhre airson baga a dheasachadh, mìle ceist steigt' na shlugain agus snaidhm dubh an fheagail a' tionndadh na bhroinn.

* * *

"Are we ready?" thuirt Daniels, a' cur làmh air a ghualainn.

Thug Williams sùil mu dheireadh air am faidhle a bha e air fosgladh nuair a dh'fhàg Mina Morrison an Stèisean agus dh'fhairich Williams sradag a' dol troimhe. B' e seo am pàirt dhen obair a b' fheàrr leis, nuair a bha e cinnteach gun robh an t-eucoireach aige na ghrèim. Bha iad air chantainn ri Mina gun chàil a leigeil oirre nuair a thigeadh Sam dhachaigh. Cha robh iad airson gum feuchadh e ri dèanamh às. Cha robh Williams den bheachd gur e sin an seòrsa duine a bh' anns an dotair ach cha robh e a' dol a ghabhail teans sam bith. Bha am fiosrachadh a bh' aige circumstantial gu dearbh ach bha e cinnteach, le beagan ùine is oidhirp, gun innseadh an dotair a h-uile càil dha.

Sheall e ri Wendy agus mhothaich e gun robh i ga choimhead le rudeigin mar … uill, iongnadh.

"What?"

Chrath i a ceann agus thàinig dath pinc gu h-aodann, "Nothing. It's just … you knew all along. About the doctor, I mean. You're amazing, Sir."

Oh God, what did I just say?

An robh na facail ud air thighinn aiste gu dearbh? Dh'fheumadh i grèim fhaighinn oirre fhèin. B' e dìreach nuair a bha Jim deimhinnte, air bhioran mar seo, bha e mar shaighdear a' deasachadh airson blàr. Thàinig dealbh thuice dhe Jim ann an èideadh saighdeir agus chaidh a' chrith àlainn ud troimhpe a-rithist.

181

"Thank you … Wendy," thuirt e agus sheall e na sùilean.

An e … 's dòcha … an robh esan ga fhaireachdainn cuideachd? Bha i a' faicinn a' bhlàiths agus an dòchas na ìomhaigh agus an teine a bha a' lasadh eatorra. Cho faisg, cho pearsanta, cho … cho … teth.

Teth. Teine.

Fire.

Ghlac a h-anail na broilleach.

"Can I see the file again?"

Sheall i ri na photocopies dhe na duilleagan air an robh an nighean bheag air sgrìobhadh. Agus an sin, faisg air an deireadh, bha i air sgrìobhadh;

Diluain 27 An Giblean

"That was the night of the fire in Àrd-na-Cloiche, at the Industrial Estate. We thought it was a couple … "

Sheall Williams ris an deit le shùilean làn-fhosgailte.

"You don't think … "

"Sounds like Dr. Morrison to me. Danger, sex … "

Leis an fhacal mu dheireadh ud, chaidh a h-aodann nas deirge buileach. Sheall e rithe agus bha a phluicean fhèin mar dhà ubhal.

"I've said it before and I'll say it again, you're a genius, PC Daniels."

Thabhaich i iuchraichean a' chàir air agus chuir i oirre a h-ad.

"Don't thank me. That wee girl's going to make a hell of a detective."

* * *

Bha Mina na suidhe anns a' chidsin le cupan cofaidh agus leabhar, a cùlaibh ris, nuair a thill Sam bhon t-surgery. Abair latha. Bha a h-uile dòlas duine air faighneachd dha mun t-sùil agus bha Rita air a bhith neònach leis. Bha i ga choimhead mar gun robh e air rudeigin ceàrr a dhèanamh, mar nach robh earbs aice ann. Uill, 's dòcha gun robh e air mearachdan a dhèanamh ach bha e a' feuchainn. Cò bh' innte coimhead ris-san mar sin?

"Haidh, a ghràidh," thuirt e agus thug e pòg dhi.

"Haidh."

"Càit' a bheil Chris is Millie?"

"Tha Millie le Kerry-Ann agus tha Chris aig taigh Russell."

"Oh. Tha an taigh againn dhuinn fhèin, a bheil?"

Sheall e ri druim lùbte agus dh'fhairich e teas ag èirigh na chom. Chuir e a ghàirdeanan ma h-amhaich agus thòisich e a' toirt chiosagan beaga dhi ma cluais. Chuala e an anail a' tighinn aiste gu slaodach agus ghluais e a làmh sìos gu cìoch.

Chuir i stad air.

"No, Sam. Tha mi sgìth."

Dh'fhàisg e i gu socair, "Alright, a-nochd 's dòcha?"

"Mmm."

Chaidh e a-null chun am frids agus lorg e botal leann. Thug e dheth an ceann agus ghabh e balgam domhainn. Bha e fuar agus milis, cho blasta ri tè sam bith a ghabh e roimhe.

"Tha mi dol a choimhead an telebhisein."

"Mmm," thuirt i ach cha do sheall i ris.

Bha Rita air innse dha gun do bhruidhinn i fhèin is Mina air na thachair leis na poilis. 'S dòcha gun robh còir aige sin innse dhi e fhèin ach bha a cheann air a bhith ann am brolais. Cha robh e gu diofar. Bha sin seachad a-nis.

Bha an taigh cho sàmhach nuair nach robh a' chlann a-staigh. Bhuail cnuip a bhrògan air an làr ghleansach, fiodha agus smaoinich e gun tigeadh latha nuair a bhiodh an t-sàmhchair seo àbhaisteach dha fhèin is Mina. Cha robh fada gus am biodh aig Chris ri dhol a Liverpool agus, ged a bha e ga fhàgail aost a' smaoineachadh air, thigeadh an latha nuair a bhiodh Millie air falbh. Agus am bèibidh ùr ... dh'fhàsadh esan mòr cuideachd. Ach bhiodh greis gun uair sin. Bliadhnachan gu leòr.

Chuala e cuideigin a' gnogadh aig an doras.

"Gheibh mis' e," dh'èigh e agus ghabh e balgam eile bhon bhotal.

Dh'fhosgail e an doras agus cha mhòr nach tàinig an leann air ais an-àirde. B' e DS Williams a bh' ann, leis an tè bhàn ud ri thaobh. Ged nach robh gàire ri fhaicinn eatorra, chitheadh Sam an toileachas nan sùilean.

"Nice to see you again, Doctor. We need you to come with us."

Thòisich Sam a' splutraigeadh, ag ràdh nach do rinn e càil ceàrr ach cha tigeadh na facail a-mach ceart. Thionndaidh e agus, na seasamh air a chùlaibh le gàirdeanan paisgte agus deòir na sùilean, bha Mina. Chrath i a ceann ris agus dh'fhairich e Williams a' gabhail uilinn.

"Mina, please! Cha do rinn mi càil … "

Ach bha i a' coiseachd air ais chun a' chidsin, an druim mhìorbhaileach ud ris gu bràth tuilleadh.

* * *

Bha Millie air tuiteam na cadal ri taobh Kerry-Ann anns an leabaidh mhòir aice. Cha bu chaomh leatha a bhith air falbh bhon taigh aice fhèin ach, nam feumadh i fuireachd an àiteigin eile, bha i toilichte gur ann san leabaidh seo a bha i.

Dh'fhalbh an cadal leatha agus lorg i i fhèin air an t-sràid ud, ann an dubh na h-oidhche. Bha an togalach mòr na theine agus cha mhòr nach robh an teas cus dhi. Chuir i suas làmh gu h-aodann agus thòisich i a' ruith air falbh. Cha robh i ag iarraidh a bhith na detective tuilleadh.

Cha mhòr nach robh i air ruith fada gu leòr nuair a chuimhnich i air a' chuilean. Chuir i a làmhan na pòcaidean ach cha robh an cuilean ann. Agus bha fhios aice san spot gun robh e steigt anns an togalach ud. A' cheò ag èirigh timcheall air, an corp beag meanbh aig' air chrith leis an fheagal. Dh'fheumadh i a shàbhaladh. Phiortaich i i fhèin agus bha i air an staidhre. A' ruith suas an staidhre, an cuilean a' rànail bhos a cionn agus an teine acrach ma h-adhbrannan.

Cha robh an staidhre a' tighinn gu crìch. Bha i a' fàs sgìth agus bha a' cheò ga dhèanamh duilich càil fhaicinn. Ach an uair sin, chunnaic i e. An cuilean beag leis na sùilean uaine na shuidhe air bòrd, an teine mar mhuir fodha. Leum Millie thairis air an teine agus fhuair i grèim air. Ga chur air ais na pòcaid, rinn i air an staidhre. Ged a bha an teine air fàs na bu mhotha, cha robh e a' faireachdainn teth tuilleadh. Ruith Millie sìos gun strì agus a-mach an doras chun na sràid.

Thuit i gu glùinean air a' chabhsair agus ghlac i a h-anail. Nuair a fhuair i grèim oirre fhèin, thog i an cuilean a-mach às a' phòcaid aice agus shlìob i e gu socair.

"Nach tuirt mi gun coimheadainn às do dhèidh?" thuirt i ris gu socair agus thòisich earball a' crathadh.

Caibideil 13

Laigh Sam air an leabaidh chruaidh a' coimhead ris an sgrìobhadh a bh' air na ballachan:

Fuck the Pope, Big Stee wos ere, Mandy 4 DJ troo luv.

Dè bha e a' dèanamh anns an òcrach seo? B' e duine soirbheachail a bh' ann, duine le cliù sa choimhearsnachd. Bha BMW aige, for God's sake. Cha bu chòir dhàsan a bhith na shuidhe mar bheathach ann an cèids.

Cha robh e air cadal fhaighinn fad na h-oidhche ach fhathast, an-dràst 's a-rithist, dhùineadh e a shùilean agus mhiannaicheadh e gun dùisgeadh e. Bha na còig mìosan le Carly air a bhith mar aisling co-dhiù. Bha e a' dèanamh ciall gun tigeadh e gu seo. A bheatha cho fada bho ghrèim ri duine ann an suain chadail.

Bha a chnàmhan goirt. Uairean a thìde de cheasnachadh bho Williams. Cha b' urrainn dhut gu leòr innse dha. Bha Sam air na h-aon rudan a chantainn mìle uair. Cha robh fhios aige dè bha Millie a' dèanamh, b' e nighean bheag a bh' innte, bha i dìreach a' cluich geama. Agus an Levonelle? Bha e àbhaisteach dha dotairean sin a chumail san taigh ma bha feum aig nighean air nach bu dùraig tighinn dhan t-surgery. Cha robh fhios aige carson a bha a' phacaid falamh. 'S dòcha gur e Mina a rinn sin. Bha i air a dhol às a ciall. Bha i ag iarraidh bèibidh agus bha i troimhe-chèile leis. Agus ged a bha i air seo a dhèanamh air, cha robh boireannach eile san t-saoghal ann dha. Cha robh is cha bhitheadh.

Timcheall, timcheall chaidh Williams leis na ceistean. Na h-aon cheistean a-rithist 's a-rithist gus nach b' urrainn dha Sam smaoineachadh tuilleadh. Agus an uair sin, barrachd cheistean. Bha Johnstone, am fear-lagha aige, air chantainn ri Williams gun robh e ga shàrachadh ach sheall Williams ris le gràin agus chùm e a' dol.

Ach, a-mhàin sin, bha Sam a' faireachdainn gun robh e air dèanamh glè mhath. Cha robh e air càil a thoirt dhaibh agus thuirt Johnstone nach robh aca ach am facal aigesan an aghaidh facal Mina. Agus Jimmy Carmichael, ach cò bha dol ga chreidsinn-san?

Sheall e ri uaireadair. Ochd uairean sa mhadainn. Cha b' urrainn dhaibh a chumail mòran na b' fhaide gun casaid. Cha robh e a' tuigsinn buileach carson a bha e fhathast an seo idir. Cha ghabhadh e bhith gun robh barrachd cheistean aca.

Bha dùil aige ri Johnstone mionaid sam bith agus an uair sin dh'fhaodadh e falbh dhachaigh. Uill, cha b' urrainn dha a dhol dhachaigh, ach a-mach às an àite seo, co-dhiù. Bha iad air DNA fhaighinn bhuaithe agus làrach a chorragan. Dè eile a bha iad ag iarraidh?

Dà mhionaid an dèidh ochd. God, bha an tìde a' gluasad cho slaodach anns an àite seo. Dh'fheuch e gun smaoineachadh air dè bha e dol a chantainn ri Mina. Na b' fheàrr smaoineachadh air na bh' aige ri dhèanamh an-diugh. Cha robh am feagal buileach cho geur an uair sin.

Dh'fhosgail an uinneag iarainn air an doras agus chunnaic e sùilean Daniels air an taobh eile.

"Morning Doctor. Your Solicitor is here to see you. Could you sit on the bed, please?"

Shuidh e air an leabaidh agus choisich Johnstone a-steach dhan cell. Bha an còta agus an umbrella aige fliuch agus bha choltas air gun robh madainn dhuilich air a bhith aige. Bha e a' coimhead teth agus do-riaraichte. Chrath e an t-uisge bhuaithe agus shuidh e ri taobh Sam.

"Hello, Sam. How're you doing?"

Bha e ma leth-cheud bliadhna a dh'aois. Cha robh fios aig Sam air mòran mu dheidhinn oir bha aige ri lorg ann an cabhaig. Cha b' urrainn dha am fear-lagha àbhaisteach aca a chleachdadh; bha Mina air fònadh gu Teàrlach mas robh Sam fiù 's ann an grèim nam poileas.

Ruith Johnstone làmh chnàmhach tro fhalt churlach, ghlas. Bha stais air a bha air fàs rudeigin ro fhada is bha guireanan beaga rim faicinn air bàrr a shròin. A dh'aindeoin sin, tà, bha neart na ghuth is tuigse na shùilean a bha toirt faochadh de sheòrsa dha Sam.

"I've got some bad news and I'm going to have to ask you to be honest with me."

Ghnog Sam a cheann.

"The police have matched your fingerprints to a significant item found at the scene of an arson, the date of which matches a date in your daughter's diary. Do you know what I'm talking about?"

Cha b' urrainn dha Sam bruidhinn. Bha e cinnteach nam fosgladh e a bheul gun dìobhaireadh e air feadh bhrògan leathair Johnstone.

"Sam. Sam?"

Cha do sheall Sam ris. Thòisich e a' tarraing anail a-mach 's a-steach luath, a' feuchainn ri grèim fhaighinn air an uabhas a bha ga lìonadh mar teàrr; dubh agus steigeach. Dè b' urrainn dha chantainn? An robh breug sam bith air fhàgail na cheann?

Cha robh. Cha robh càil ach am feagal agus an tuigse gun robh e air a bheatha atharrachadh gu bràth.

"Sam? I can't defend you if I don't have the full picture."

Bhruidhinn Sam gu slaodach, "Yes. I mean, I know … it was an accident."

"Right. Well, they're pressing charges of grievous bodily harm, malpractice, arson and perverting the course of justice but I'm sure I can get them to forget that last one. This is very serious, Sam. This could mean prison. Do you understand?"

Cha do ghluais Sam. Chuir Johnstone làmh air a ghualainn.

"Who's the girl? The one you were with. I need to know Sam.

We need her testimony."

Thabhaich Johnstone pìos pàipeir agus peann agus sgrìobh e sìos ainm agus seòladh Charly. Le sin dèante, sheas Johnstone agus choisich e chun an dorais, a' gnogadh gus a leigeadh Daniels a-mach e.

"Oh, and I should mention, the local press have been sniffing around. It's more than likely that this will be on the news tomorrow."

Bhuail na facail aige air Sam mar dealanaich. Leum e gu chasan, "What? But my family ... my son ... "

"Yes, your son. They do seem to be rather interested in him. I'm sorry, Sam. I'll see you this afternoon."

Dh'fhàg e Sam mar sin, a bheul fosgailte agus a làmhan nan dà dhòrn. Thionndaidh e dhan leabaidh agus thug e slaic dhan chluasaig. A-rithist 's a-rithist, a' bualadh na cluasaig gus an do thuit e air an làr, deòir agus fallas a' sruthadh sìos aodann, an ciont agus an nàire a' toirt ionnsaigh air a chorp. Agus na mheasg, na h-aodainn aig Mina agus Millie agus Chris – faisg agus fad às – ann an sùil a' mhac-meanmna. Aodainn air nach robh e air smaoineachadh gu leòr, a-nis glan na eanchainn, a' sgàineadh a chridhe.

* * *

Bha Mina air a bhith na suidhe air an t-sòfa fada ro fhada. Bha fhios aic' air sin ach cha b' urrainn dhi seasamh. Cha robh càil eile mu dheidhinn. Bha i ... marbh. Uaireannan, dh'fheuchadh i ri smaoineachadh air na bha ri dhèanamh san taigh ach an uair sin thigeadh e a-steach oirre nach robh càil àbhaisteach na beatha a' cunntadh tuilleadh. Bha i air an teaghlach aca a bhriseadh ... uill, bha Sam air an teaghlach aca a bhriseadh ach b' e ise a chaidh chun nam poileas. Gun fiù 's bruidhinn ris. Gun faighneachd dha. Ach bha i air a bhith fiadhaich, ag iarraidh Sam a ghoirteachadh agus, dh'fheumadh i aideachadh gun robh feagal air a bhith oirre cuideachd. Ach 's dòcha gun robh i ceàrr. An robh i air an teaghlach aca a chur na phìosan air sgàth 's am paranoia aice fhèin?

Thòisich am fòn a' glaodhraich agus cha mhòr nach deach i à cochall a cridhe.

"Yes, hello?"

"Mina, 's e Teàrlach a th' ann."

Bha guth Theàrlaich Bannister cho domhainn is cho blàth 's nach b' urrainn dhi ach gàire a dhèanamh ga chluinntinn. Bha e air a bhith na fhear-lagh dhan teaghlach aice cho fada 's bu chuimhne leatha. B' e Teàrlach a bha air a cuideachadh nuair a bhàsaich a pàrantan, a chuidich iad a' ceannachd an taighe. Cha do smaoinich i a-riamh gum biodh feum aic' air na seirbheisean aige airson càil mar seo.

"Tha mi dìreach air thighinn bhon Stèisean. Tha Sam air a chiont aideachadh. Mu dheidhinn a h-uile càil. Uill, lorg iad na fingerprints aige. Bha sin ga cheangal ris an teine gun teagamh."

"Teine? Dè an teine?"

"Nach do dh'innis iad dhut?"

"Innis dhomh dè? Dè thachair?"

"Thighearna, tha mi duilich, Mina. Bha dùil agam gun robh fios agad. Bha Sam agus am boireannach seo a' coinneachadh airson … uill, tha fhios agad. Chuir iad teine ri togalach air aon dhe na h-oidhcheannan sin. Air a' Phàirc Gnìomhachais."

Bha cuimhn' aice. Latha eile nuair a chaidil i cho fada; an t-aodach anns a' washing-machine agus an cidsin cho sgiobalta.

"Tha am boireannach air an taobh againne a ghabhail cuideachd. Ag ràdh gur e tubaist a bh' ann ach a' bruidhinn mar gum bu chaomh leatha a mharbhadh. Bu chòir dhan a' ghnothaich a bhith seachad gu math luath. Tha am bail aig fichead mìle not. Chan urrainn dha a phàigheadh ach bidh a' hearing againn ro dheireadh na seachdain. Cha bhi aige ri feitheamh ro fhada."

Bhìd Mina a teanga gus nach tabhaicheadh i an t-airgead air Sam. Leig dha fuireachd san àite ud. A thaghadh fhèin a bh' ann.

"Tapadh leat," fhuair i air chantainn agus chuir i sìos am fòn.

* * *

Chuala Chris an glag a' bualadh agus bha e cho àlainn na chluasan ri ceòl. Cha mhòr gum b' urrainn dha creidsinn gun robh a chliù san sgoil air atharrachadh cho luath. Na h-aodainn a bha air a bhith a' coimhead ris le iongnadh, a-nis ga choimhead le mì-chinnt. Agus cha robh fiù 's fios aige carson. Cha robh a mhàthair air càil innse dha mun adhbhar a bha na poilis air tighinn ach bha e cinnteach gum biodh i air rudeigin a ràdh nam b' e rud cudromach a bh' ann.

Bha Russell 's e fhèin air coiseachd a-steach sa mhadainn, len ceumannan misneachail, a' cantainn 'Hey' ri daoine gus an tàinig e a-steach orra gun robh mòran dhiubh a' tionndadh air falbh bhuapa, a' sainnsearachd agus a' coimhead ri Chris.

Bha a chridhe air stad. Bha fios aca mu dheidhinn Ben – sin a bh' ann. Ach cha robh fada gus an tàinig Bobby na ruith, ag innse dhaibh gun robh an sgoil gu lèir a' bruidhinn air athair a' falbh le na poilis. Airson diog, dh'fhairich Chris faochadh nach b' ann mu dheidhinn fhèin a bha na sgeulachdan ach dh'fhàg am faireachdainn sin e gu luath is lìon e le nàire. Thuirt e ri Bobby a chab a dhùnadh agus dh'innis e dha fhèin nach robh càil ceàrr. Mearachd air choireigin a bh' ann. Bha athair dìreach a' cuideachadh nam poileas le … rudeigin. Bha e mionnaichte às.

Ach tron latha, bha Chris air a bith a' faireachdainn gun robh daoine ga sheachnadh. Bha duine no dhithis air feuchainn ri bruidhinn ris ach bha Russell air faighinn cuidhteas dhiubhsan mus fhaigheadh iad facal leis. Bha Russell air dreuchd fear-dìon Chris a ghabhail air fhèin. Dreuchd a thabhaich Chris air o chionn bhliadhnachan ach a bha a-nis mar bhreitheanas. Agus seo e a-nis, a' tighinn a-nall thuige a-rithist, gàire air aodann agus an guth àrd aige ag ràdh,

"Right, mate. Let's go practise."

Leig Chris osann agus lean e Russell a-mach tron trannsa, chun rathaid agus fad na slighe chun na pàirce. Cha tuirt e facal ris. Cha robh càil aige ri chantainn ri Russell tuilleadh.

Bha an oidhche roimhe air a bhith mì-chofhurtail. Cha b' e

dìreach gun robh aige ri laighe air làr Russell, an corp mòr ud sa leabaidh bhos a chionn ga chumail na dhùisg le srann. Fad an fheasgair, bha iad air geamannan a chluich air a' choimpiutair agus air filmichean a choimhead ach cha robh càil aca ri chantainn ri chèile. Bha Chris iomagaineach mu phàrantan ach cha b' e dìreach sin a bh' ann. Nam biodh e le Ben, bhiodh iad air bhruidhinn fad na h-oidhche ach le Russell, bha Chris a' faireachdainn gun robh e air a h-uile smuain a bh' aige na cheann a chluinntinn. Agus cha robh diù a' choin aige mun fheadhainn eile, ma bha iad idir ann.

"Penalties, yeah? I'll go goals."

Ghabh Chris am bàlla bhuaithe agus chaidh Russell na ruith gu àite eadar dà chraoibh, dhan cleachdadh mar goal-posts. Chuir Chris am bàlla sìos air an talamh agus sheall e ri casan Russell. Beagan a bharrachd cuideam air a chàs chlì. Bha sin a' ciallachadh gu leumadh e an aon taobh.

Easy-peasy, smaoinich Chris agus rinn e air a' bhàlla.

Flash!

Bhuail cas Chris am bàlla san aon diog 's a thog an neach-naidheachd an dealbh. Sgèith am bàlla tro na craobhan agus thàinig e gu talamh ann an uchd caillich a bha na suidhe air being.

"What the FUCK?" dh'èigh Russell agus dh'fhalbh e na ruith às dèidh an duine a thog an dealbh.

Ged a bha Russell luath, ràinig an duine an càr aige agus bha e na bhroinn leis an doras glaiste, dìreach mas tàinig Russell sìos air le brag. Thòisich an duine a' dràibheadh ach fhuair Russell air an sgàthan a tharraing bho chliathaich a' chàir mas do rinn e às. Bha e fhathast aige na làimh nuair a thill e.

"Souvenir, eh?" thuirt e le gàire agus shad e an sgàthan gu Chris.

Ghlac Chris e gun fhacal.

"Some'ing wrong, mate?"

An t-aodann dòchasach ud a-rithist. Ach bha rudan diofraichte a-nis. Bha Russell feumach air Chris a-nis. Cha robh an cumhachd na làmhan-s' tuilleadh. Agus dh'fhairich Chris tinn. Bha e air a bheatha air fad a chur seachad ri taobh an duine seo, a' toirt taic dha, ga dhèanamh furasta dha bhith a' goirteachadh dhaoine. Bhith a' goirteachadh Ben. Cha b' urrainn dha Chris a sheachnadh tuilleadh. Bha esan a cheart cho ciontach airson na thachair dha Ben oir cha do rinn e càil airson stad a chur air Russell.

Agus a-nis, bha a phàrantan ann an trioblaid, daoine a' leum a-mach às na craobhan a' togail dhealbhan dheth agus dè bha Russell a' dèanamh? A' sabaid agus ag èigheachd agus a' briseadh rudan. A' dèanamh chùisean nas miosa. Sin uireas a bh' ann – duine gu ainmein is briseadh. Sheall e ri aodann fhèin san sgàthan agus thionndaidh a stamag.

"Yeah, there is something wrong actually. What the fuck was that, Russell? Do you want to ruin my career before it even starts? What if that gets in the papers?"

"Alright, Chris. Calm down. Didn't mean anything by it. Just thought, y' know … "

"No, Russell. You didn't think. That's the problem. And if that's the way you're going to be then … you can't come. That's it. You can do what you like after the exams but you're not doing it with me."

Sheall Russell ris mar gun robh e air sgleog a thoirt dha. Bha a bheul a' fosgladh 's a' dùnadh mar iasg agus chitheadh Chris nach robh e ga chreidsinn. Uill, ged nach bitheadh, bha e air a chantainn a-nis agus ge bith dè chanadh e, chan atharraicheadh e inntinn.

Choisich Chris air falbh gun sùil air a chùlaibh. Nuair a bha e pìos air falbh chuala e a' chailleach a' faighneachd dha Russell an robh e ag iarraidh a' bhàlla aige air ais. A' lorg a ghuth mu dheireadh, thuirt Russell – "Fuck off, you stupid old bitch" – agus choisich e an taobh eile.

Fhathast, cha do sheall Chris air a chùlaibh.

* * *

Chuir Mina a ceann na làmhan agus shuath i a maol. Bha Chris agus Millie shuas an staidhre, Chris a' coimhead film agus Millie na cadal na uchd. Chuir i a ceann timcheall an dorais ach bha Chris

air sealltainn rithe le uiread de dh'fhearg 's gun do thill i chun an
àite aice air an t-sòfa, deòir a' tòiseachadh na sùilean.

Bha Chris a' cur a' choire oirrese. Bha e air sin a chantainn nuair
a dh'innis i dha dè bha air tachairt. Bha Mina air fònadh dhan
t-surgery agus air leisgeil a dhèanamh dha Sam; a' feuchainn ris
a' chùis a chumail dìomhair airson aon latha eile oir bha i airson
seo innse dha Chris i fhèin. Cha robh i air fhaicinn bho dh'fhàg i e
aig taigh Russell agus bha na h-uairean air a bhith fada a' feitheamh
ris a' tilleadh bhon sgoil.

Bha e air coiseachd tron doras agus air am baga aige a shadail
air an làr.

"Mam, dè tha tachairt le Dad? Tha daoine san sgoil ag ràdh gu
bheil e anns a' phrìosan. Thog cuideigin mo dhealbh nuair a bha
mi sa phàirc! Tha iad ag ràdh … "

Cha robh e furast' na facail fhaighinn a-mach. Dh'innis i dha
mu na lorg i, mar a bha i air a bhith cadal gun sgur, na pilichean,
fiù 's an teine ach cha do rinn e ach sealltainn rithe, a' crathadh a
chinn.

"So, thuirt thusa seo ris na poilis agus tha Dad anns a' phrìosan?
Bheil thu air a dhol MENTAL? Chan eil seo a' dèanamh ciall sam
bith, Mam!"

Chaidh e suas dhan rùm aige agus cha do thill e. Bha i taingeil
nach robh e air càil innse dha Millie agus cha robh Millie air
mothachadh fhathast nach robh an leabhar pinc aice san drathair
tuilleadh. Cha b' urrainn dhi seo a chumail bhuaipe gu bràth ach
cha robh i cinnteach am b' urrainn dhi dèiligeadh ri innse dhi
fhathast. Thaom i na bha air fhàgail de bhotal fìon ann an glainne
agus dh'òl i e ann an aon bhalgam.

* * *

Bha Ben air feuchainn ri cothrom fhaighinn bruidhinn ri Chris
mìle uair tron latha ach cha robh e air a' chùis a dhèanamh. Bha
an sgoil air bhoil leis an naidheachd gun robh athair Chris, an
dotair eireachdail, anns a' phrìosan. Cha robh duin' aca buileach

194

cinnteach dè bha e air dèanamh ach bha nàbaidh air na poilis
fhaicinn a' falbh leis sa chàr. Mu dheireadh an latha, bha e air a
h-uile seòrsa sgeulachd a chluinntinn. Bha feadhainn ag ràdh gun
robh Sam air experiments a dhèanamh air euslaintich, feadhainn
eile ag ràdh gun robh e air feuchainn ri bhean a mhurt.

Bha Russell air a h-uile duine a chumail bho Chris, a' maoidheadh
sabaid air duin' a thigeadh faisg. Am bodyguard mòr.

Cha robh fhios aig Ben dè bha air tachairt ach chitheadh e am
pian air aodann Chris. Bha e cho eòlach air a h-uile gluasad, a
h-uile fèith is srianag dhen aodann ud agus bha fios aige gun robh
feum aig Chris air. Mar sin, cha do chuir e iongnadh sam bith air
nuair a fhuair e an teachdaireachd bhuaithe;

Mt me @ church. 30mins. Need u. Xxx

B' e oidhche chiùin a bh' ann agus ràinig Ben an eaglais ann am
fichead mionaid. Choisich e bho thaobh gu taobh, a' coimhead sìos
an leathad air a shon. Agus dìreach nuair a bha e cinnteach nach
robh e a' dol a thighinn, chunnaic e an cumadh aige a' nochdadh air
fàire. Smèid e ris agus thàinig e na ruith.

"What happened?" thuirt Ben ach cha do fhreagair Chris. Chuir
e a ghàirdeanan timcheall air agus thòisich e a' gal.

* * *

Bha e air Millie a ghluasad bho uchd cho faiceallach 's a
b' urrainn dha agus, gu fortanach, cha do dhùisg i. Bha a mhàthair
air èirigh bhon t-sòfa mu dheireadh thall agus air a dhol dhan
leabaidh, a' fàgail Chris leis fhèin, aonranach na fheagal.

Cha robh e fhathast a' tuigsinn dè bha air tachairt. Bha e air
a bhith cho dòigheil. Iomagaineach, nearbhach ach fhathast,
le beagan cinnt às na bha roimhe. Bha e gu bhith ainmeil – na
chluicheadair bàll-coise agus na fhireannach – agus, ged a bha e
gu bhith duilich, bha e air a bhith cinnteach gun robh a theaghlach
air a chùlaibh. Gun robh a phàrantan làidir agus gum faigheadh e
an taic air an robh e feumach bhuapa. Chuala e a mhàthair a' gal gu
sàmhach san t-seòmar-chadail aice agus rinn e air an doras.

Bha Ben a' feitheamh ris, mar a bha fios aige a bhiodh e, agus bha e cho taingeil air a shon 's gun robh e a' smaoineachadh gum fanntaigeadh e. Chuir e seachad ùine a' gal air a bhroilleach, a ghàirdeanan ga ghreimeachadh, ga chumail bhon an dorchadas a bha gus a shlugadh. Cha do chuir Ben ceist sam bith air. Cha do dh'iarr e càil air Chris ach gum biodh e faisg dha. Gu leigeadh e leis a ghàirdeanan a chur mun cuairt air gus an tiormaicheadh na deòir.

Shuath Chris a shùilean 's a shròin air a gheansaidh agus sheall e ri Ben. Cha robh duin' eile anns an robh earbs aige. Bha a bheatha làn de bhreugan, bho athair, bho mhàthair, bho Russell, bhuaidhe fhèin. B' ann le Ben a bha a h-uile càil fìor.

"I love you so much, Ben."

Chrùb Ben a cheann sìos ris agus thug e pòg shocair dha. Rinn iad gàire ri chèile agus laigh Ben air a mhuin. Cha do dh'fhairich e neònach no mì-nàdarrach ri Chris. Bha e mar gum biodh e slàn airson a' chiad turas. Dhùin e a shùilean agus lìon e a sgamhanan le fàileadh cùbhraidh a chraicinn. An craiceann cruaidh, blàth aige a' coinneachadh ri chraiceann fhèin.

Agus airson greis cha robh càil ann ach an dithis aca. Bha iad mar bu chòir. Mar a bhiodh iad mura robh duine sa bhaile ach iad fhèin. Mar a bhiodh iad nan deigheadh an saoghal air fad à sealladh.

* * *

Choimhead Williams an duine air chùl a' bhàir a' còmhradh ri Wendy. Bha a shùilean a' deàrrsadh agus 's beag an t-iongnadh. Leis an lèine fhriolach phinc ud agus an sgiorta ghoirid, bha i air aire a h-uile fireannaich sa bhàr a ghlacadh. Dh'fhairich Williams pròis gun robh i dol a thilleadh gu thaobh-san leis an dà dheoch a bha i a' ceannachd. Chitheadh iad uile an aingeal bhàn ud a' bruidhinn ris agus 's dòcha gu smaoinicheadh iad gun robh iad còmhla.

Sheall Wendy thairis air a gualainn agus bha i toilichte faicinn gun robh Jim ga coimhead. Bha an duine air chùl a' bhàir a' cabadaich rithe ach cha robh i ag èisteachd ris. Bha i fhathast mì-chinnteach mu dheidhinn a' bhlouse ach bha na cìochan aice a' coimhead math. B' e sin an t-adhbhar a thagh i e.

"Here we go," thuirt i, a' cur pinnt air a bheulaibh agus a' gabhail balgam beag bhon Gin & Tonic aice fhèin.

"Cheers. To another case closed!" thuirt e agus bhuail iad na glainneachan ri chèile.

Mhothaich e cho faisg air 's a bha i na suidhe. Dh'fhairicheadh e teas a' tighinn bho corp, a glùinean a' suathadh ri ghlùinean-sa. Bha an deoch a' gabhail brath air.

Bha iad air a bhith ag òl airson dà uair a thìde, a' còmhradh mar sheann charaidean. Bha buannachd an latha air an ceangal eatorra a neartachadh agus chuala Williams e fhèin ag ràdh rithe,

"You're very special, PC Daniels."

Thuirt e gun robh i special! 'S e sin a thuirt e! Fuirich. An e rud math bha sin? Aidh. Gun teagamh. B' e seo an aon chothrom a gheibheadh i. Bha an deoch air ach chuireadh i sin gu aon taobh. Ghluais i a h-aodann na b' fhaisg air.

"Do you think so?"

"Yes, you're … lovely."

Sheall e ri na liopan aice; pinc agus slìobach agus òirleach bho aodann. Bha i ga choimhead gun phriobadh sùla.

"And you're very handsome."

Ghluais e air ais bhuaipe. Cha robh duine air sin a chantainn ris na bheatha. Chuala e guth Archie na chlaigeann:

What the fuck is wrong with yur chin? Looks like my bollocks. Fuck'een bollock-chin.

An sgoil air fad a' gàireachdainn. Bha iad uile air smaoineachadh gun robh e cho èibhinn. Jim a' cur làmh suas gu aodann airson a' smiogaid ghràineil ud fhalachd. Ge bith dè cho faisg 's a bha e air faighinn air boireannaich, cha b' urrainn dha creidsinn gun robh iad ga iarraidh san aon dòigh sa bhiodh iad ag iarraidh cuideigin mar … cuideigin mar … uill, Sam Morrison.

"What's wrong?"

Cha robh e ga coimhead. Thuit a stamag. Bha i air mearachd eagalach a dhèanamh.

Oh God, don't sack me. Please don't sack me.

An dèidh greis, a bha mar mhìle bliadhna dhi, sheall e rithe agus chrath e a cheann.

"I'm sorry, Wendy. I'm taking advantage of you. We've been drinking. I know this is just … "

Thòisich i a' gàireachdainn. Ghabh e feagal gur ann a' fanaid air a bha i ach, an uair sin, dh'fhairich e a làmh air a ghlùin. Sheall e rithe agus cha robh air a h-aodann ach faochadh agus, nas miorbhailich buileach na sin, gràdh.

"I don't really mind if you take advantage."

"Really?"

"Really."

Ghabh e grèim oirre ma meadhan, ga tarraing cho faisg air 's a ghabhadh. Agus, dìreach mus do chaill e a lùths, thug e pòg dhi.

"Oh Jim," chuala e i a' cantainn fo h-anail.

Sheall Wendy ri Jim, sheall Jim ri Wendy. Ann an ìomhaigh a chèile, chunnaic iad farsaingeachd nam bliadhnachan a' fosgladh mun coinneamh agus thuig iad gun robh rudan ann a bha math agus ceart am measg uabhasan an t-saoghail; gaol agus fìrinneachd agus lèintean friolach pinc.

* * *

Thug Carly sùil aithghearr timcheall an rùm gus dèanamh cinnteach gun robh a h-uile càil aice. Ged a bha na poilis air chantainn rithe gum feumadh i fuireachd sa bhaile, cha robh sin a' dol a thachairt. Bha i fhathast gun faighinn a-mach dè bha dol a thachairt rithe air sgàth 's na pàirt a bh' aice san teine agus bha i glic gu leòr tuigsinn gur e rud dona a bh' ann togalach a chur na theine.

Bha caraidean aice ann an Lunnainn leis am b' urrainn dhi fuireachd airson greis agus an uair sin, cò aig a bha fios? An Spàinn 's dòcha, no Ameireagaidh. Àite sam bith air an t-saoghal ach Àrd-na-Cloiche. Nach math nach robh mòran aice a bha prìseil dhi, smaoinich i le beagan truais, agus dhùin i an doras.

Bha bucas no dha sa chàr ach bha i a' fàgail gu leòr air a cùlaibh. An telebhisean, an lawnmower, an deamhan fòn ud. Agus a' bheatha bheag a bha i air dèanamh dhi fhèin. Abair mess. Bha aice ris a' ghàrradh fhàgail cuideachd. B' e sin an rud bu mhiosa. Bha i air uairean mòr a thìde a chur seachad ga dhèanamh cho brèagha 's a ghabhadh agus a-nis, chan fhaiceadh i a-rithist e. Ah, uill. Tharraing i sin oirre fhèin.

An diabhal air Sam Morrison! Bha e air a h-uile càil a mhilleadh. Cha mhòr gum b' urrainn dhi chreidsinn gun robh duine air faighinn a-mach mun deidhinn, gun luaidh air na bh' aig na poilis. A' toirt philichean dha bhean agus a' pàigheadh dhaoine airson a chuideachadh. Dìreach airson a faicinn. Mura biodh gun robh e cho eagalach, cha mhòr nach biodh i flattered.

Dh'fhairich i am fòn-làimhe aice a' critheadaich na pòcaid. Thug i sùil air an sgrion. An taigh-òsta.

Phut i putan agus chaidh an sgrion dorch.

Chuir i dheth na solais agus chaidh an rùm dorch.

Cha do sheall i air a cùlaibh ris an taigh a bha air a bhith na dhachaigh dhi. Bha beatha ùr ri lorg a-muigh san t-saoghal seo agus bha Carly òg agus brèagha gu leòr a' chùis a dhèanamh. Bha i cinnteach às.

Shreap i a-steach dhan chàr agus sheall i dhan sgàthan. Bha i a' coimhead math. Thionndaidh i an iuchair is chuir i a càs ris an làr.

Adios, Àrd-na-Cloiche, smaoinich i le leth-ghàir' is rinn i às.

Bhiodh greis mas mothaicheadh duine gun robh i air falbh.

Caibideil 14

Ghluais Chris a shùilean bho dhealbh gu dealbh; fireannaich òga, cupanan òir agus gàire farsaing air gach aodann. Bhìd e a liop. Bha e mar mhìle bliadhna bho sheas e anns an trannsa seo le athair ri thaobh. Bha iad air a bhith cho toilichte. Agus a-nis …

"Hi, Chris. D' you wanner come in?"

B' e fear dhe na trèanairean a bh' ann. Duine a bhuineadh dha Liverpool fhèin, dham b' ainm Ernie Willow. Bha e a' cuimhneachadh dòbhran dha Chris – slìobach agus cabhagach agus dualtach bhith coimhead a dh'àite sam bith ach nad shùilean nuair a bha e bruidhinn riut. Lean Chris a-steach e dhan t-seòmar far an robh càch a' feitheamh ris. Còignear fhireannach, cho coltach ri chèile. Deiseachan gorm-ghlas agus taidh ma gach amhaich. Aodannan dearg-phurpaidh agus crògan tiugha.

"Chris," thuirt am fear a b' fhaisg, "great to see you son. Sit down."

Thabhaich e sèithear air agus shuidh Chris air am beulaibh.

"I think you know what this is about … "

Gun teagamh bha fios aige. Cò aig nach robh fios? Bha an sgeulachd air a bhith air feadh nam pàipearan, na naidheachdan nàiseanta.

"My dad?"

Chrath gach fear a cheann chruinn gu tàmailteach agus chrom Chris a cheann trom fhèin.

200

"Now Chris, we know how difficult this must be for you. This scandal with your father."

"Terrible," thuirt fear dhiubh.

"Such a shame," thuirt fear eile.

"But our concern is primarily with you. You are very important to this club, Chris. We can see the potential in you and it would be terrible if that were to be compromised because of your personal life."

Sheall Chris riutha, na sùilean aige gan ceasnachadh. Dè bha iad ag iarraidh air a chantainn? Nach robh càil a dh'fhios aige mu dheidhinn athair 's am boireannach ud? Nach robh esan air pàirt sam bith a ghabhail ann? Uill, cha robh fios air a bhith aige. Cha robh e air smaoineachadh airson mionaid gun robh càil ceàrr air an teaghlach aige. Cha robh e air smaoineachadh air mòran ach Ben agus bàll-coise airson ùine, bha e a' creids, ach fhathast bha e a' cur iongnadh air nach robh e air faicinn na bha a' tachairt. Bha fiù 's Millie air mothachadh.

Millie bhochd. Cha b' urrainn dha Chris smaoineachadh air a h-aodann nuair a dh'innis e fhèin agus Mina dhi gun robh Dadaidh anns a' phrìosan gun a bhith a' faireachdainn gun robh e dol a thòiseachadh a' gal. Cha mhòr nach robh e air a mhàthair a bhualadh sa mhionaid ud airson na rinn i orra. Oir ged a bha fios aig Chris gur e coire athar a bh' ann, chan fhalbhadh am faireachdainn gun robh i ceàrr a dhol chun nam poileas. Tha rudan ann bu chòir a chumail dìomhair.

"So what we need to know, Chris … "

Cha bu chaomh leis mar a bha iad a' cleachdadh ainm cho tric.

" … is that we can have a guarantee from you that this is the last bit of bother we're going to have."

"What? I don't … "

"You've seen the papers, of course."

Bha e air dealbh de athair fhaicinn a' dol chun a' phre-sentence hearing aige, aodann geal agus pocannan troma, dubha fo shùilean. Agus am boireannach – Carly – a' fàgail an Stèisein air an aon latha 's a chaidh i à sealladh. Cowardly bitch, smaoinich Chris ris fhèin a' coimhead an deilbh ud.

Bha cuimhn' aige oirre a-nis. B' i a' waitress a bh' aca air an oidhche ud san taigh-òsta nuair a bha an argamaid aig athair le càirdean Ben. Cha mhòr gum b' urrainn dha sealltainn ri Ben 's an uncail aige a' trod ri athair. Bha am boireannach ud air seasamh eatorra agus bha cuimhn' aig Chris air an fhalt ruadh aice a' ruighinn sìos a druim. Bha i brèagha gu leòr bha e a creids', ach cha robh càil innte an taca ri mhàthair. Dè bha athair a' smaoineachadh?

Bha e air fhaicinn fhèin cuideachd. A' toirt breab dhan bhàlla agus Russell, aodann cam leis an fhearg, ri thaobh.

Agus ma bha esan air na pàipearan fhaicinn, dh'fhaodadh tu bhith cinnteach gun robh a h-uile duine eile air am faicinn cuideachd. 'Liverpool's New Signing in Dad Hell', thuirt fear. 'Doctor Admits Arson', thuirt fear eile. 'You'll Never Torch Alone', a bh' aig an *Sun*.

Bha an luchd-naidheachd air nochdadh bhon a h-uile taobh. Sluagh dhiubh, a' cuairteachadh an taighe, ceistean air an èigheachd agus solais nan camaras. Bha Mina air an dithis aca a chur dhan a' chàr agus air an toirt gu taigh-òsta ann an Inbhir Nis. Cha robh fada gus an do dh'fhònaig boireannach bhon Chlub. Bha iad ag iarraidh fhaicinn cho luath 's a ghabhadh. Còig latha ann an taigh-òsta, a' falachd bhon t-saoghal, bho na sùilean aca; bha Chris dìreach toilichte an cothrom fhaighinn an rùm ud fhàgail. Cha robh e fiù 's air Ben fhaicinn bhon oidhche ud san eaglais. Dìreach còmhraidhean dìomhair air am fòn an-dràst 's a-rithist. An guth aige ga chumail ciallach san rùm neònach ud, ag innse dha gum biodh a h-uile càil ceart gu leòr. Cha mhòr nach robh e air a chreidsinn cuideachd. Na shuidhe air an trèana, a' leughadh a' chùmhnant phrìseil aige a-rithist, chuimhnich e dha fhèin nach robh esan air càil a dhèanamh ceàrr. Thuigeadh iad sin.

Ach a-nis 's e ann an seo, cha robh e faireachdainn faochadh sam bith tuilleadh. Bha na daoine seo a' bruidhinn ris le càirdeas, le co-fhaireachdainn ach bha rudeigin air a chùlaibh. Cha robh an earbs a bh' aca ann cho làidir tuilleadh.

"We are very sympathetic to you and your family, Chris. We know that you had nothing to do with this. We just need some assurance that this is the last bit of bad publicity you'll be bringing the club. We have a reputation that we are immensely proud of and these kinds of headlines don't do us or you any favours. Especially seeing as your career is just getting started."

Thòisich Chris gan tuigsinn agus thuit a chridhe. Bha làn fhios aig' a-nis dè bha iad ag iarraidh air a chantainn.

"So, Chris, is there anything else we should know about?"

* * *

Chluinneadh Russell a phàrantan a' bruidhinn san rùm-suidhe. Bha iad a' bruidhinn air na Morrisons a-rithist. Cha robh duine a' bruidhinn air càil eile na làithean seo. Bha na pàipearan làn dheth. Thòisich sgeulachdan a' nochdadh bho dhaoine aig an robh an ceangal as lugha ris an teaghlach. Bha Aggie Staples air duilleag fhaighinn dhi fhèin sa News of the World 's i ag ràdh gun robh an dotair air feuchainn oirrese cuideachd ged a bha fios aige gun robh i pòsta.

Cha robh Russell ag iarraidh an còrr a chluinntinn mu dheidhinn. Bhon latha sa phàirc, cha robh e air facal fhaighinn air Chris. Cha robh e a' freagairt am fòn, cha robh e a' freagairt nan text messages aige. Bha a mhàthair air innse dha gun robh Mina air falbh leis gu taigh-òsta ann an Inbhir Nis gus an sìoladh gnothaichean sìos ach cha robh i air ainm an taigh-òsta innse dhi.

Bha e soilleir dè bha a' tachairt. Bha Chris ga sheachnadh. Bha e air a bhith ag innse na fìrinn nuair a thuirt e nach robh e ag iarraidh gun tigeadh e còmhla ris gu Liverpool. An toiseach, cha b' urrainn dha Russell obrachadh a-mach dè rinn e ceàrr? Bha e air fada na bu mhiosa a dhèanamh tro na bliadhnachan na feagal a chur air radan de neach-naidheachd. Carson a bha Chris air a dhol cho troimhe-chèile an trup seo? Gu dearbha, bha e an-fhoiseil mu athair, agus bha an neach-naidheachd air feagal a chur air ach cha b' e coire Russell a bha sin. Bha esan dìreach a' feuchainn ri dhìon … mar as àbhaist.

Ach an uair sin, air feasgar fada, a' cluich air a' choimpiutair, an obair aige airson nan deuchainnean na laighe fo thruinnsear hama, bhuail e air. Bha fhios aige dè bh' ann. Bha Chris a' smaoineachadh gun robh e nas fheàrr na Russell a-nis. Bha esan gu bhith na chluicheadair mòr agus cha robh e airson duine sam bith a thoirt leis. B' e seo an cothrom aig Chris agus dh'fhaodadh Russell dìochuimhneachadh mu dheidhinn a' chàirdeis a chruthaich iad thairis air dà bhliadhna dheug.

Uill, mas e sin a bha Chris ag iarraidh, ceart gu leòr. Bhiodh e leis fhèin. Bha Russell air innse dha na balaich eile mu thràth gun robh Chris a' fàs ro làn dheth fhèin agus dh'aontaich iad leis. Nuair a thilleadh e bho ge bith càit' an robh e air falachd, cha bhiodh iad nan caraidean tuilleadh. Chitheadh e mar a chòrdadh sin ris.

"Poor, poor Mina," bha a mhàthair ag ràdh.

Poor my arse, smaoinich Russell.

Bhiodh ise ceart gu leòr. Tè bhrèagha le ultach airgid mar Mrs Morrison? Bhiodh fireannaich gu leòr airson coimhead às a dèidh. Airson diog, thàinig gàire gu liopan, a' smaoineachadh air aodann Chris nam faigheadh esan a làmhan air a mhàthair. Shealladh sin dha …

"I still can't bloody believe it, Rita. Drugging her. What a bastard," thuirt athair ann an guth ìosal.

"I defended him, Geoff. I told the police he didn't do it. If I'd just thought … or noticed … how could I have missed it? I did blood tests on her, for Christ's sake!"

"Ssh, love. It's alright. It's not your fault."

Leig Russell osann mhì-fhoighidneach agus chrath e a cheann. Cha b' urrainn dha èisteachd ris a' chòrr dhen seo. Dh'fhosgail e an doras agus chunnaic e a phàrantan nan suidhe; a mhàthair a' gal le ceann falaicht ann an achlais athar.

"Never mind your mum, Russ. She's just a bit upset about … y' know."

"I'm going out," thuirt Russell, a' togail a chòta bho chùl sèitheir.

Sheall a mhàthair ris, a' suathadh a sùilean le cùl a làimhe, "No way, Russell. You're going to study. This isn't a holiday you're on. Back upstairs."

"I'm done studying," an còta air a-nis, "I'm going out."

"No, you're NOT!"

Bha Rita air a casan, na sùilean aice amh, dearg bho na deòir.

"After that picture in the paper, you're staying where I can keep an eye on you. Chasing that man. You're lucky he didn't call the police."

"But Mum … "

"No, Russell. Back upstairs."

Sheall Russell rithe agus smaoinich e cho èibhinn 's a bha i a' coimhead. Mascara letheach slighe sìos a h-aodann, am falt aice mar nead, a' trod ris-san. Ris-san. Cha b' e balach beag a bh' ann tuilleadh. Chan fhaodadh duine bruidhinn ris mar sin. Sheas e faisg air a mhàthair agus bhruidhinn e ann an guth ìosal.

"I'm going out. And if you try to stop me, I'll tell that paper how you didn't notice one of your best friends was being drugged by her husband right under your stupid nose … or maybe you were covering for him. Maybe you fancied the doctor yourself?"

Chaidh aodann athar dorch leis an ainmein agus leum e gu chasan, "How dare you speak to your mother like? Get out then! JUST GET OUT!"

Ach cha do rinn Russell ach sealltainn ris, leth-ghàir' air aodann.

"Fuck off, Dad," thuirt e tro fhiaclan agus, mas d' fhuair iad air an còrr a chantainn, rinn e air an doras agus choisich e a-mach dhan t-saoghal, gun fhios sam bith aige càit an robh e a' dol.

* * *

"So how's he taking it?"

Bha Billie na shuidhe tarsainn bhuaithe aig bòrd a chidsin, a' coimhead ri Ben le shùilean socair. Mhothaich Ben cho mòr 's a bha na làmhan aige an taca ris a' chòrr dhe chorp. Cha robh e mòran na b' àirde na Ben fhèin ach bha rudeigin mu dheidhinn nan làmhan ud. Bha neart agus cinnt an duine a' cruinneachadh annta. Bha iad mar Bhillie fhèin. Gun chrith.

Bha Ben taingeil gun robh Billie air a thighinn chun an taighe aige. Cha robh duine aige ris am bruidhneadh e mu Chris. Bha Zara air fònadh gu math tric ach bha e eadar-dhealaichte a bhith coimhead ann an sùilean cuideigin is fhios agad nach robh iad ach airson do chuideachadh.

Cha b' urrainn dha càil a chantainn ris a' bhuidheann. Bha fhios aige gun robh a h-uile càil a chanadh iad dìomhair ach cha robh e cinnteach nach biodh duin' aca a ghabhadh an chothrom an sgeulachd a reic gu na pàipearan.

Ach bha Billie air faicinn gun robh rudeigin a' cur air. Cho luath 's a bha a' choinneamh seachad, bha e air tighinn a-nall gu Ben agus air faighneachd dha dè bha ceàrr. Thuirt Ben ris nach b' urrainn dha bruidhinn san talla ach thuirt Billie gun tigeadh e dhachaigh leis. Bha Ben air a bhith an dòchas gur e sin a chanadh e.

"Be nice to see Àrd-na-Cloiche," thuirt Billie ris 's iad a' sreap air a' bhus.

"D' you know, I've never been there."

"You're not missing much."

"Isn't there anything about it that you like?"

Smaoinich Ben airson diog, "The church."

"Are you a gay Christian? Now that is tough."

"No. Nothing like that. It's this old church up on the hill. No-one goes there much but it's beautiful really. It makes me think about how buildings are kept alive, y' know, like they have a life. When that church was built, people loved it so they kept it alive, maintained it, but now … they just … don't kill it. That's all the life that building has left now. It just doesn't get torn down completely. That's the difference between love and tolerance. One gives you a life, the other just lets you exist. D' you know what I mean?"

Sheall Billie ris agus rinn e gàire, "So serious for such a young man! Oh, hang on. Is this it?"

"Yup. Home sweet home."

Choisich iad bhon bhus-stop gu taigh Ben. Bha pàrantan Ben aig an taigh-òsta, a' gabhail biadh le caraidean. Dhùin Ben an doras air an cùlaibh agus shuidh Billie aig a' bhòrd.

"Tea?"

"Great. Two sugars."

Chuir Ben an cupan sìos air a bheulaibh agus shuidh e fhèin le osann. Sheall e ri Billie agus dh'fhairich e, gun teagamh sam bith, gum b' urrainn dha earbs a chur ann.

Dh'innis e dha mu dheidhinn Chris.

Bha fhios aig Billie cò air a bha e a' bruidhinn – bha esan a' leughadh nam pàipearan cuideachd – ach cha tuirt e càil. Dh'èist e ri Ben le na sùilean socair ud agus ghnog e a cheann.

"He's not taking it too well, to be honest. But he's going to meet the team … captains? Managers? I'm not sure which ones. Anyway, I've said it'll be fine but now I don't think … "

Stad Ben. Cha b' urrainn dha na facail a chantainn.

"You don't think he'll tell them he's gay?"

"He promised, Billie. He promised! But now because of his dad and the papers and that stupid homophobic game, I don't know. I just … "

Shìn Billie a làmh thuige agus ghabh e grèim air. Bha e làidir gu dearbha, ach bog agus blàth.

"And what if he doesn't? Can you keep hiding, Ben? Is that what you want?"

Sheall Ben sìos ris an làmh aig Billie. Gun chrith. Bhiodh làmhan Ben air chrith a h-uile madainn. Bhiodh a stamag a' tionndadh, a' cumail a bhracaist sìos air èiginn. Càil ach feagal is critheadaich. Sheas e an-àirde, a' tarraing na làimh thruaigh aige fhèin air ais.

"Sorry, just have to go to the toilet."

"Right-ho," thuirt Billie. "I'll make some more tea, will I?"

"Yeah, sure," thuirt Ben, a' dèanamh às mas fhaiceadh Billie na deòir a' tòiseachadh na shùilean.

Bha an neart aig an duine seo ga nàrachadh. Na breugan aig Ben mar chàineadh air. Agus ged a bha fios aig Ben nach smaoinicheadh Billie air mar sin gu bràth, dh'fhairich Ben e. Cha robh nàire air tuilleadh mu na bh' ann. Cha robh Ben ceàrr. Bha Ben dìreach gay. Sin uireas. Cha b' e deireadh an t-saoghail a bh' ann. Ach bha Chris a' toirt air a bhith beò ann an nàire. An gaol iongantach aca air a mhùchadh, air a stiùireadh le beachdan dhaoin' eile.

Shuidh Ben air oir an amair – an t-amar ud far na ghlan Chris an nàire bho chorp air an latha bu mhios is a b' fheàrr a bh' aige riamh – agus thiormaich e a shùilean. Sheas e agus thug e sùil air fhèin san sgàthan. Chluinneadh e Billie a' seinn ris fhèin sa chidsin fodha agus rinn e gàire beag. Nach e bha dòigheil. Dòigheil seach gun robh e cofhurtail leis fhèin. Cha robh diofar leis ged a chluinneadh duin' e a' seinn Son of a Preacher Man cho ceàrr ri ceàrr 's e a' danns' timcheall a' chidsin. Bha Ben ag iarraidh an t-seòrsa saorsainn ud. Cha robh e ag iarraidh seinn no danns' ach bha e ag iarraidh an taghadh a bhith aige. Cha robh e airson falachd tuilleadh.

* * *

Bha Russell air coiseachd airson ùine mas do dh'fhàs e sgìth. Cha robh Bobby no Ali a' tighinn a-mach oir bha na pàrantan aca air cantainn nach fhaodadh iad. Cha b' e sin dhàsan, smaoinich e le gàire. Dh'fheuch iad ri chantainn ris nach fhaodadh esan a dhol a-mach ach cha robh duine a' cur stad air Russell Richards. Bha fhios aig a h-uile duine air a sin. Fiù 's a phàrantan.

Ach a-nis agus e a-muigh, cha robh càil aige ri dhèanamh. Bha e air suidhe sa phàirc, coiseachd timcheall na sgoile agus air coiseachd suas chun na h-eaglais, a' gabhail fasgadh innte nuair a thòisich an t-uisge. Dh'ith e hamburger a fhuair e bhon chippie agus dh'òl e cha mhòr leth-bhotal bhodca agus, nuair a bha e deiseil, chaith e a' phacaid 's am botal air an làr agus chuir e thuige roll-up.

Bha choltas air an adhar nach robh an aimsir dol a dh'fhàs na b' fheàrr. Bha cheart cho math dha dhol dhachaigh. Face the music. Bhiodh iad fiadhaich leis ach cha robh càil ùr ann an sin. Dheigheadh e suas gu rùm agus cha bhiodh aige ri èisteachd ris. Chrìochnaich e an roll-up agus chaith e sin air làr na h-eaglais cuideachd.

What a fuckin' dump, smaoinich e ris fhèin, agus shad e smugaid air an làr.

Cha robh duine mun cuairt. Shuas air cliathaich a' chnuic, sheall Russell sìos chun bhaile agus dh'fhairich e mar nach biodh duine eile san t-saoghal. A' coiseachd sìos, stamp e a chasan air an talamh bog, a' fàgail làraich dhomhainn anns a' pholl. Nuair a thàinig e chun an rathaid, cha mhòr nach do thionndaidh e airson a dhol dhachaigh ach aig a' mhionaid mu dheireadh, dh'atharraich e inntinn is thòisich e a' coiseachd gu taobh an ear a' bhaile. Bha fios aige mu dheireadh dè bu chaomh leis a dhèanamh. Thòisich an t-uisg' a-rithist ach cha do dh'fhairich e deur.

* * *

Thug Chris an-tiogaid aige dhan a' gheàrd agus sheall an duine ris mar gun robh e airson faighneachd rudeigin dha. A' feuchainn ri obrachadh a-mach carson a bha e eòlach air. Ghabh Chris an-tiogaid air ais bhuaithe gu luath agus thionndaidh e air falbh. Bhiodh aige ri fàs cleachdte ri sin. Cha robh e gu bhith ainmeil dìreach na chluicheadair tuilleadh. Bhiodh e ainmeil airson na rinn athair.

"Is there anything else you want to tell us, Chris?"

Dh'fhosgail e am pàipear-naidheachd agus sheall e troimhe. Cha robh càil ann mu dheidhinn-san no mu athair. Bha an sentencing a' tachairt a-màireach. Bha e a' creids' gum biodh sin sna naidheachdan cuideachd. Ach às dèidh sin … am biodh seo na chois gu bràth? Bha na Ceannardan aig Liverpool air cantainn ris nach bitheadh. Cho luath 's a chitheadh na daoine Chris a' cluich, thuirt iad, cha bhiodh cuimhne aig duine aca air na rinn athair. Bha cliù shònraichte aig cluicheadairean bàll-coise. Cho fad 's a bha am bàlla a' siubhal bho do bhròig chun na lìn, cha robh dragh aig duine dè bha thu a' dèanamh. Seall air Wayne Rooney.

Ach chan e an fhìrinn a tha sin, smaoinich Chris. Tha fhios agamsa air rudeigin a chuireadh dragh orra.

"Is there anything else you want to tell us, Chris?"

Thuigeadh Ben. Bha e cinnteach. Nuair a dh'innseadh e dha mar a thachair ...

"Is there anything else you want to tell us, Chris?"

Dè eile b' urrainn dha a chantainn? Chunnaic e an cùmhnant agus an t-airgead agus an soirbheachadh air an robh an tàlant aige airidh a' tuiteam bho ghrèim is thuirt e an aon rud a chumadh na rudan prìseil sin na làmhan. Chùm e grèim air an aisling. Cha robh fhios aige fhathast an robh seo a' ciallachadh gun robh e air Ben a leigeil às.

"No. Of course not. Nothing."

Bha iad air cantainn ris gum faodadh e thighinn sìos cho luath 's a ghabhadh. Bha flat aca dha agus b' urrainn dha na deuchainnean aige a dhèanamh aig colaiste sa bhaile. Cha robh aige ach cantainn agus bhiodh a h-uile càil air a dhèanamh dha. Fada na b' fheàrr na bhith fuireachd ann an taigh-òsta, co-dhiù. Bha a mhàthair agus Millie a' dol dhachaigh an dèidh an sentencing agus cha robh e cinnteach am bu dùraig dha dhol air ais dhan sgoil a-rithist. Thuirt e riutha gum biodh sin math. Bhiodh e ann ro dheireadh na seachdain.

Cha robh e air smaoineachadh ach air fhèin sna mionaidean ud. Air na rudan a bha esan a' dol a chall. Bha e air taghadh a dhèanamh airson Ben, airson an dithis aca, a-rithist. Bha e air gealltainn dha gun innseadh e an fhìrinn ach cha robh sin a' dol a thachairt airson ùine fhada a-nis. Dh'fhaodadh e fhathast tighinn gu Liverpool ach cha b' urrainn dhaibh innse dha duine mun deidhinn. Bhiodh aca ris a' bhreug èiginneach seo a chumail a' dol gus ... uill ... b' e sin an rud. Cha robh fhios aig Chris cuine a thigeadh e gu crìch.

Thòisich an trèana a' gluasad agus dhùin Chris a shùilean.

Tuigidh Ben. Tha mi mionnaichte às. Nuair a dh'innseas mi dha. Tha fhios 'am ...

Chunnaic e Ben na chadal. An t-aodann aige faisg, anail air amhaich. An druim aige agus na facail àlainn a thuirt e ris crochaichte san èadhar. Am falt dubh aige a' crochadh ma shùilean, am pian agus an neart annta mar theine, ga choimhead le iarrtas. Ga choimhead le gaol. Agus sheall Chris air falbh. Cha b' urrainn dha na sùilean onarach ud a fhreagairt. Sheall e air falbh agus, nuair a thionndaidh e air ais, cha robh Ben ann tuilleadh.

* * *

Sheall Billie ris an t-soidhne air a' bhus-stop far an robh iad air fasgadh a ghabhail bhon uisge. Cha robh am bus aige a' tighinn airson còig mionaidean.

"Great," thuirt Billie, a' suidhe ri taobh Ben air a' bheing phlastaig, "time for a fag before the long treck home."

Thug e pacaid a-mach às a phòcaid agus chuir e tè thuige, a' sèideadh na ceò air falbh bho Ben agus ag ràdh cho duilich 's a bha e bhith smocaigeadh ri thaobh.

"It's just all the drama, Ben! Honestly, I won't tell a soul but … bloody hell! You're like a soap opera!"

Chrath Ben a cheann agus sheall e ri bhrògan, "Nah, I'm pretty sure this is average. Teenage angst and all that."

Chuir Billie gàirdean timcheall air a' ghualainn agus dh'fhàisg e Ben thuige gu càirdeil, "Nothing average about you, Ben. Oxford bloody University know that, eh?"

Rinn Ben lachan agus, dìreach mar sin, stad an t-uisge.

Sheall iad suas agus chunnaic iad a' ghrian a' nochdadh tro na sgòthan. Sheall iad ri chèile is rinn iad gàire.

"Well, here's my bus."

Dh'fhàisg Billie e gu socair mas do shreap e air a' bhus agus chunnaic Ben e a' smèideadh tron uinneig, gàire air aodann. Ach, dìreach mas deach e à sealladh, chunnaic Ben an gàire ag atharrachadh gu mì-chinnt, 's an uair sin uabhas. Bha Billie a' feuchainn ri rudeigin innse dha. Ghluais e a bheul gu cabhagach ach cha b' urrainn dha Ben na facail a dhèanamh a-mach.

"Nice. Very nice," thuirt guth air a chùlaibh.

Thionndaidh Ben agus chunnaic e Russell na seasamh ga coimhead. Dh'fhairich Ben cho fliuch 's a bha aodach bhon fhras *uisge.* Dh'fhairich e a' chrith a' tòiseachadh na làmhan. Sheall e airson Billie ach chan fhaca e ach am bus a' dol timcheall a' chòrnair, a' falbh le charaid.

"Who wis 'at, eh? Your boyfriend, wassit?"

Bha an deoch air. Chluinneadh Ben e na ghuth. Smùid na galla. Bha corp Russell a' gluasad bho thaobh gu taobh gun fhiost dha agus bha na sùilean dorcha aige a' snàmh na cheann. Smaoinich Ben gum b' urrainn dha ruith bhuaithe 's e mar seo ach chuir rudeigin stad air. Airson a' chiad turas bho choinnich iad, cha b' e dìreach am feagal a bha cumail Ben na sheasamh reòite. Bha an ainmein air. Cha robh e a' dol a ruith.

"Fuck you lookin' at?"

"I'm not sure, Russell," thuirt e ann an guth sàmhach, "but it's ugly and it's stupid and it doesn't deserve a second of my time."

Thàinig soilleireachd de sheòrsa gu sùilean Russell agus dh'fhàs a bheul cam le mì-thuigse.

"What did you say, Bender? Just remember who you're talking to, right?"

Chrath Ben a cheann, "No. I won't. I will never think about you again."

Shuath Russell a mhaol le làmh. Cha robh seo ceart. Cha robh càil ceart. Dè bha air tachairt dhan a h-uile duine? Dè bh' aca na aghaidh?

"See you later, Russell."

Choisich Ben seachad air gun sealltainn ris. Chluinneadh e Russell a' gluasad air a chùlaibh agus bha fhios aige dè bha e a' dol a dhèanamh. Bha e cho eòlach air Russell Richards 's a bha e air duine sam bith san t-saoghal, e fhèin fiù 's. Chuala e na casan aige trom air an rathad, a' ruith gu chùlaibh, na dùirn aige deiseil airson asnaichean Ben.

Ach bha an deoch air na glùinean aig Russell a ruighinn. Bha na ceumannan aige cugallach nuair a dh'fheuch e air. Gun smaoineachadh, ghluais Ben gu aon taobh agus chuir e a chas a-mach. Chaidh Russell thairis air, chun an rathaid, le brag ghoirt gu leth-cheann. Thàinig an fhuil bho shròin is bho mhaol, luath is dearg, a' leumadaich tro chorragan. Chuir e a sheacaid ri aodann, a' feuchainn ri stad a chur air.

"I think that's called a slide-tackle," thuirt Ben agus choisich e air falbh; bodhar, mu dheireadh thall, ris na bha Russell ag ràdh ris.

"Next time, you little freak! Next time I see you … fuckin' rip your fuckin' head off! D' you hear me … "

'S dòcha gun tachradh sin. 'S dòcha. Ach bha Ben air a' mhì-chinnt fhaicinn na shùilean. An tuigs' gun robh a' chumhachd aige air fàs rud beag na bu lugha an latha ud agus gur ann na bu lugha a dh'fhàsadh e bho seo a-mach. Cha robh diofar aige mu dheidhinn nan bagairtean aig Russell tuilleadh. Dè bh' annta dhàsan? Cha bhiodh e na phàirt sam bith dhen t-saoghal anns an robh Ben gu bhith beò.

Oir bha an neart aig Russell a' tighinn bho fheagal is bha an neart aig Ben a' tighinn bho ghaol.

* * *

Bha a mhàthair a' feitheamh ris sa chàr nuair a thàinig e bhon trèana. Bha Millie na slèibhteach sa chùl, a h-òrdag stopte na beul agus thug e pòg dhi ma leth-cheann mas do shuidh e ri taobh a mhàthar. Cha tuirt iad mòran ri chèile, a' dràibheadh air ais chun taigh-òsta, ach dh'innis e dhi gun robh e a' falbh gu Liverpool a dh'aithghearr. Cho luath 's a ghabhadh, agus shaoil e gun robh i toilichte mu dheidhinn. Bha cùisean duilich gu leòr le Millie. Fada na b' fhasa nam biodh Chris trang ann am baile eile. Bha Millie air a bhith bruidhinn air aislingean neònach a bh' aice. Ag ràdh gun robh i duilich gun do chuir i Dadaidh dhan a' phrìosan. Cha robh Mina cinnteach dè bha i a' dol a dhèanamh. Cha robh aice ri h-inntinn a dhèanamh an-àirde gus an cluinneadh i a' bhinn aig Sam a-màireach, co-dhiù.

Cha robh Chris a' tighinn dhan chùirt leatha. Bha esan a' dol a dh'fhuireachd san taigh-òsta le Millie gus am biodh e seachad. Bha am fear-lagha air cantainn gum faigheadh e dà bhliadhna, co-dhiù. Cha bhiodh e sa phrìosan barrachd air bliadhna, cha robh iad an dùil, ach cha robh teagamh aca nach e sin a gheibheadh e.

"Nach urrainn dhut rudeigin a chantainn, Mam? Anns a' chùirt? Gus nach bi aige ri dhol dhan a' phrìosan."

"Chan e trial a th' ann, Chris. Tha d' athair air aideachadh a chiont. Seo an sentencing. Chan eil an còrr ri ràdh."

Agus cha tuirt iad an còrr gus an robh iad air ais san rùm aca, Millie na cadal agus Mina na laighe ri taobh.

"Tha mi dìreach a' dol a-mach dhan trannsa," thuirt Chris, "tha mi ag iarraidh fònadh gu Bobby. Mu dheidhinn na deuchainnean …"

"Aidh, alright Chris. Alright, a ghràidh," thuirt Mina tron fhalt mhìn aig Millie agus thuit i na cadal.

* * *

Bha Ben air tuiteam na chadal, a' feitheamh gus am fònadh Chris, ach cho luath 's a chuala e am fòn a' bìogail, dhùisg e.

"Hi."

"Hi, Ben. It's me."

Agus nuair a chuala e a ghuth, bha fios aige dè bha air tachairt. Bha fios air a bhith aige co-dhiù.

"How are you?"

"I'm okay. Well, I'm not but … look, there's something I need to explain … to tell you."

"Yeah?"

"Yeah. It's just … we can't tell anyone. Not just yet. It's this thing with my dad. The publicity. I mean … it's fucked, Ben! If we tell everyone now, my career … "

Cha tuirt Ben càil. Cha robh fuaim ri chluinntinn bhon taobh aigesan dhen fòn.

"Are you still there? Ben?"

"I'm still here, Chris. Just."

Ghlac anail Chris na amhaich, "What do you mean just?"

"I mean, I know what you're saying but I'm waiting to hear what this means for me. What do I have to do, Chris? How long do I have to wait before you stop being embarrassed? Before you stop being scared? Because I need to know. I really need to know."

Chuala e fuaim air taobh eile na loidhne, "Hm-mph."

"What?"

"I said, I don't know. Soon. A while but I promise … "

"Because the thing is, I can't wait anymore. I can't wait. I told myself in school that it was okay because when I left, I could finally be myself."

Stad Ben. Cha mhòr gum b' urrainn dha chreidsinn dè bha e a' dol a chantainn. Shluig e na deòir agus chùm e air. Nan stadadh e na b' fhaide, cha bhruidhneadh e a-rithist.

"But that's not going to happen if I'm living this … lie … with you. I love you, Chris. I love you more than I've ever loved anyone in my whole life but that's not enough anymore."

"Ben, please … "

"No. I'm going to make this easy, Chris. Go and get your dream. I really hope it makes you happy."

Agus, le sin, chuir Ben dheth am fòn aige. Cha b' urrainn dha èisteachd ris a' chòrr. Agus cha b' urrainn dha an còrr a chantainn. Bha an gaol a bh' aige airson Chris a-nis mar làmh ma bheul, ga mhùchadh, ga chumail sàmhach. Bha Ben ag iarraidh bruidhinn ann an guth àrd ach cha b' urrainn dha Chris ach sainnsearachd. Bha e air an rud cheart a dhèanamh air a shon fhèin.

Chuir e dheth an solas agus dhùin e a shùilean. Cha robh fuaim sam bith ri chluinntinn ach anail fhèin agus thòisich Ben a' gal gu sàmhach. Deòir airson na chaill e, deòir airson na beatha a thachair na mhac-meanmna a-mhàin agus deòir airson nan balaich òga a sheas mu choinneamh a chèile eadar seann bhallachan eaglais agus a bha, airson greis, ann an gaol.

* * *

215

Thuit Chris gu ghlùinean air làr na trannsa, na deòir a' sruthadh sìos aodann. Dh'fheuch e an àireamh aig Ben a-rithist 's a-rithist, ach cha robh am fòn aige air. Chrùb e na bhàlla air a' charpet dhearg agus dhòirt am pian na chridhe às mar bhriseadh stoirm. Bhìd e a dhòrn gus nach tigeadh glaodhraich eagalach às, a dhùisgeadh an taigh-òsta air fad.

Cha robh e cinnteach dè cho fada 's a bha e an sin, nuair a nochd Millie, cadalach, clèigeannach, tro doras an rùm.

"Bheil thu alright?" thuirt i, gu sàmhach. Dhùin i an doras air a cùlaibh agus chrùb i sìos ri thaobh.

"Chan eil, Millie," thuirt Chris, a' suathadh a shùilean le gheansaidh, "chan eil mi alright idir."

"An e Ben a th' ann?"

Sheall e rithe le iongnadh, "Ciamar a tha fios agadsa mu dheidhinn Ben?"

"'S e detective a th' annam," thuirt i, an cianalas soilleir na guth. "Agus tha thu an-còmhnaidh a' bruidhinn cho àrd air am fòn sin. Ma tha thu ag iarraidh, seallaidh mi dhut àitean far nach cluinn duine thu."

Chuir Chris a ghàirdean timcheall oirre, "Tha sin alright, Millie. Chan eil mis' agus Ben còmhla tuilleadh."

"Carson?"

Chrath e a cheann, "Cha bu chòir dhomh bhith bruidhinn riut mu dheidhinn seo."

Sheall Millie suas agus sìos an trannsa, "Cò eile th' agad ris am bruidhinn thu?"

"Uill, 's e puing glè mhath tha sin, Millie-moo."

Tharraing Chris a phiuthar faisg air agus dh'innis e dhi mu shaoghal nam fireannach.

Anns an t-saoghal seo, bha a h-uile fireannach làidir, bragail agus bu chaomh leotha bhith toirt chiosagan dha clann-nighean. Bhiodh na fireannaich eile ga do choimhead, a' dèanamh cinnteach gun robh thu coltach riuthasan. Bha feagal orra ron fheadhainn a bha eadar-dhealaichte.

Cha b' e seo a h-uile fìreannach idir. Bha a' chuid as motha dhiubh ceart gu leòr. Cha robh diofar leothasan cò dha a bha thu toirt do ghaol.

Ach ann an saoghal bàll-coise, cha robh iad a' faireachdainn mar sin idir. Bha iad a' smaoineachadh gun robh sin a' milleadh a' gheama. Nach bu chòir dhut bruidhinn air. Cha robh iad ag iarraidh cluinntinn mu dheidhinn. Oir b' e am pitch teis meadhan saoghal nan cluicheadairean. Agus eadar nam ballachan iarainn ud, cha robh càil ach an èigheachd agus a' ghlòir agus uair a thìde gu leth de chogadh. Bàrdachd, bòidhchead, beatha is bàs. Agus cha robh rùm sam bith airson duine nach robh coltach riutha fhèin; na dhachaigh no na leabaidh. Ge bith dè cho math 's a bha e air bàll-coise.

Sheall Millie ris is rinn i gàire, "Sorry, Chris. Tha mi really duilich ach tha sin dìreach daft."

"Dè? No, 's e dìreach nach eil thu a' tuigsinn. Le bàll-coise, tha na riaghailtean … "

"Tha mi ga do thuigsinn, Chris. Tha feagal aig na balaich mhòra bho na homosexuals son tha iad a' smaoineachadh nach eil iad cho math air breabadh bàlla timcheall pitch no rudeigin. An rud nach eil mis' a' tuigsinn 's e carson a tha thus' air dumpaigeadh Ben airson na balaich mhòra ud? Tha Ben snog, for a start."

Sheas Chris an-àirde. Dh'fhosgail e na gàirdeanan aige agus leum Millie gus suidhe annta. A gàirdeanan mun cuairt amhaich, chaidh e leatha chun leabaidh is laigh' e sìos i, srann Mina socair ri taobh.

"Uill?" thuirt i nuair a bha i fo na plaideachan.

"Dè?"

"Carson a tha bàll-coise nas fheàrr na Ben?"

Smaoinich Chris mu dheidhinn 's mu dheireadh thuirt e,

"Chan e gu bheil e nas fheàrr na Ben, Millie. 'S e dìreach … nuair a tha mi a' cluich … tha e furasta. 'S caomh le daoine mi. Uaireannan feumaidh tu taghadh a dhèanamh eadar an rud a tha thusa ag iarraidh agus an rud a tha daoine eile ag iarraidh bhuat."

"Oh," thuirt Millie gu cadalach, "dìreach mar Dadaidh."

Rinn i mèaran agus thuit i na cadal luath. Cha d' fhuair Chris an cothrom faighneachd dhi dè bha i a' ciallachadh.

* * *

Na h-aisling, bha Millie ann an achadh air feasgar ciùin samhraidh. Bha craobhan a' fàs air gach taobh dhi, trom le duilleagan uaine. An talamh air a sgeadachadh le flùraichean buidhe, an aon dath ris a' ghrèin 's i dol sìos.

Bha Millie blàth. Cosy-cosy.

Pìos air falbh, bha an cuilean beag a' còmhstri ri daffodil. Uaireannan, shealladh e rithe le dòchas, mar gum biodh e ag iarraidh oirre thighinn a throd ris an daffodil chrost seo cuideachd. Ach, nuair a chrathadh i a ceann, dheigheadh e air ais chun na h-argamaid aige gu dòigheil; a' bualadh an dìthein le spòg 's an uair sin a' leum air falbh bhuaithe leis an fheagal.

Cosy-cosy.

Bha ciaradh an latha ann. Chunnaic i a' ghrian, dathan mar theintean oirre 's i a' bàthadh ann an cuantan an adhair. Chaidh crith tro cnàmhan. Bha an duffle-coat na làmhan agus chuir i oirre e gu toilichte.

Thàinig an cuilean na ruith thuice agus leum e na h-uchd.

"Tha mi sgìth," thuirt i.

Leig an cuilean beag ràn cadalach agus shlìob Millie e mun cheann.

"Siuthad. Caidil thusa, ma-thà. Cumaidh mise sùil ort."

Agus laigh i fon chraoibh bu mhotha san achadh, a' cumail faire; airson a' chuilein bhig na pòcaid agus airson an t-saoghail air fad. Bha geamannan ann fhathast rin cluich.